SEELENGEZEICHNET

AUREN & GLUT BAND 2

GWEN DEMARCO

KAPITEL 1

*G*ideon hielt seine Handfläche über die Brust des Leichnams und schloss die Augen. Das Krematorium rückte in den Hintergrund – Asche, der anhaltende Geruch von Reinigungsmitteln, das mechanische Brummen des Ofens –, während er sich ganz auf das konzentrierte, was unter seinen Fingerspitzen lag.

Er fokussierte sich – nicht mit seinen Augen, sondern mit jenem anderen Sinn, den er entwickelt hatte.

Ein prickelndes Gefühl breitete sich seinen Arm hinauf aus, wie statische Elektrizität, und verursachte trotz der Wärme des Raums eine Gänsehaut auf seiner Haut. Die Magie des Toten summte gegen seine Haut – heiß und trocken wie Wüstensand auf sonnenverbrannter Haut, rau wie eine Katzenzunge, mit einem Unterton von zähflüssigem, schwarzem Teer.

Zuerst spürte er Federn, aber ein löwenartiger Aspekt dominierte seine Sinne – eine rollende, muskulöse Wärme, die gegen seine Handfläche drückte mit dem Phantomgefühl von grobem Fell und einen primitiven Teil seines Gehirns auslöste, der die Anwesenheit eines Apex-Raubtiers erkannte.

Unter diesem Gefühl floss etwas anderes – ein Skorpionelement, bitter und metallisch. Es stach in seine Sinne – die giftige Magie, die darauf ausgelegt war zu lähmen und zu zerstören.

Diese Signaturen verschmolzen perfekt mit der Essenz des Mannes – räuberische Stärke verflochten mit durchdringendem Gift – und schufen etwas, das weder ganz Vogel, Katze noch Skorpion war, aber völlig einzigartig.

»Fühlt sich wie irgendein Tier an. Ziemlich starke Magie. Ich glaube, ich bekomme Federn rein. Also irgendeine Vogelart.« Gideon neigte den Kopf und verstärkte seine Magie. »Warte, nicht nur Federn. Ich könnte schwören, ich spüre auch Fell. Und – etwas wie den Basilisken, den wir letzte Woche hatten? Aber es ist nicht schlangenartig, wenn das Sinn macht – ich spüre keine Schuppen. Vielleicht das Gift.«

Gideon öffnete die Augen und starrte auf den mumifizierten Leichnam hinab. »Ein Hippogreif? Ich glaube, ich habe neulich über Hippogreife gelesen.«

Silas gab ihm einen gutmütigen Schubs, und die Magie des Satyrs streifte Gideons Sinne. »Du bist nah dran, aber knapp daneben ist auch vorbei. Der Kerl war ein Mantikor.«

Gideon sah Silas verständnislos an, da er noch nie von dieser Art Mythischem Wesen gehört hatte. Silas grinste ihn erneut an, seine Augen hell und erfreut darüber, Gideon verwirrt zu haben. »Ein Mantikor hat einen menschlichen Kopf mit dem Körper eines Löwen. Er hat Flügel und einen Schwanz mit giftigen Stacheln.«

»Hm«, war alles, was Gideon einfiel zu sagen. Er setzte den Deckel wieder auf die Kiste und half Silas, den Mantikor in den Ofen zu schieben.

»Mann, du wirst richtig gut darin«, sagte Silas und blickte über Gideons Schulter, während er die magische Signatur des Mantikors in sein Notizbuch eintrug. Das blasse Licht der Morgendämmerung begann durch die Fenster zu dringen und kündigte das Ende einer weiteren ruhigen Nachtschicht an. »Ich habe noch nie einen Auramant getroffen, aber von dem, was ich höre, lernst du das Erkennen von Magie wahnsinnig schnell.«

Gideon zuckte mit den Schultern und versuchte zu verbergen, wie sehr ihn das Kompliment freute. Die Arbeit bei Bestattungshaus Ruhige Zuflucht, dem Conclave gehörenden Bestattungsunternehmen, war eine Offenbarung gewesen. Zum ersten Mal fühlte er sich, als gehöre er irgendwo hin. Die Arbeit faszinierte ihn, seine Kollegen waren aufrichtig freundlich, und die Bezahlung übertraf alles, was er sich zuvor vorgestellt hatte. Selbst all der Papierkram konnte seine Begeisterung nicht dämpfen. Das Beste aber war, dass der stetige Strom Mythischer Wesen, die durch seine Türen kamen, ihm erlaubte, eine vielfältige Auswahl magischer Signaturen zu verfolgen und zu katalogisieren.

Ein vertrautes, feuriges Gefühl überkam plötzlich seine Sinne und ließ die Haare in seinem Nacken sich aufstellen. Sein Kopf schnellte zur Tür einen Moment bevor sie aufschwang und eine zierliche Gestalt enthüllte.

»Ich hatte den Kerl total in die Enge getrieben, mit den Hosen heruntergelassen. *Buchstäblich.* Habe ihn in einer Toilettenkabine an einer Raststätte direkt an der I-75 gefunden«, sagte Dacey in ihr Telefon, während sie hereinstürmte und es irgendwie schaffte, trotz des rosa Cardigans und der vernünftigen Schuhe gefährlich auszusehen. Ihre Augen leuchteten auf, als sie Gideon entdeckte, und ein Grinsen breitete sich über ihr Gesicht aus. »Ich muss Schluss machen. Ich schicke meinen Bericht später.«

Sie beendete das Gespräch und sprang zu ihm hinüber, warf ihre Arme um ihn in einer enthusiastischen Umarmung, die sein Herz einen Schlag aussetzen ließ. »Giddy! Ich habe dich vermisst! Nur mit dir am Telefon zu reden, reicht einfach nicht.«

»Ich habe dich auch vermisst«, sagte er und klopfte ihr etwas unbeholfen auf den Rücken. Er war sich Silas' schlecht verhehlten Interesses bewusst, der sie beobachtete. »Es ist, was –

3

ein Monat? Warum bist du angezogen wie eine Schulbiblio-
thekarin?«

Dacey trat zurück und verzog das Gesicht, zupfte an ihrer
geblümten Bluse. »Sehr witzig. Ich musste mich unauffällig
kleiden für meinen letzten Auftrag. Frag lieber nicht – ich musste
zu viel Zeit im Kindergottesdienstraum verbringen.« Sie blickte
in der ruhigen Leichenhalle umher. »Arbeitest du immer noch
bis spät in die Nacht? Warum bist du nicht auf Tagdienst umge-
stiegen?«

»Ich habe mich an die Nachtschichten gewöhnt«, sagte
Gideon und steckte seine Hände in die Taschen, um sie zu
beschäftigen. »Außerdem passt das besser zu meinem Stunden-
plan, wenn ich im Herbst wieder an die Uni gehe.«

Gideon erinnerte sich plötzlich an seine Manieren. »Äh,
Dacey, das ist mein Kollege und Freund Silas. Dacey, das ist Silas,
mein Kollege und Freund.«

»Freut mich, dich kennenzulernen«, sagte Dacey und streckte
ihre Hand aus. »Gideon hat mir viel über Sie erzählt.«

»Ebenso«, antwortete Silas mit einem wissenden Grinsen, das
Gideon wünschte, der Boden würde ihn verschlucken. Sie schüttelten sich die Hände, und Silas' Grinsen wurde breiter. »Nun,
ich sollte zurück an die Arbeit gehen. Diese Sterbeurkunden
werden sich nicht von selbst ausfüllen.«

Als Silas zur Tür ging, fing er Gideons Blick auf, zeigte auf
Daceys Rücken und gab einen enthusiastischen Daumen hoch.
Gideon behielt sein Gesicht sorgfältig neutral, obwohl er spüren
konnte, wie Hitze seinen Hals hinaufkroch.

»Was machst du hier?« fragte Gideon und wandte sich von
Silas ab, um Dacey anzugrinsen, erfreut über ihren unerwarteten
Besuch.

Sie gab ihm ein helles, schelmisches Lächeln, das er so sehr
vermisst hatte, dass es seine Lungen schmerzen ließ. »Ich habe
einen Fall und könnte deine Hilfe gebrauchen ... Es wird lustig.«

»Klingt nach Spaß? Das habe ich schon mal gehört«, neckte

Gideon und versuchte zu ignorieren, wie sein Puls bei der Aussicht, wieder mit der Bennu-Gestaltwandlerin zu arbeiten, schneller wurde.

»Wir haben eine Situation in Zentralflorida«, erklärte sie. »Fünf Todesfälle im letzten Monat. Keine offensichtliche Todesursache – keine Anzeichen von Trauma, Magie oder Gift. Die Opfer haben einfach... aufgehört zu leben. Die meisten von ihnen sind zuerst bewusstlos geworden und nie wieder aufgewacht. Eigentlich sollte ich das korrigieren – ein Opfer war in irgendeiner Art Kampf gewesen, aber der Gerichtsmediziner war kategorisch, dass es nicht die Todesursache gewesen war. Sie waren alle eine Minute völlig gesund, dann eine Leiche.«

Gideon runzelte die Stirn. »Irgendeine Verbindung zwischen den Opfern?«

»Soweit wir feststellen können, nicht. Verschiedene Alter, verschiedene Hintergründe, verschiedene Stadtteile. Manche Menschen und manche Mythische Wesen. Das letzte Opfer war die Schwester des Bürgermeisters von Millhaven – das hat endlich das Conclave eingeschaltet. Die örtlichen Strafverfolgungsbehörden sind ratlos, und die Gerichtsmedizinerin ist kurz davor, sich die Haare zu raufen, weil sie nicht herausfinden kann, was diese Menschen getötet hat.«

»Du denkst, es ist etwas Magisches?«

Dacey nickte. »Das ist unsere Arbeitstheorie. Aber wir müssen es sicher wissen, bevor wir rechtfertigen können, Ressourcen für eine vollständige Untersuchung zu verwenden. Da kommst du ins Spiel.« Sie fixierte ihn mit einem intensiven Blick, der seinen Magen langsam umdrehen ließ. »Das Conclave möchte, dass du die Leichen untersuchst und feststellst, ob du magische Rückstände findest, die uns Hinweise darauf geben, womit wir es zu tun haben.«

Gideon fuhr sich durch die Haare und dachte darüber nach. Sein Herz sprang bei der Chance, wieder mit Dacey zu arbeiten, aber seine Vernunft siegte über den Wunsch. »Ich bin noch in der

Ausbildung, Dacey. Vielleicht wäre Vena besser für diesen Fall?«
Es schmerzte ihn, seine Aurament-Mentorin anstelle seiner
selbst vorzuschlagen, aber er wusste, dass Vena endlos qualifi-
zierter war. »Sie hat Jahre der Erfahrung, die ich nicht habe. Ich
bin mir nicht sicher, wie viel ich aufnehmen könnte.«

»Vena ist bereits bei einem Auftrag. Ich denke, du bist bereit
für Feldarbeit, und meine Chefs stimmen zu. Komm schon,
Gideon – keine Ausreden mehr! Lass uns das machen! Ich bin so
aufgeregt, wieder mit dir zu arbeiten. Wir sind ein großartiges
Team!«

Gideon verzichtete darauf zu erwähnen, dass er das letzte
Mal, als sie zusammengearbeitet hatten, in Brand gesetzt worden
war. Stattdessen fragte er: »Denkst du, das wird mehr als einen
Tag dauern? Falls ja, muss ich frei beantragen.«

»Das habe ich schon mit deinem Vorgesetzten geklärt«, sagte
Dacey mit einem leichten Grinsen. »Und du bist unsere beste
Hoffnung, herauszufinden, was hier los ist. Fünf Menschen sind
tot, Giddy. Wenn wir nicht herausfinden, was das verursacht,
wird es wahrscheinlich weitere Tote geben.«

»Sag nicht Giddy zu mir«, sagte er automatisch und protestierte pro forma, wohl wissend, dass es zwecklos war, Dacey zum
Aufhören zu bringen.

Trotz seiner Proteste wussten beide, dass er ja sagen würde.
Seit jenem Tag im Wald mit den Dämonen hatte er aufgehört zu
kämpfen, was er war, und angefangen, seine Macht zu umarmen.
Er sah täglich mehr Mythische Wesen unter der gewöhnlichen
Welt wandeln – ihre magischen Signaturen loderten wie Lagerfeuer in der Dunkelheit. Seine Fähigkeiten wuchsen, ob er bereit
dafür war oder nicht.

»Wann fahren wir?« fragte er.

Daceys Gesicht leuchtete mit jenem wilden Grinsen auf, an
das er sich so gut erinnerte. »Wie schnell kannst du packen?«

»Ich muss hier erst noch etwas Papierkram erledigen. Gib mir
ein paar Stunden?«

»Perfekt. Ich hole dich gegen acht ab. Wir können unterwegs frühstücken.«

»Klingt gut.« Er unterdrückte ein Gähnen. »Und vielleicht kann ich auf der Fahrt ein paar Stunden schlafen.«

Daceys Telefon summte, und sie blickte auf den Bildschirm. »Oh, das Büro des Bürgermeisters hat geantwortet. Sie können uns um fünf empfangen. Das gibt uns reichlich Zeit, nach Millhaven zu kommen.« Sie steckte ihr Telefon zurück in die Tasche. »Pack etwas Schickes ein – wir müssen professionell aussehen.«

»Mit 'schick' meinst du 'wie aus einem Bibliothekarinnen-Katalog'?« konnte Gideon nicht widerstehen zu fragen und hob eine Augenbraue zu Daceys Outfit.

Sie warf ihm einen hochmütigen Blick zu und zupfte mit Schwung an ihrem Cardigan. »Ich kann den Lehrerinnen-Look sehr wohl tragen, bitteschön!«

Gideon lachte leise und verdrehte die Augen.

»Hey, übrigens... ich habe eine Weile nichts von dir gehört. Ist alles okay?« sagte Gideon und versuchte, seinen Ton beiläufig zu halten, trotz des Knotens in seinem Magen. Zwei Wochen nahezu völliger Stille hatten ihn alles in Frage stellen lassen. Er hatte ein paar beiläufige Nachrichten geschickt, weil er nicht anhänglich wirken wollte, aber ihre spärlichen Antworten standen in scharfem Kontrast zu ihrem üblichen Hin und Her. Vielleicht hatte er sich eingeredet, dass ihre Freundschaft ihm so viel bedeutete wie ihm.

Daceys Ausdruck wurde verlegen. »Ja, tut mir leid deswegen. Mein Safehouse ist abgebrannt.«

»Dein was? Warte – was ist passiert? Hast du...« Gideon senkte seine Stimme und dachte an Daceys feurige Bennu-Gestaltwandlernatur. »Hast du ihn in Brand gesetzt?«

»Nein, nichts dergleichen«, sagte Dacey mit einem leichten Lachen. »Ich war nicht mal da, als es passiert ist. Die Feuerwehr ermittelt noch, aber es sieht nach einem elektrischen Problem oder etwas ähnlich Alltäglichem aus.«

Sie zuckte mit den Schultern und zupfte an den Ärmeln ihres Cardigans. »Es ist hauptsächlich nur Papierkram und Ärger zu diesem Zeitpunkt. Der Ort war versichert, und ich habe die meisten meiner wichtigen Sachen sowieso nicht dort aufbewahrt. Das ist der ganze Sinn eines Safehouses – es ist ersetzbar.«

»Richtig«, sagte Gideon, unsicher, wie er sich bei dieser Information fühlte, aber entschied sich weiterzumachen. »Hey, was soll ich meiner Mutter erzählen, wohin ich gehe?«

Dacey hielt inne, die Hand am Türknauf. »Wie wäre es, wenn wir ihr sagen, dass du mir bei einem anderen Beratungsauftrag hilfst? Genau genommen stimmt das.«

Ja, sie wird begeistert sein, das zu hören, nach dem, was letztes Mal passiert ist, dachte er, behielt diesen Gedanken aber für sich.

»Sei um acht bereit«, sagte Dacey und tippte auf ihre Uhr. »Pack nur das Nötigste ein – ich hoffe, wir sind nicht länger als ein oder zwei Tage weg.« Sie zog die Tür auf und trat bereits hindurch.

»Bis bald«, rief Gideon ihrer sich entfernenden Gestalt nach. Die Tür klickte zu und hinterließ nur den schwachen Duft ihres Shampoos und die anhaltende Wärme ihrer magischen Signatur in der Luft.

Gideon zuckte zusammen und erinnerte sich an die kaum verhüllte Feindseligkeit seiner Mutter gegenüber Dacey, nachdem ihre letzte Untersuchung ihn mit Verbrennungen bedeckt ins Krankenhaus gebracht hatte. Die Meinung seiner Mutter über Dacey ging weit über bloße Abneigung hinaus, aber er brachte es nicht übers Herz, ihr die Wahrheit zu sagen. Er müsste sich eine andere Geschichte für seine Mutter über seine Reise nach Millhaven ausdenken – Dacey zu erwähnen würde nur endlose Vorträge und Sorgen auslösen.

Früher oder später müsste er ein unangenehmes Gespräch mit seiner Mutter darüber führen, dass Dacey eine dauerhafte Erscheinung in seinem Leben war. Aber nicht heute.

Silas steckte fast sofort wieder den Kopf herein. »Also... das ist die berühmte Dacey, was?«

»Fang nicht an«, warnte Gideon, aber er konnte spüren, wie er wieder errötete.

»Hey, ich sage nur – ein Mädchen, das Ärsche treten kann und so gut in einem Cardigan aussieht? Lass sie dir nicht entgehen.« Silas wackelte anzüglich mit den Augenbrauen.

»Da ist nichts... Es ist nicht so...« Gideon knurrte und schüttelte den Kopf über sich selbst. »Hast du nicht noch Papierkram zu erledigen?«

»Ist ja gut, ich gehe ja schon.« Silas wandte sich ab, als er innehielt und zu Gideon zurückblickte. »Hey, denkst du, du schaffst es noch zum Training am übernächsten Wochenende?«

Gideon zuckte mit den Schultern. »Ich denke nicht, dass es ein Problem sein wird. Dacey meint, die Untersuchung soll in ein paar Tagen vorbei sein, aber wir werden sehen.«

Gideon hatte ein paar Wochenenden jeden Monat mit Silas in einer Conclave-Trainingseinrichtung in Tallahassee verbracht und daran gearbeitet, ein voll ausgebildeter Agent zu werden. Das Programm war intensiv – Waffenausbildung, körperliche Konditionierung, Nahkampffähigkeiten und mehr. Er hatte sogar zweimal von Angesicht zu Angesicht mit Vena arbeiten können. Er fühlte sich glücklich, weil sie aus South Carolina für die Trainingseinheiten fliegen musste. Ich hatte meiner Mutter erzählt, ich sei einem Wander- und Campingverein beigetreten, wohl wissend, dass sie Camping hasst und daher nie mitkommen oder zu viele Fragen stellen würde.

»Ah, nun«, grinste Silas. »Wenigstens könnt ihr den Fall zusammen bearbeiten. Mach das Beste daraus. Im Ernst, Mann, du solltest...«

»Tschüss, Silas.«

Als er allein war, zog Gideon sein Telefon heraus und tippte eine schnelle Nachricht an Vena: *Ich gehe zu meiner ersten offiziellen Untersuchung für das Conclave. Muss vielleicht anrufen oder schreiben, falls ich auf unbekannte Magie stoße. Wollte dir nur Bescheid geben.*

Sein Telefon klingelte fast sofort, Venas Name leuchtete auf dem Bildschirm.

»Glückwunsch!« Venas warme Stimme kam durch, obwohl ein Unterton der Sorge da war, der Gideon ihr besorgtes Gesicht vorstellen ließ, die Stirn unter ihrem wisprigen silbernen Haar gerunzelt. Manchmal fühlte er sich, als wäre Vena die Großmutter, die er nie gehabt hatte. »Aber ich wollte dich warnen, dass du da draußen vorsichtig bist.«

»Das werde ich sein«, versicherte Gideon ihr.

»Ich meine es ernst«, Venas Stimme wurde ernst. »Erzähl niemandem außerhalb des Conclaves, was du bist. In meinen jüngeren Jahren hatte ich zwei jüngere Cousins, deren Eltern angegriffen wurden und deren Kinder entführt wurden.«

Gideon stockte der Atem. »Weil sie Auramanten waren?«

»Wahrscheinlich. Wir konnten nie die Schuldigen oder irgendein Zeichen meiner Cousins finden. Es ist Jahrzehnte her, aber die Gefahr ist immer noch real.« Vena seufzte schwer. »Das Warum und Wie sind eigentlich nicht wichtig. Es könnte jemand gewesen sein, der sie wegen ihrer Fähigkeiten wollte, um ihre Macht zu stehlen – oder sogar für ein Blutopfer. Wer weiß? Sei einfach vorsichtig. Auramanten sind selten, und unsere Magie ist mächtig und begehrt. Menschen werden dich benutzen wollen, und nicht jeder, der das tut, hat gute Absichten. In der Lage zu sein, sogar versteckte Magie zu spüren und zu identifizieren, ist ein mächtiges Werkzeug – es macht dich unglaublich wertvoll für sowohl Verbündete als auch Feinde. Diese Art von Macht bringt immer Risiko mit sich.«

»Ich werde vorsichtig sein, ich verspreche es«, sagte Gideon leise. »Ich werde niemandem von meiner Fähigkeit erzählen.«

Nachdem er aufgelegt hatte, biss Gideon sich auf die Lippe, sein Verstand raste mit Möglichkeiten, was auf sie zukommen könnte. Sein letzter »Beratungsauftrag« mit Dacey war damit geendet, dass er in ein Lagerfeuer rollte und körperlosen Dämonen gegenüberstand. Er fragte sich, was ihn diesmal erwartete.

Gideon zog sein Notizbuch aus der Tasche und blätterte durch die Seiten voller sorgfältiger Beobachtungen über magische Signaturen. In den letzten Monaten hatte er über dreißig Arten Mythischer Wesen dokumentiert, die durch das Krematorium gekommen waren, zusätzlich zu all den seltsamen magischen Artefakten, die Vena ihm immer zum Studieren schickte. Er hatte in den letzten zwei Monaten mehr über Magie gelernt, als er sein ganzes Leben davor gewusst hatte, dass es existierte. Aber Buchlernen und sorgfältig kontrollierte Beobachtungen waren eine Sache – ins Feld zu gehen und dieses Wissen anzuwenden war etwas ganz anderes.

Wenigstens ging er diesmal mit offenen Augen hinein. Er wusste, worauf er sich einließ – größtenteils. Und er hatte jetzt tatsächliche Ausbildung, plus ein viel besseres Verständnis seiner Fähigkeiten.

Trotzdem, als er anfing, seine Unterlagen zu sammeln, konnte er das Gefühl nicht abschütteln, dass sie kurz davor standen, in etwas Großes hineinzustolpern. Fünf mysteriöse Todesfälle ohne offensichtliche Todesursache? Das war nicht nur ungewöhnlich – es war zutiefst beunruhigend. Selbst in der seltsamen Welt der Mythischen Wesen starben Menschen nicht einfach ohne Grund.

Sein Telefon summte mit einer Nachricht von Dacey: *Pack Laufschuhe ein. Und vielleicht etwas Feuerfestes. Haha.*

Gideon schrieb zurück: *Sehr witzig, haha.*

Sorry, Giddy. Zu früh???

Gideon starrte einen langen Moment auf die Nachricht, dann schüttelte er den Kopf und lächelte. Was auch immer auf sie zukam, es würde zumindest nicht langweilig werden.

KAPITEL 2

Gulf Breeze Hardware stand als Zeugnis des alten Florida da, aus einer Zeit, als der Staat noch mehr Sumpf als nutzbares Land war und bevor Disney kam. Das gedrungene Betonblockgebäude hatte unzählige Hurrikane überstanden, seine Fenster durch sturmerprobte Metallfensterläden geschützt. Der Parkplatz war rissig, aber sauber, mit verblassten gelben Linien und Büscheln hartnäckigen Unkrauts, das durch den Asphalt wuchs.

Eine Glocke läutete, als Gideon die Tür öffnete und die vertraute Mischung aus Farbe, Blumenerde und Kriechöl einatmete. Der Laden war ein Labyrinth aus hohen Metallregalen, vollgepackt mit allem von Elektrowerkzeugen bis zu Blumensamen, jeder Gang akribisch organisiert, trotz des ständigen Stroms von Auftragnehmern und Hobby-Heimwerkern, die jeden Tag hindurchgingen.

Stella Bean stand hinter der Theke, ihr hellbraunes Haar – derselbe Farbton wie Gideons eigenes – in einem praktischen Pferdeschwanz zurückgebunden. Selbst im marineblauen Polohemd des Ladens trug ihr großer, schlanker Körper die Art sehniger Stärke, die von Jahren des Schleppens von Farbeimern und schweren Säcken Mulch stammte. Der goldene Kreuzanhänger, den sie nie ablegte, fing das Licht der Leuchtstoffröhren ein, als sie sich vorbeugte und einem Kunden mit der Geduld von jemandem etwas erklärte, der mehr als ein Jahrzehnt damit verbracht hatte, Menschen zu helfen, genau herauszufinden, welchen Nagel oder Bolzen sie brauchten.

Die Bezeichnung »Managerin« auf ihrem Namensschild war neu, und Gideon spürte eine vertraute Welle des Stolzes. Seine Mutter hatte sich jeden Buchstaben dieses Titels verdient und sich durch pure Entschlossenheit und Durchhaltevermögen von der Aushilfe an der Kasse hochgearbeitet.

Sie erblickte ihn über die Schulter des Kunden hinweg, und ihr Gesicht erhellte sich mit einem Lächeln, das nur einen Hauch der allgegenwärtigen mütterlichen Sorge enthielt. Schon seit er klein war, hatte Gideon nie so richtig zu seinen Altersgenossen gepasst, und die Sorge seiner Mutter war nur gewachsen, als er vor ein paar Jahren plötzlich das College abgebrochen hatte. Nach dem Dämonenangriff, als Gideon sich selbst in Brand gesetzt hatte, um sie zu retten, war es, als ob sich alle schlimmsten Befürchtungen seiner Mutter auf einmal materialisiert hätten. Der Aufenthalt auf der Verbrennungsstation hatte ihre Angst ins Unerträgliche gesteigert, und erst jetzt, Monate später, begann sie, etwas wie Ruhe zu finden. Er konnte es nicht ertragen, ihr zu sagen, dass er einen weiteren Fall mit Dacey übernahm – allein der Gedanke daran, ihre Panik wieder zu entfachen, ließ seinen Magen sich zusammenziehen. Irgendwann musste er ein ehrliches Gespräch über seinen Plan führen, Agent zu werden, aber als er sie jetzt betrachtete, war er noch nicht bereit, dieses schwierige Gespräch anzugehen.

Gideon schenkte ihr ein beruhigendes Lächeln und wartete bei einer Auslage von Arbeitshandschuhen, während sie den Einkauf des Kunden abschloss, und versuchte, das schuldige Ziehen in seinem Magen zu ignorieren.

»Schatz, was machst du denn hier? Ist alles in Ordnung?«, fragte sie, nachdem der Kunde gegangen war.

»Alles ist in Ordnung, Ma«, sagte Gideon und lehnte sich gegen die Theke. »Ich wollte nur kurz vorbeischauen, weil ich für ein paar Tage die Stadt verlassen muss. Die Firma, für die ich arbeite, braucht etwas Hilfe in Millhaven, in der Nähe von Orlando.«

»Oh, ist deren Krematorium auch unterbesetzt?«, fragte seine Mutter. »Ich wette, es ist diese Grippe, die gerade rumgeht. Die Hälfte meiner Belegschaft war diese Woche damit krank.«

Gideon spürte einen Stich des Unbehagens. Er hasste selbst diese kleine Täuschung, aber er konnte sich nicht dazu bringen, sie zu korrigieren. Es war besser, als sie unnötig zu beunruhigen.

»Ich sollte nur ein paar Tage weg sein«, sagte er stattdessen. »Es ist eine gute Gelegenheit, ihnen meinen Wert zu zeigen. Außerdem bieten sie einen ziemlich guten Bonus.«

»Das ist wunderbar!«, strahlte seine Mutter. »Ich bin so stolz darauf, wie ernst du deinen Job nimmst. Denkst du, du wirst vor Samstag zurück sein? Ich würde es hassen, wenn du die Feier verpasst. Ich freue mich so darauf, unser erstes Grillfest zum Unabhängigkeitstag zu veranstalten. Es ist eine gute Gelegenheit, die Nachbarn besser kennenzulernen.« Sie richtete gedankenverloren ihr Kreuz. »Wir haben endlich einen richtigen Hinterhof, um eine Party zu veranstalten. Außerdem hat sich Pastor Simon besonders darauf gefreut, dich zu sehen.«

Gideon behielt seinen neutralen Gesichtsausdruck bei, obwohl er innerlich nichts dagegen gehabt hätte, eine einfache Ausrede zu haben, um einer weiteren wohlmeinenden Predigt über seinen nachlassenden Kirchenbesuch zu entgehen. »Ich bin mir nicht sicher, ob ich rechtzeitig zurück sein werde. Ich werde es aber versuchen. Aber falls nicht, sag Pastor Simon, ich lasse grüßen. Ich würde es hassen, die Grillparty zu verpassen – wie ich Frau Henderson kenne, wird sie wahrscheinlich genug gebratenes Hähnchen mitbringen, um uns eine Woche lang zu ernähren.«

Seine Mutter lachte. »Das wird sie bestimmt. Diese Frau denkt, jeder in der Nachbarschaft ist zu dünn.« Ihr Ausdruck wurde weicher. »Ich bin nur froh, dass wir endlich in einem richtigen Haus sind. Auch wenn es nur gemietet ist, es ist so viel besser als diese schreckliche Wohnung.«

Ein Kunde kam ans Ende der Theke und umklammerte eine Handvoll PVC-Rohre mit einem verwirrten Gesichtsausdruck. »Entschuldigung, wissen Sie, wo ich finden kann—«

»Ich sollte dich wieder an die Arbeit lassen«, sagte Gideon. »Ich muss sowieso packen – sie sind ziemlich im Rückstand und könnten die Hilfe so schnell wie möglich gebrauchen. Ich rufe dich an, wenn ich gut angekommen bin, okay?«

Er ging um die Theke herum, um ihr eine schnelle Umarmung zu geben, und atmete den vertrauten Duft ihres Shampoos, vermischt mit Sägespänen, ein. »Ich hab dich lieb, Mama. Wir sehen uns in ein paar Tagen.«

»Ich hab dich auch lieb, Schatz. Pass auf dich auf.« Sie drückte ihn einen Moment fest, dann wandte sie sich um, um dem Kunden mit seiner Klempnerfrage zu helfen.

Als Gideon zu seinem Auto zurückkehrte, lag die Lüge, die er seiner Mutter erzählt hatte, schwer in seiner Brust. Aber es war besser als die Alternative – ihr zu sagen, dass er sich in eine weitere potenziell gefährliche Situation mit Dacey begab. Wenigstens war er diesmal besser vorbereitet. Wahrscheinlich. Zumindest hoffte er das.

Er hoffte es wirklich.

KAPITEL 3

*E*ine Autohupe und gedämpftes Fluchen rissen Gideon aus dem Schlaf. Er blinzelte, desorientiert, während sein Verstand darum rang, seine Umgebung zu erfassen. Die späte Morgensonne brannte auf Daceys Auto herab, das gerade in einem Meer aus kriechendem Verkehr feststeckte.

»Wie lange habe ich geschlafen?« fragte er und dehnte seinen steifen Nacken, der vom ungeschickten Schlafen gegen das Fenster herrührte.

»Ein paar Stunden.« Dacey trommelte mit den Fingern auf das Lenkrad. Ihr langes, schwarzes Haar fiel wie ein Vorhang über eine Schulter, während sie den Hals reckte, um an einem Sattelschlepper vorbeizusehen. »Wir sind nicht mehr weit von Millhaven entfernt, aber ich schwöre bei Gott, der Verkehr auf der I-4 bringt mich zur Weißglut.« Gideon konnte geisterhafte Flammen von ihren Armen aufsteigen sehen, nur für seine magischen Augen sichtbar – eine Manifestation ihrer zunehmenden Verärgerung. Sie starrte die endlose Reihe von Autos vor ihnen an. »Vor allem diesen Typen da,« fügte sie hinzu, als ein SUV ohne zu blinken über drei Spuren wechselte.

Gideon musste grinsen, als er sie beobachtete, überrascht

davon, wie jemand so hübsch so mörderisch aussehen konnte. Die ätherischen Flammen, die um sie tanzten, verstärkten diesen Eindruck nur. »Ich kann richtig sehen, wie verärgert du bist – da sind gerade Flammen in deinen Augen.«

Daceys Kopf schnellte zu ihm herum, ihr Ausdruck erschrocken. »Warte, was? Du kannst meine Flammen sehen?«

»Ja.« Gideon neigte den Kopf und fokussierte seinen magischen Blick intensiver auf sie. »Da steigt sogar gerade Feuer von deinen Armen auf. Und wenn ich mich konzentriere, kann ich die geisterhafte Form deiner Flammenflügel erkennen.«

»Das... das sollte unmöglich sein. Wegen meiner Sigilltätowierung sollte niemand erkennen können, dass ich eine Bennu-Gestaltwandlerin bin.«

»Sigilltätowierung?«

Bevor Dacey antworten konnte, trat das Auto vor ihnen ohne ersichtlichen Grund auf die Bremse. Dacey drückte die Hupe, die Flammen an ihren Armen loderten kurz auf. »Lern fahren, Idiot!«

Als sie sich wieder bewegten – wenn man das Zentimeter für Zentimeter Vorwärtskriechen überhaupt »bewegen« nennen konnte – erklärte sie: »Eine Sigilltätowierung ist magische Tinte. Die meisten Mythischen lassen sich welche machen, um ihre wahre Natur vor Menschen zu verbergen.« Sie blickte zu den Autos um sie herum, dann schob sie mit einer Hand ihren Ärmel hoch und enthüllte eine kunstvolle Flammenflügel-Tätowierung, die sich über ihren Oberarm ausbreitete. »Diese Tätowierung enthält und verbirgt mein Feuer, bis ich es bewusst freisetze.«

Gideon hatte Daceys Tätowierungen schon früher bemerkt – wie hätte er auch nicht? Die kunstvollen Designs waren ihm mehr als einmal aufgefallen. Aber er hatte immer angenommen, sie seien bloßer künstlerischer Ausdruck, ohne je zu ahnen, dass sie einen magischen Zweck haben könnten.

Gideon lehnte sich näher heran, fasziniert. Als er seine auramantischen Sinne auf das Bild fokussierte, schimmerte die

Tätowierung wie Hitzewellen, die von heißem Asphalt aufsteigen. Ohne nachzudenken streckte er die Hand aus und berührte die tätowierte Haut. Ein prickelndes Gefühl tanzte über seine Fingerspitzen, erinnerte an Feenmagie – hell, wild und uralt – verschmolzen mit der Hitze von Daceys Magie.

»Das macht Sinn,« sagte er und bemühte sich sehr, sich auf die magische Signatur zu konzentrieren und nicht darauf, wie weich sich ihre Haut unter seinen Fingerspitzen anfühlte. »Es fühlt sich an wie Feenmagie.«

»Gute Beobachtung,« antwortete Dacey beeindruckt. »Der Künstler, der mir das gestochen hat, war Fae.«

Gideon zog widerwillig seine Hand zurück und holte sein Notizbuch heraus, entschlossen, die einzigartige magische Signatur zu dokumentieren, solange sie noch frisch in seinem Gedächtnis war. Die vertraute Handlung des Notierens half ihm, sich zu erden und die anhaltende Empfindung von Daceys warmer Haut unter seinen Fingern zu verdrängen.

Die Feenmagie in Daceys Tätowierung erinnerte ihn an die Fallakte, die er gelesen hatte, bevor er eingenickt war: insgesamt fünf Todesfälle. Das erste Opfer war Marcus Chauvin, ein bekannter Feen-Tätowierer. Erst jetzt wurde Gideon klar, dass Chauvin vermutlich Tätowierungen geschaffen hatte, die mit Feenmagie angereichert waren – genau wie die Tinte auf Daceys Haut. Das nächste Opfer war Brandon Cho, ein Malaienbärenwandler aus der Nachbarstadt Maitland. Das dritte war Eleanor Preston, eine wohlhabende menschliche Gesellschaftsdame, bekannt für Wohltätigkeitsarbeit. Das vierte war ein obdachloser Mann, nur als »Joe« identifiziert. Das letzte Opfer war die Schwester der Bürgermeisterin, Willa Wagner, eine Hexe und Professorin an einer örtlichen Universität.

Nachdem er die Hintergründe der Opfer gelesen hatte, stimmte Gideon Daceys früherer Beobachtung zu, dass diese Menschen keine offensichtliche Verbindung teilten.

»Oh, Gott sei Dank,« atmete Dacey plötzlich auf. »Da ist

unsere Ausfahrt. Ich verhungere, und wir haben etwa eine Stunde, bevor wir die Bürgermeisterin treffen müssen. Genug Zeit zum Essen, wenn wir uns etwas Schnelles holen.«

Sie bogen von der I-4 ab, und die Anspannung in Daceys Schultern ließ sichtbar nach, als der Verkehr sich lichtete. Gideon starrte aus dem Fenster, während sie in das eigentliche Millhaven hineinfuhren und das historische Stadtzentrum betrachteten, das wirkte, als sei es um 1950 in der Zeit eingefroren worden.

Die Hauptstraße der Stadt verlief parallel zu einem großen See, und die alten Backsteingebäude beherbergten eine eklektische Mischung aus Antiquitätenläden, Cafés und Bars. Rot-weiß-blaue Girlanden schmückten die Schaufenster, und amerikanische Flaggen flatterten von jedem Laternenpfahl, in Vorbereitung auf die bevorstehenden Unabhängigkeitsfeierlichkeiten. Die Nachmittagssonne warf lange Schatten zwischen die Laternen, wo unbeleuchtete Lichterketten kreuz und quer über die Straße gespannt waren und auf den Abend warteten, um die Straße in eine Postkartenidylle zu verwandeln. Der See lugte zwischen den Gebäuden hervor, und Gideon erhaschte Blicke auf eine Uferpromenade, die sich am Wasser entlangschlängelte.

Sie bogen in die Palmetto Avenue ein und passierten weitere Backsteingebäude mit schmiedeeisernen Balkonen und bunten Markisen. Durch die Lücken zwischen den Gebäuden konnte Gideon einen Jachthafen sehen, in dem alles von kleinen Fischerbooten bis zu Yachten sanft in ihren Liegeplätzen schaukelte. Einige Menschen waren entlang der Uferpromenade unterwegs, entweder zum Spazierengehen oder Angeln an der Ufermauer.

»Es ist wie eine Zeitreise,« murmelte Gideon und beobachtete eine Touristenfamilie, die vor einem kunstvollen Gerichtsgebäude Fotos machte, das aussah, als gehöre es ins vorige Jahrhundert.

»Millhaven ist stolz auf seine Geschichte,« sagte Dacey und lenkte um eine pferdegezogene Kutsche voller Touristen mit Kameras. »Die Innenstadt war jahrelang heruntergekommen,

aber im letzten Jahrzehnt gab es eine riesige Wiederbelebungs-
welle. Jetzt haben all diese alten Gebäude neues Leben. Leere
Schaufenster sind jetzt Restaurants, Boutiquen, Kunstgalerien
und so weiter. Es ist auch eine ziemlich mythenfreundliche Stadt;
sogar die Bürgermeisterin ist ein mythisches Wesen.«

»Wirklich?« Gideon streckte instinktiv seine magischen
Sinne aus und scannte die Fußgänger, an denen sie vorbeifuhren.
Die meisten wirkten völlig weltlich, aber hier und da nahm er
flackernde Signaturen wahr, die jemanden als nicht ganz
menschlich kennzeichneten.

Sie parkten vor einem kornblumenblauen Holzgebäude mit
dem Schild Millhaven Lebensmitteldepot davor. Als sie zum
Eingang gingen, blieb Gideon stehen, um eine Tafel zu lesen:
»Erbaut 1887, diente das Millhaven Bahnhofsdepot als wich-
tigster Bahnhof der Stadt bis 1965. Dieses historische Wahrzeichen wurde liebevoll restauriert, um die besten Lokale unserer
Stadt aufzunehmen.«

Im Inneren des Gebäudes war eine geräumige Halle mit
Essensständen an beiden Seiten. Edison-Glühbirnen-Ketten
kreuzten den offenen zentralen Korridor zwischen den Ständen,
und hohe Fenster ließen natürliches Licht herein. Es gab alles
von Ramen über Pizza bis hin zu Tacos und Craft-Bier.

»Ich hole mir ein Sandwich,« verkündete Dacey und überprüfte ihr Handy. »Wir haben gerade genug Zeit, um uns etwas
zu essen zu holen, damit wir nicht hungrig auftauchen.«

Sie trennten sich, um Essen zu holen, und trafen sich an
einem langen Gemeinschaftstisch in der Mitte der Halle wieder.
Gideon kam mit einer Pizza voller Peperoni und Pilzen zurück.
Daceys Teller hielt zwei pralle, dampfende Bao-Brötchen und
einen seltsam aussehenden koreanischen Käse-Korndog, dessen
knusprige Hülle mit roten und weißen Soßenstreifen überzogen
war.

Dacey biss in den koreanischen Käse-Korndog und enthüllte
dehnbaren, geschmolzenen Käse statt der erwarteten Wurst. Sie

bemerkte Gideons Blick und lächelte, während sie ihm den koreanischen Käse-Korndog anbot.

»Du musst das probieren. Hast du jemals einen koreanischen Käse-Korndog gegessen?« fragte sie. »Der Käse darin ist unglaublich.«

Gideon zögerte einen Moment, sein Herz machte einen Sprung, als Dacey ihm das Essen reichte. Ein plötzlicher, wilder Impuls, den Korndog ganz zu übergehen und ihre Finger mit den Lippen zu berühren, durchfuhr ihn – der Gedanke ließ ihn erschauern. Stattdessen beugte er sich vor und nahm einen Biss, sich der Nähe ihrer Finger zu seinen Lippen sehr bewusst.

Die knusprige Außenseite gab geschmolzenem Mozzarella nach, und er machte ein anerkennendes Geräusch. Ihre Blicke trafen sich, und der laute Markt schien in Stille zu versinken. Die Wärme in ihrem Blick hielt ihn fest, ließ ihn in diesem unerwartet intimen Moment verweilen, der seinen Puls beschleunigte.

Hör auf damit, tadelte er sich. *Sie ist nur freundlich. Wir sind hier, um Morde zu lösen, nicht... was auch immer du willst, dass das ist.*

»Also... was ist unser Plan, jetzt wo wir hier sind?« fragte er und wandte seine Aufmerksamkeit absichtlich wieder seiner Pizza zu.

Dacey steckte ein Stück Bao in den Mund und kaute nachdenklich. »Zuerst zur Bürgermeisterin, dann zur Gerichtsmedizin. Ich übernehme die Befragungen, während du nach ungewöhnlichen magischen Signaturen suchst. Ich hoffe, die Leichen haben noch magische Rückstände, mit denen wir arbeiten können.«

»Was weißt du über die Bürgermeisterin?«

»Bürgermeisterin Winnifred Thorne war hier in Millhaven beeindruckend. Sie steckt hinter all dieser Wiederbelebung – verwandelt die Stadt in einen Touristenort, während sie ihren historischen Charme bewahrt. Gerüchten zufolge will sie nächstes Jahr für das Gouverneursamt kandidieren.« Sie nahm noch einen Bissen, bevor sie fortfuhr. »Das Conclave ist daran interessiert, dass das schnell gelöst wird. Sie wollen mehr Mythische in Machtpositionen, und eine von uns als Gouverneurin von Florida wäre ein großer Gewinn für die Gemeinschaft. Sie ist eine Hexe wie ihre Schwester Willa es war.« Daceys Miene wurde ernst bei der Erwähnung der ermordeten Frau. »Ihre Familie stammt aus den Appalachen. Sie sind direkte Nachkommen einer Granny Woman.«

Gideons Augen leuchteten. »Einer was?«

»Bergeshexe,« erklärte Dacey und gestikulierte mit dem restlichen koreanischen Käse-Korndog. »Das sind mächtige Hexen, die tief in den Appalachen leben. Sie schöpfen ihre Magie direkt aus den Bergen. Alte, mächtige Magie. Wilde Magie.«

Gideons Augen leuchteten. »Ich frage mich, ob ihre magische Signatur sich von anderen Hexen unterscheidet, denen ich begegnet bin. Letzte Woche im Krematorium hatten wir eine Heckenhexe. Ihre Magie fühlte sich an wie ein Garten und frisches grünes Wachstum.«

»Nun, das wirst du bald herausfinden.« Dacey blickte auf ihr Handy und sammelte schnell ihren Müll ein. »Wir sollten los, wenn wir unseren Termin einhalten wollen.«

Dacey senkte die Stimme und beugte sich näher über den Tisch. »Noch etwas – erzähl niemandem, dass du ein Auramant bist. Sobald die Leute das wissen, werden sie versuchen, ihre Magie zu verbergen.«

»Was soll ich sagen, wenn jemand fragt, was ich bin?«

Ein schelmisches Lächeln spielte um ihre Mundwinkel. »Gar nichts. Gib dich einfach geheimnisvoll.«

Gideon prustete in seinen letzten Bissen Pizza. »Klar. Ich bin so gut darin, geheimnisvoll zu sein.«

»Du wirst das schon rausfinden.« Dacey griff nach seinem inzwischen leeren Teller und grinste noch immer. »Komm schon, Mr. Geheimnisvoll. Wir haben eine Bürgermeisterin zu befragen.«

Sie gingen hinaus in die Nachmittagshitze und verließen den klimatisierten Komfort der Essenshalle. Bevor sie das Auto erreichten, holte Dacey zwei Gegenstände aus ihrer Handtasche und reichte sie Gideon.

»Ich hätte es fast vergessen. Dein Ausweis für diese Mission und dein Abzeichen.«

Gideon untersuchte zuerst den Führerschein. Das Foto war seins, aber der Name lautete 'Gideon Nash' mit einer Adresse in Jacksonville, die er noch nie gesehen hatte. Das Abzeichen war elegant, silbern und professionell und wies ihn als Ermittler der Savannah Special Investigations Unit aus.

»Was, keine Waffe?« fragte Gideon mit einem schelmischen Grinsen.

Dacey kicherte. »Nicht bevor du ein vollwertiger Agent bist. Vorerst bist du nur 'Berater'. Das ist Vorschrift,« fuhr sie fort und hielt ihr Abzeichen hoch. »Ich bin Candace Santiago für diesen Einsatz, aber nenn mich trotzdem Dacey.«

»Klar, Candy,« sagte Gideon mit einem Schmunzeln.

Dacey verdrehte die Augen, aber er sah ein angedeutetes Lächeln, als sie sich abwandte.

KAPITEL 4

*D*as Rathaus entspricht dem historischen Charme der Innenstadt von Millhaven. Die Fassade aus rotem Backstein ist mit weißen Zierleisten und hohen Fenstern geschmückt, die das Licht der späten Nachmittagssonne widerspiegeln. Im Inneren hingen an den Wänden gerahmte Schwarz-Weiß-Fotografien, die die Geschichte der Stadt dokumentierten: Schaufelraddampfer auf dem See, der alte Bahnhof in seiner Blütezeit und stolze Stadtbewohner in Kostümen aus vergangenen Zeiten vor neu errichteten Gebäuden.

Ein Sicherheitsbeamter wies ihnen den Weg eine geschwungene Treppe hinauf in den zweiten Stock, wo polierte Hartholzböden unter ihren Füßen glänzten. Am Treppenabsatz traf Gideon eine Welle roher Magie, die ihn fast ins Straucheln brachte. Sie fühlte sich uralt und ursprünglich an, wie moosbedeckte Steine und nebelverhangene Senken – eine Magie, die mit Gewittern singt und an dunklen, feuchten Orten gedeiht. Die Aura der Magie hatte sich in jede Ecke der Etage eingesogen und einen Rückstand wilder Energie hinterlassen, der seine Haut zum Kribbeln brachte.

Gideon folgte einem Wegweiser den Korridor entlang zum

Büro der Bürgermeisterin. Er kam zu einem Eckbüro, wo elegante goldene Schrift auf mattiertem Glas »Bürgermeisterin Winnifred Thorne« buchstabierte.

Ein Mann mittleren Alters in einem marineblauen Blazer begrüßte sie am Empfangstisch, sein Namensschild wies ihn als Michael Torres, leitender Assistent, aus. Eine markante weiße Strähne durchzog sein ansonsten schwarzes Haar und stieg von seiner linken Schläfe auf. Als Torres sich zur Begrüßung von seinem Stuhl erhob, entdeckte Gideon das charakteristische Schimmern von Magie. Er fokussierte seine Sinne auf den Mann und versuchte, dessen magische Signatur zu erkennen – nicht ganz Hexenmeister, aber ähnlich, vielleicht ein Zauberer. Wilde Magie klebte auch an Torres wie Morgentau, ihre Präsenz so kraftvoll, dass Gideon vermutete, er würde nach dem Treffen selbst Spuren davon an sich tragen.

Gideon nahm sich vor, Vena nach den Unterschieden zwischen den verschiedenen Arten von Magiern zu fragen. Er hatte sich schon länger vorgenommen, mehr über die unterschiedlichen magischen Anwender zu lernen, aber bisher keine Zeit gefunden. Er hatte sich hauptsächlich auf Arten von Gestaltwandlern konzentriert, da die Mehrheit der Mythischen Wesen Gestaltwandler der einen oder anderen Art waren.

»Agentin Santiago und Agent Nash,« verkündete Dacey. »Wir sind hier, um die Bürgermeisterin zu sehen.«

»Bitte nehmen Sie Platz,« Torres wies auf ein Paar antiker Stühle vor dem Büro der Bürgermeisterin. »Ich lasse Bürgermeisterin Thorne wissen, dass Sie da sind.«

Die Stühle waren bequemer, als ihr viktorianisches Aussehen vermuten ließ. Während Torres an die Tür der Bürgermeisterin klopfte, zog Gideon sein kleines Notizbuch hervor und kritzelte hinein: »Torres – Hexenmeister oder Zauberer? Vena nach dem Unterschied zwischen den beiden fragen.«

Er steckte das Notizbuch weg, als Torres die Tür öffnete.

»Ihr Fünf-Uhr-Termin ist da, Frau Bürgermeisterin.«

»Danke, Michael.« Die Stimme der Bürgermeisterin trug deutlich – präzise und professionell, aber von einem Hauch südstaatlicher Färbung erwärmt. »Würden Sie ihnen sagen, dass ich gleich da bin?«

Torres kam heraus und überbrachte die Nachricht, aber in seiner Eile, zu seinem Schreibtisch zurückzukehren, schloss er die Tür nicht ganz. Durch den Spalt konnte Gideon gedämpfte Stimmen hören. Ein Mann sprach in leisen Tönen, seine Worte undeutlich, aber die Antwort der Bürgermeisterin kam klar durch, schwer von Emotionen.

»Ich weiß nicht, ob ich das ohne Willa schaffen kann. Es fühlt sich nicht real an. Ich will nur aus diesem Albtraum aufwachen.« Ihre Stimme brach leicht. »Ich... was soll ich nur ohne sie machen? Das war unser Traum – ihn gemeinsam zu verwirklichen. Ich will es nicht ohne sie tun. Alles fühlt sich sinnlos an.«

Gideon warf Dacey einen Blick zu, deren Ausdruck sich vor Mitgefühl erweicht hatte. Die Stimme des Mannes wurde lauter, deutlicher.

»Willa würde wollen, dass du deine Mission beendest, Winnie. Die Menschen brauchen dich. Du kannst ihnen helfen.« Es gab eine Pause. »Ich will dich im Amt des Gouverneurs sehen, und ich weiß, Willa hätte es genauso gewollt. Sie wird bei dir sein, auch wenn nicht körperlich. Ich liebe dich, und ich bin so stolz auf dich.«

Gideon und Dacey tauschten kleine, traurige Lächeln bei diesem zärtlichen Moment aus. Sie hörten die Bürgermeisterin sich die Nase putzen, gefolgt von der Stimme des Mannes wieder. »Ich hole deine Gäste.«

Sie richteten sich schnell in ihren Stühlen auf und arrangierten ihre Gesichtsausdrücke sorgfältig zu höflicher Neutralität. Die Tür öffnete sich vollständig und enthüllte einen gutaussehenden Mann mit salzpfeffergrauem Haar, gekleidet in ein sauberes Hemd mit Knöpfen und graue Hosen. Lächelfalten kräuselten die Ecken seiner Augen, als er sie begrüßte.

»Winnie wird Sie jetzt sehen.«

»Danke,« sagte Dacey und erhob sich geschmeidig. Gideon folgte ihr in das Büro, wo spätes Nachmittagslicht durch hohe Fenster mit Blick auf den See strömte. Bürgermeisterin Winnifred Thorne stand hinter einem imposanten Mahagonischreibtisch, ihr brauner Bob rahmte ein Gesicht ein, das ruhig und gelassen erschien, obwohl ihre geröteten Augen kürzliche Tränen verrieten. Ihr anthrazitfarbener Anzug war tadellos geschneidert, ein kleines silbernes Medaillon an ihrer Kehle fing das Licht auf.

»Agenten.« Sie trat vor und begrüßte sie mit einem Händedruck. »Willkommen in Millhaven.«

»Danke, dass Sie sich mit uns treffen, Bürgermeisterin Thorne,« erwiderte Dacey. »Ich bin Agentin Santiago, und das ist Agent Nash vom Savannah Conclave. Zunächst möchte ich unser tiefstes Beileid für Ihren Verlust aussprechen.«

Gideon musste ein Zittern unterdrücken, als er der Bürgermeisterin die Hand schüttelte. Er war fast überwältigt von der Macht, die von ihr ausging. Ihre Aura pulsierte mit roher Magie, so ungezähmt wie ein Sturm, der von Berggipfeln herabrollte. Sie fühlte sich uralt und ursprünglich an, wie knorrige Kiefernwurzeln, die sich in verwitterten Granit krallten, die Art von Magie, die mit Herbstfrost knisterte und in schattigen Schluchten gedieh. Trotz ihrer wilden Natur – oder vielleicht gerade deswegen – hatte ihre Magie eine fast magnetische Anziehungskraft, die ihn anzog, auch wenn seine Instinkte vor ihrem gefährlichen Potenzial warnten. Die schiere Stärke davon hatte sich über ihre Jahre der Nutzung in jede Ecke des Büros eingesogen und den Raum in eine Art magischen Schwamm verwandelt, der förmlich vor gespeicherter Kraft summte. Der Gegensatz traf ihn – diese wilde, freie Energie, eingeschlossen in solch einer polierten, professionellen Äußerlichkeit, wie Blitze in einer Kristallflasche gefangen.

»Danke. Bitte nennen Sie mich Winnie,« sagte Bürgermeisterin Thorne und wies ihnen Plätze gegenüber ihrem Schreibtisch zu. »Und das ist mein Ehemann, Gregory Thorne. Er ist Ingenieursprofessor an der University of Central Florida.«

Der Mann, der sie hereingelassen hatte, trat mit einem warmen Lächeln vor und streckte zuerst Dacey, dann Gideon die Hand entgegen. »Greg, bitte,« beharrte er, als er ihre Hände schüttelte. Sein Griff war fest, aber nicht überwältigend, und sein goldener Ehering passte zu dem an der linken Hand der Bürgermeisterin. Dann stellte er sich hinter den Stuhl seiner Frau, seine Hand ruhte unterstützend auf ihrer Schulter.

Gregory strahlte für Gideons magische Sinne ein schwaches Echo der wilden Bergmagie seiner Frau aus, über Jahre der Ehe absorbiert, genauso wie die Bürowände ihre Macht aufgesogen hatten. Obwohl völlig menschlich, hatte das Leben so lange mit solch kraftvoller Magie seine Spuren an ihm hinterlassen. Gideon fragte sich, ob der Professor wusste, dass seine Frau eine Berghexe war. Er tat es wahrscheinlich – ihre Vorstellung als Agenten des Conclave deutete darauf hin, da die Existenz des Conclave nur Menschen offenbart wurde, die bereits über die magische Welt Bescheid wussten.

Die Bürgermeisterin lehnte sich in ihrem plüschigen Bürostuhl zurück. »Ich schätze es, dass das Conclave seine Agenten geschickt hat, um zu helfen.« Sie holte tief Luft, als bereite sie sich auf eine schwierige Situation vor. »Bitte lassen Sie mich wissen, wie ich Ihre Ermittlungen unterstützen kann. Denken Sie, dass... dass ein Verbrechen im Spiel ist?«

»Das ist genau das, was wir hier herausfinden wollen,« sagte Dacey, ihre Stimme sanft, aber professionell. »Wir werden jeden Winkel betrachten, und falls ein Verbrechen beteiligt war, werden wir nicht aufhören, bis wir die Wahrheit aufgedeckt haben. Ich weiß, das ist nicht einfach, aber ich habe einige Fragen, die uns helfen könnten, die Dinge zusammenzusetzen. Wäre das in Ordnung?«

»Natürlich. Ich werde helfen, wie ich kann.« Die Finger der

Bürgermeisterin griffen nach dem silbernen Medaillon an ihrer Kehle und drehten es leicht.

»Wann haben Sie Ihre Schwester das letzte Mal gesehen?«

»Wir waren im Edelweißsaal-Restaurant und hatten ein Abendessen-Treffen, um einige Details für die Unabhängigkeitstagfeier zu finalisieren.« Sie blickte zum Fenster hinaus. »Als wir das Treffen beendeten, erwähnte Willa, dass sie sich erschöpft fühlte.« Ihre Stimme brach leicht. »Ich... ich habe sie deswegen geneckt. Sagte, sie sei nur eine Professorin und sollte versuchen, Bürgermeisterin zu sein – dass ich für immer müde sei. Ich hätte aufmerksam sein und ihre Beschwerde ernst nehmen sollen. Ich hätte erkennen sollen... Stattdessen machte ich einen Scherz.«

Dacey beugte sich vor, ihr Ausdruck mitfühlend. »Das ist eine normale Interaktion zwischen Schwestern.«

»Wir haben uns immer so geneckt.« Tränen stiegen in die Augen der Bürgermeisterin. »Aber ich hätte es ernster nehmen sollen. Willa hat sich nie beschwert – sie hatte eine erstaunliche Arbeitsmoral. Ich hätte erkennen sollen, dass etwas nicht stimmte.«

»Was geschah als Nächstes?« fragte Dacey sanft.

»Sie ging gleich danach nach Hause. Ich schrieb ihr eine gute Nacht-SMS, nur um nach ihr zu sehen.« Bürgermeisterin Thorne holte zittrig Luft. »Als sie nicht zurückschrieb, dachte ich mir nichts dabei. Ich dachte, sie schläft. Erst am nächsten Tag, als einer ihrer Professorenkollegen mich anrief, besorgt, weil Willa nicht zu ihrer Vorlesung erschienen war...«

»Ihre Schwester war Professorin...« fragte Gideon nach, als es so aussah, als würde die Bürgermeisterin nicht weitermachen.

»Ja, sie war in der Mathematikabteilung der University of Central Florida.« Die Stimme der Bürgermeisterin füllte sich trotz ihrer Trauer mit Stolz. »Sie ist – *war* – eine brillante Mathematikerin.«

Gregory drückte die Schulter seiner Frau. »So habe ich Winnie kennengelernt. Willa und ich trafen uns an der UCF, wo wir beide arbeiteten und Freunde wurden. Willa stellte uns vor dreizehn Jahren einander vor.«

»Was taten Sie, als Sie herausfanden, dass Willa nicht zu ihrer Vorlesung erschienen war?« setzte Dacey fort.

»Ich rief sie an, aber es ging direkt zum Anrufbeantworter.« Die Finger der Bürgermeisterin umklammerten ihr Medaillon fester. »Ich verschob meine Termine und ging, um nach ihr zu sehen. Ihr Auto stand in der Auffahrt. Wir haben Schlüssel zu den Wohnungen der anderen, also ließ ich mich selbst hinein, als sie nicht auf die Türklingel antwortete.« Ihre Stimme wurde dick. »Ich rief, aber es gab keine Antwort.«

Während sie beschrieb, wie sie zum Schlafzimmer ihrer Schwester ging, begann Bürgermeisterin Thorne, die Fassung zu verlieren. Ihre Worte kamen stockend. »Zuerst... dachte ich, sie schläft nur. Sie sah so friedlich aus...«

»Es tut mir so leid für Ihren Verlust,« sagte Gideon leise. »Falls Sie eine Minute brauchen, um sich zu sammeln, lassen Sie es uns bitte wissen.«

Die Bürgermeisterin schüttelte den Kopf, obwohl Tränen ihre Wangen hinunterliefen. »Sie war kalt. Schon lange tot. Ich rief die Polizei, und das war's. Ich erfuhr erst gestern Abend vom Gerichtsmediziner, dass ihr Tod... Es scheint nicht natürlich zu sein.«

»Bemerkten Sie etwas Seltsames im Haus Ihrer Schwester?« fragte Dacey. »Gab es etwas anderes Ungewöhnliches an ihrem Verhalten in jener Nacht oder in den Tagen davor? Jemand Neues in ihrem Leben? Datete sie jemanden?«

»Nein, nichts dergleichen. Willa war Single.« Bürgermeisterin Thorne wischte sich die Augen mit einem Taschentuch ab, das ihr Mann leise bereitgestellt hatte. »Das einzige Seltsame war, dass sie sich nicht in ihren Pyjama umgezogen hatte – sie trug noch dieselbe Kleidung vom Abendessen am Vorabend.«

»Hatte Ihre Schwester Feinde?« fragte Dacey. »Jemand, der

ihr Schaden gewünscht haben könnte? Jemand bei der Arbeit, mit dem sie nicht auskam?«

Bürgermeisterin Thorne schüttelte nachdrücklich den Kopf. »Nein, absolut nicht. Alle liebten Willa.«

Ein sanftes Klopfen unterbrach sie. Der Assistent öffnete die Tür teilweise. »Entschuldigung für die Unterbrechung, Frau Bürgermeisterin, aber Detective Voss ist wie gewünscht angekommen.«

»Ah ja, danke, Michael. Bitte schicken Sie ihn herein.« Die Bürgermeisterin richtete sich in ihrem Stuhl auf. »Ich bat Detective Voss, sich uns anzuschließen. Er wird Ihr Verbindungsmann zur Polizeibehörde während Ihrer Ermittlung sein.«

Ein großer Mann betrat den Raum, sein Haar war ordentlich nach hinten gekämmt, und er trug einen dunkelblauen Anzug. Seine Bewegungen waren präzise und überlegt, als er sich dem Schreibtisch näherte. Auf den ersten Blick erschien er völlig menschlich. Als Gideon jedoch seine Auramanten-Fähigkeiten auf ihn fokussierte, konnte er hinter dem Zauberglanz des Mannes sehen und enthüllte vertikale Pupillen wie die einer Viper, die sie mit unverwandter Intensität musterten.

»Detective Victor Voss,« stellte er sich vor, seine Stimme trug ein leichtes Kratzen. »Ein Vergnügen, Sie beide kennenzulernen.«

Als er Gideons Hand schüttelte, zuckte Magie durch seine Handfläche. Unter dem menschlichen Äußeren des Detectives spürte Gideon etwas Reptilienartiges. Er war ziemlich sicher, dass der Mann irgendeine Art von Schlangengestaltwandler war – Vena hatte ihm früher im Monat einige Lamia-Relikte zum Einprägen geschickt.

Gideon kämpfte darum, seinen Gesichtsausdruck neutral zu halten, seine neuen Fähigkeiten als Auramant ließen die Begegnung intensiver erscheinen, als er erwartet hatte. Seine Haut kroch bei dem Gedanken daran, was unter Voss' menschlichem Zauberglanz lag. Gideon war nie wohl um Schlangen gewesen, und nicht zu wissen, welche Art von schlangenartigen Mythischen Wesen er die Hand schüttelte, half nicht.

Der Griff des Detectives war fest und kühl bei der Berührung.

»Detective Voss wird alles erleichtern, was Sie von der Behörde brauchen,« erklärte Bürgermeisterin Thorne. »Lassen Sie ihn einfach wissen, was Sie benötigen.«

Voss nahm Position am Fenster ein, sein unblinkender Blick bewegte sich zwischen den Agenten, als Dacey ihre Befragung fortsetzte.

Dacey griff in ihre Tasche, zog mehrere Fotografien hervor und legte sie auf den Schreibtisch. »Erkennen Sie eine dieser Personen? Oder wissen Sie, ob sie eine Verbindung zu Ihrer Schwester hatten?«

Die Bürgermeisterin beugte sich vor und studierte die Fotos. Ihre Augen weiteten sich leicht, als sie eines erkannte. »Ja – das ist... das ist Eleanor Preston. Ihre Familie ist seit den Eisenbahnzeiten in Millhaven. Sie war eine prominente Philanthropin in der Stadt. Sie starb vor etwa zwei Wochen.« Sie berührte den Rand von Eleanors Foto. »Wir dienten zusammen in der Millhaven Kulturerbe-Stiftung.«

»Die Millhaven Kulturerbe-Stiftung?« wiederholte Dacey und ließ die Frage offen.

»Die Kulturerbe-Stiftung ist eine unserer aktivsten gemeinnützigen Organisationen,« erklärte Bürgermeisterin Thorne und hellte sich sichtlich auf, als sie in das wechselte, was Gideon als ihren öffentlichen Auftritt interpretierte. »Wir konzentrieren uns darauf, Millhavens historische Architektur und Charakter zu bewahren. Das Royal Palmetto Hotel-Projekt ist unser ehrgeizigstes Unterfangen bisher, aber wir haben bereits mehrere Gebäude im historischen Viertel gerettet – sogar das schöne blaue viktorianische Haus in der Oak Street, wo Willa...« Ihre Stimme brach leicht, bevor sie sich sammelte. »Wo Willa lebte. Das war eine unserer ersten Erfolgsgeschichten.«

»Erfolgsgeschichten?« drängte Dacey sanft.

»Ja. Wir kaufen historisch bedeutsame Immobilien, die gefährdet sind, restaurieren sie und behalten sie dann entweder als Museen oder verkaufen sie an geprüfte Käufer mit Erhaltungsvereinbarungen. Die Stiftung stellt sicher, dass diese Gebäude für zukünftige Generationen ordnungsgemäß erhalten werden.« Stolz schlich sich in ihre Stimme. »Wir haben geholfen, Millhaven von einer Stadt bröckelnder alter Gebäude in eine Erhaltungserfolgsgeschichte zu verwandeln. Das Royal Palmetto Hotel ist unser bislang prestigeträchtigstes Projekt.«

»Und Ihre Schwester war auch daran beteiligt?« fragte Gideon.

»Oh ja, Willa war unsere Schatzmeisterin. Sie hatte solch einen Kopf für Zahlen...« Die Hand der Bürgermeisterin ging wieder zu ihrem Medaillon. »Eleanor Preston war unsere Präsidentin. Sie war seit der Gründung vor zwanzig Jahren bei der Stiftung. Wir waren Gründungsmitglieder...«

Gregorys Hand drückte fester auf die Schulter seiner Frau. »Eleanors Verlust wird alle möglichen Komplikationen mit der Hotelrestaurierung verursachen.«

»Ja,« stimmte die Bürgermeisterin zu und tätschelte seine Hand. »Ihr Verlust wurde in ganz Millhaven schmerzlich gespürt.« Sie wandte ihre Aufmerksamkeit wieder den Fotos zu und zeigte auf ein anderes. »Und das ist Joe. Ich kannte ihn nicht persönlich, aber er war jahrelang ein fester Bestandteil von Millhaven.« Ihr Ausdruck erweichte sich vor Mitgefühl. »Ein schwer belasteter Mann, aber letztendlich harmlos. Die Stadt hat mehrere Programme zur Unterstützung von Obdachlosen, aber soweit ich gehört habe, war Joe nie daran interessiert teilzunehmen. Mir war nicht klar, dass er gestorben war. Ich hatte ihn in letzter Zeit nicht in der Stadt gesehen, aber ich glaube nicht, dass es ungewöhnlich war, dass er für längere Zeit verschwand, bevor er plötzlich wieder auftauchte. Denken Sie... denken Sie, dass all diese Todesfälle irgendwie mit Willis zusammenhängen?«

»Das ist es, was wir hier herausfinden wollen. Können Sie an jemanden denken, der Probleme mit einer dieser Personen gehabt haben könnte?« fragte Dacey und wies auf die Fotos.

Die Bürgermeisterin zuckte mit den Schultern. »Es tut mir leid, aber ich kenne die meisten von ihnen nicht gut genug, um überhaupt etwas dazu zu sagen.«

»Was ist mit Eleanor Preston? Sie sagten, Sie dienten mit ihr im Stiftungsvorstand...«

»Wir bewegten uns jahrelang in denselben gesellschaftlichen Kreisen, aber ich würde nicht sagen, dass wir besonders eng waren – obwohl sicherlich freundlich,« antwortete Bürgermeisterin Thorne.

»Aber Sie arbeiteten ausgiebig mit ihr an diesem Hotelrestaurierungsprojekt?«

»Das stimmt. Wir beide waren leidenschaftlich bei dem Hotel. Es war seit mehreren Jahren ein Leidenschaftsprojekt von mir.« Sie hellte sich leicht auf, beruflicher Stolz schimmerte durch ihre Trauer. »Das Royal Palmetto Hotel war in den zwanziger Jahren ziemlich berühmt. All die größten Stars der Stummfilmära übernachteten dort, wenn sie nach Florida kamen. Clara Bow, Rudolph Valentino und Mary Pickford schmückten ihre Hallen. Aber wie viele große alte Hotels verfiel es in den siebziger und achtziger Jahren.«

Sie wies auf eines der gerahmten Fotografien an ihrer Wand, das ein imposantes dreistöckiges Gebäude mit eleganter mediterran-revival Architektur zeigte. »Wir hoffen, es zu seinem früheren Glanz zu restaurieren. Es könnte solch eine Attraktion für Besucher sein und Millhaven wieder auf die Landkarte setzen. Einige hochwertige Hotelketten haben sogar Interesse an einer Partnerschaft mit uns bei der Restaurierung geäußert.« Die Bürgermeisterin richtete sich in ihrem Stuhl auf. »Tatsächlich sind viele unserer Unabhängigkeitstagsfeierlichkeiten dieses Jahr Spendensammlungsveranstaltungen für das Restaurierungsprojekt.«

»Hat jemand Widerstand gegen die Hotelrestaurierung geäußert?« fragte Dacey.

»Nein, ganz im Gegenteil. Die ganze Stadt ist begeistert davon,« antwortete Bürgermeisterin Thorne. »Im Moment ist es leer und bröckelig. Ehrlich gesagt ist es ein Schandfleck. Sobald es restauriert ist, wird es Arbeitsplätze und Touristen nach Millhaven bringen. Sobald es fertiggestellt ist, werden wir es als historische Stätte registrieren lassen. Es ist ein Gewinn für alle.«

»Das klingt sehr aufregend,« sagte Gideon und erntete ein zustimmendes Lächeln von der Politikerin.

»Das ist es wirklich. Hoffentlich wird Eleanors Verlust das Projekt nicht zu weit zurückwerfen, aber nur die Zeit wird es zeigen.«

Mit einem Blick auf ihre Uhr begann Dacey, ihre Notizen zu sammeln. »Das war äußerst hilfreich, Bürgermeisterin Thorne. Leider haben wir einen Termin mit dem Gerichtsmediziner, den wir nicht verpassen können.«

»Natürlich.« Die Bürgermeisterin öffnete eine Schublade und zog zwei Visitenkarten hervor. »Bitte, nehmen Sie meine Karte – sie hat meine persönliche Nummer. Rufen Sie jederzeit an, wenn ich irgendwie helfen kann.«

Als sie je eine an Dacey und Gideon reichte, gab Winnie ihnen einen besorgten Blick. »Was passiert jetzt?«

»Wir werden unsere Ermittlung durchführen und herausfinden, was vor sich geht,« versicherte ihr Dacey. »Könnten Sie mir eine Liste aller geben, die bei dem Treffen im Edelweißsaal waren? Wir müssen alle interviewen, die Ihre Schwester zuletzt gesehen haben.« Sie fügte mit leiserer Stimme hinzu: »Vorerst sagen wir der Öffentlichkeit, dass Willis Tod natürliche Ursachen hatte.«

Die Bürgermeisterin nickte zustimmend und drückte dann den Gegensprechknopf an ihrem Schreibtisch. »Michael, könnten Sie mir eine Liste aller bringen, die am Treffen im Edelweißsaal teilgenommen haben?« Sie ließ den Knopf los und wandte sich wieder ihnen zu. »Er führt peinlich genaue Aufzeichnungen.«

Detective Voss, der schweigend am Fenster gestanden hatte, richtete seine Jacke. »Wenn Sie mich entschuldigen, ich muss zurück zum Revier.« Er näherte sich Gideon und Dacey und reichte ihnen jeweils seine Visitenkarte mit einer direkten Nummer auf der Rückseite gekritzelt. »Rufen Sie mich an, falls Sie während Ihrer Ermittlung irgendetwas brauchen.« Seine vertikalen Pupillen fingen kurz das Licht auf, als er hinzufügte: »Alles.«

Als Voss sich zur Tür bewegte, erschien Michael mit dem ausgedruckten Blatt. Sie tauschten kurze Nicken aus, als sie sich passierten, die Bewegungen des Detectives fließend und zielstrebig, als er den Raum verließ.

Die Bürgermeisterin reichte die Liste an Dacey weiter. Sie überflog sie schnell und nickte zufrieden, während sie die Liste überflog.

»Das ist sehr hilfreich. Danke,« sagte Dacey und klopfte das Papier anerkennend.

Dacey und Gideon standen auf und schüttelten der Bürgermeisterin und ihrem Ehemann die Hände, bevor sie zur Tür gingen.

»Danke, dass Sie sich die Zeit genommen haben, sich mit uns zu treffen, Frau Bürgermeisterin,« sagte Dacey, bevor sie hinausgingen.

»Bitte nennen Sie mich Winnie. Sie sind hier, um meiner Familie während dieses unerträglichen Verlusts zu helfen; es besteht keine Notwendigkeit, förmlich zu sein.«

»Danke, Winnie. Wir werden uns bald melden.«

Als sie die geschwungene Treppe hinunterstiegen, beugte sich Gideon zu Dacey. »Was denkst du?«

»Ich bin mir noch nicht sicher.« Daceys Stimme war kaum über einem Flüstern. »Hast du ungewöhnliche Magie bemerkt?«

»Nichts Ungewöhnliches, aber ihre Macht ist beeindruckend.

Diese wilde Bergmagie von ihr – es ist die stärkste Hexenmagie, die ich erlebt habe – nicht dass ich viel Erfahrung damit habe, aber trotzdem. Man konnte sie das ganze Büro durchdringen spüren.« Gideon schüttelte leicht den Kopf.

»Und was dachtest du über die Bürgermeisterin?« fragte Dacey.

»Sie gefiel mir. Ich kann nicht glauben, dass ich das über eine Berufspolitikerin sage... aber mein erster Eindruck ist, dass sie sich um mehr sorgt als um sich selbst und Machtanhäufung. Nur die Zeit wird zeigen, ob das wahr bleibt.«

»Sie gefiel mir auch,« antwortete Dacey und schüttelte den Kopf bei dem Gedanken, eine Politikerin zu mögen.

Etwas an Bürgermeisterin Thorne erinnerte Gideon an seine Mutter trotz der krassen Gegensätze zwischen den Frauen. Wo die Bürgermeisterin polierte Eleganz und offensichtlichen Reichtum ausstrahlte, führte seine Mutter einen Eisenwarenladen in Gulf Breeze und besaß ein formelles Kleid, das sie sowohl für Hochzeiten als auch Beerdigungen trug. Sie wäre in diesem raffinierten Büro so fehl am Platz gewesen wie ein Hammer auf einem Seidenkissen. Doch unter Bürgermeisterin Thornes eleganter Fassade spürte Gideon eine vertraute Essenz – dieselbe Kombination aus mütterlicher Fürsorge und eisernem Willen. Beide Frauen, so unterschiedlich ihre Lebensumstände auch waren, strahlten eine unerschütterliche Stärke aus, verbunden mit aufrichtiger Fürsorge für andere.

KAPITEL 5

*D*acey zog ihr Handy hervor, als sie aus dem Rathaus in die gnadenlose Hitze eines Juli in Florida hinaustraten. Sie kniff die Augen zusammen, während sie auf die Karten-App blickte, dann schaute sie auf. »Das Büro des Gerichtsmediziners ist nur etwa eine Meile die Straße hinunter«, sagte sie und steckte das Handy wieder in die Tasche. Selbst um fast sechs Uhr loderte die Sonne noch in einem wolkenlosen Himmel, die Luftfeuchtigkeit machte die Luft so schwül, dass man fast hindurchschwimmen konnte. »Es lohnt sich nicht, das Auto zu holen – falls du laufen möchtest. Das Büro des Gerichtsmediziners ist an das Monroe-See-Krankenhaus angeschlossen. Wir können den Flussweg nehmen – vielleicht erwischen wir etwas Brise vom Wasser.«

»Klingt gut für mich.« Gideon begrüßte jede Ausrede, noch etwas länger draußen zu bleiben. Selbst in der Hitze eines Florida-Sommers klang ein Spaziergang besser als wieder ins Auto zu steigen.

Die Brise vom Monroesee brachte willkommene Erleichterung von der Sommerhitze und trug den gemischten Duft von

Wasser und sonnengewärmtem Holz von den verwitterten Stegen des Yachthafens herüber.

Als sie am Yachthafen vorbeigingen, fiel Gideon ein greller Farbklecks ins Auge. Eine zierliche Frau stand vor einem winzigen Hausboot und streckte sich, um ein »GESCHLOS-SEN«-Schild unter ein Schild zu hängen, auf dem »Millhaven Segelschule« stand. Die spätnachmittägliche Sonne fing ihr türkises Tanktop ein, als sie sich streckte, um den Haken zu erreichen.

»Hey, Kapitänin Sam! Wie war das Segeln heute?« rief eine Männerstimme von irgendwo weiter unten am Steg.

»War Mist! Kein Wind. Wir haben nur auf dem Wasser herumgedümpelt und sind in der Sonne gebrutzelt«, rief sie lachend zurück.

Ein lautes Kreischen ertönte von hinter der Frau, und sie drehte sich zu einem großen Käfig um, der neben der Eingangstür des Hausboots stand. »Ruhe, Athena. Bob hat nicht mit dir geredet. Kümmere dich um deine eigenen Angelegenheiten.« Der rote Ara plusterte beleidigt seine Federn auf.

Gideon musste über den Wortwechsel grinsen, und als er zu Dacey blickte, kicherte sie auch. Sie setzten ihren Weg auf dem Flussweg fort, wo abwechselnd amerikanische und staatliche Flaggen in der Seebrise flatterten. Palmen säumten den Pfad, ihre Wedel warfen wechselnde Schatten auf den Beton.

»Der See ist größer und schöner, als ich erwartet habe«, bemerkte Gideon und ließ seinen Blick über das Wasser und zurück zum Yachthafen schweifen, wo Segelboote sanft an ihren Liegeplätzen schaukelten.

»Der Monroesee«, sagte Dacey und deutete über das Wasser, »ist praktisch der Grund, warum es Millhaven gibt. All diese Dampfschiffe auf den Fotos im Rathaus legten genau hier an. Im 19. Jahrhundert war das hier erstklassige Lage.«

»Da größere Schiffe nicht weiter südlich auf dem St.-Johns-

Fluss fahren konnten – er wird dort zu seicht – war das hier ihre Endstation.«

»Woher weißt du das alles?« fragte Gideon beeindruckt.

»Ich habe schnell recherchiert, als wir den Fall übernommen haben«, antwortete Dacey mit einem leichten Achselzucken. »Ich kenne gern die Geschichte eines Ortes – manchmal hilft es, den Fall zu verstehen.«

Vor ihnen zur Linken, auf der anderen Straßenseite vom Flussweg, glänzten die weißen Wände des Krankenhauses im schwächer werdenden Sonnenlicht, die roten Verzierungen wirkten besonders lebhaft gegen den blauen Himmel. Sie fanden den Eingang des Gerichtsmediziners um die Seite des Gebäudes herum, markiert von einem unscheinbaren Schild.

Drinnen wirkten die Neonlichter und der institutionelle Bodenbelag düster gegen den sonnigen Nachmittag, den sie draußen gelassen hatten. Sie traten an ein Fenster, hinter dem ein Mann am Computer arbeitete.

»Ich bin Agent Santiago«, sagte Dacey. »Doctor Blackwood erwartet uns.«

»Schick sie nach hinten!« rief eine Frauenstimme von irgendwo hinter dem Empfangsbereich.

Der Empfangsmitarbeiter zeigte ihnen eine Tür, und sie standen einer breitschultrigen älteren Frau mit silbernem Haar gegenüber, das dicht an der Kopfhaut geschnitten war. »Tabitha Blackwood«, sagte sie und streckte ihre Hand aus. Ihr Händedruck war fest, ihre Hände stark und leicht rau.

Gideons magische Sinne kribbelten, als sie sich die Hände schüttelten. Es war etwas deutlich Katzenartiges an ihrer Energie – irgendeine Art von Gestaltwandlerin, vermutete er, obwohl er nicht genau bestimmen konnte, welcher Typ.

»Das Savannah Conclave hat Sie geschickt?« Als sie nickten, entspannten sich Dr. Blackwoods Schultern leicht. »Ich bin froh, dass das Conclave so schnell reagiert hat. Ich hatte befürchtet, dass sie meine Bedenken immer noch nicht ernst nehmen.«

Sie führte sie den Korridor entlang, ihre praktischen Schuhe quietschten auf dem Linoleum. »Ich wurde zum ersten Mal stutzig, als Marcus Chauvin eingeliefert wurde. Er war in irgendeine Schlägerei geraten. Er wurde bewusstlos auf einem Barparkplatz gefunden, soweit ich weiß. Seine Verletzungen waren größtenteils oberflächlich – nichts, was tödlich hätte sein sollen. Aber er wachte nie auf. Ich habe keine Todesursache feststellen können. Zuerst, da er ein Fae war, dachte ich, vielleicht hatte er mit Magie herumgespielt, mit der er nicht hätte umgehen sollen. Aber jetzt bin ich mir nicht mehr so sicher…«

»Kommt es oft vor, dass man keine Todesursache feststellen kann?« fragte Gideon.

»Es ist nicht unerhört, aber es passiert nicht oft. Und ich hatte nie mehr als zwei in einem Monat. Und jetzt sind wir hier mit fünf…«

»Entschuldigen Sie meine Unwissenheit, aber das ist nicht mein Fachgebiet. Können Sie erklären, wie es Situationen geben kann, in denen die Todesursache schwer zu bestimmen ist?« fragte Gideon.

»Oh, natürlich«, antwortete Dr. Blackwood. »Es kann mehrere Gründe geben – fortgeschrittene Verwesung, bestimmte Arten von Magie, Toxine, die sich schnell im Körper abbauen. Einige Herzrhythmusstörungen hinterlassen keine physischen Spuren. Manche Ertrinkungen, Elektrolytungleichgewichte und bestimmte neurologische Ereignisse – sie alle können schwer post mortem zu erkennen sein. Etwa zwei bis fünf Prozent der Obduktionen enden mit einer unbestimmten Todesursache.«

»Was ist mit Brandon Cho, dem zweiten Opfer?« fragte Dacey, als sie eine Reihe schwerer Doppeltüren erreichten.

»Er wurde in Maitland untersucht. Ich erfuhr erst von ihm, nachdem Willa Wagner gestorben war. Ich rief die anderen Gerichtsmedizinerbüros in Florida an, auf der Suche nach ähnlichen Fällen.« Dr. Blackwood stieß durch die Türen in die Leichenhalle. »Als Eleanor Preston eingeliefert wurde – das nächste Opfer, das ich erhielt – markierte ich es nicht sofort als ungewöhnlich. Sie hatte eine Vorgeschichte mit Herzproblemen. Aber nach Joe...« Sie schüttelte den Kopf. »Ich schrieb dem Conclave und schilderte meine Bedenken zu der Zeit, aber anscheinend waren die Zahlen nicht statistisch signifikant genug, um eine Untersuchung zu rechtfertigen. Nicht bis Willa Wagner.«

»Gab es sonst etwas Ungewöhnliches an den Opfern?« fragte Dacey. »Abgesehen von der fehlenden Todesursache?«

»Abgesehen von Marcus' Verletzungen durch die Schlägerei? Nein, nichts Ungewöhnliches – keine tödlichen Wunden oder Verletzungen, nichts Auffälliges. Die Blutergüsse an seinem Gesicht und Kiefer waren oberflächlich, und die Schrammen an seinen Knöcheln zeigten, dass er selbst auch ausgeteilt hatte. Die anderen Körper haben nicht einen einzigen Kratzer. Wenn sie nicht hier tot lägen, würde man denken, sie kämen nur zu einer Routineuntersuchung.« Dr. Blackwood näherte sich einer Wand aus kleinen Stahltüren. »Möchten Sie sie sehen?«

Auf Daceys Nicken öffnete die Ärztin eine der Türen und zog eine Bahre heraus. Der Mann, der dort lag, war dünn, stark tätowiert, mit schwarzem Haar. Violette Blutergüsse fleckten seinen Kiefer und die linke Wange, und seine gespaltene Lippe war gereinigt worden, aber noch sichtbar. Seine Knöchel waren wund geschürft. Dacey warf Gideon einen Blick zu und hob eine Augenbraue.

Gideon trat vor und berührte vorsichtig die Schulter des toten Mannes. Seine Augen weiteten sich überrascht. »Er ist ein Fae, aber...« Er verstummte, verwirrt.

»Was ist?« fragte Dacey.

Gideon bewegte langsam seine Hand über den Körper. »Ich bin mir noch nicht sicher. Zeigen Sie mir die anderen?«

Eine nach der anderen enthüllte Dr. Blackwood die übrigen Opfer. Eleanor Preston, ihr weißes Haar von ihrem Gesicht zurückgekämmt. Joe sah viel älter aus, als Gideon vermutete, dass er war. Und schließlich Willa Wagner, deren Ähnlichkeit mit der Bürgermeisterin Gideons Brust unangenehm zusammenziehen ließ.

Er führte seine Hand über jeden Körper der Reihe nach, seine Stirn runzelte sich immer tiefer. »Doktor«, sagte er schließlich, »haben Sie andere mythische Körper hier? Welche, die nicht mit diesem Fall in Verbindung stehen?«

Dr. Blackwood sah verwirrt aus, nickte aber und öffnete eine andere Tür. »Diese hier ist—«

»Sagen Sie es mir nicht«, unterbrach Gideon. »Ich muss etwas testen.«

Die Frau auf der Bahre war schwer beschädigt, offensichtlich von irgendeiner Art Unfall, aber Gideon spürte ihre Macht sofort. »Vampir?«

Die Ärztin nickte. »Selbst ein Vampir zu sein wird dich nicht retten, wenn du keinen Sicherheitsgurt trägst.«

Gideon steckte seine Hände in die Taschen, sein Ausdruck beunruhigt. »Ich kann kaum eine Spur von Magie bei den Opfern spüren.«

»Was ist mit den Menschen?« Dacey deutete auf Joes und Eleanors Körper.

»Sogar Menschen haben eine Aura, auch wenn sie im Vergleich zu einem mythischen Wesen meist schwächer ist. Aber diese Körper...« Er schüttelte den Kopf. »Fast ihre gesamte Magie ist weg, sowohl bei den Menschen als auch bei den mythischen Wesen. Ich war besorgt, dass etwas mit mir nicht stimmte oder vielleicht sogar mit diesem Raum, aber ich kann die Magie des Vampirs gut spüren.«

»Sie sind ein Magiespürer?« fragte Dr. Blackwood interessiert. »Ein Auramant?«

»Das ist er«, bestätigte Dacey. »Aber das muss unter uns bleiben. Wir vertrauen Ihnen, da Sie diejenige sind, die uns auf diese

43

Situation aufmerksam gemacht hat, aber wir wollen nicht, dass jemand anderes davon erfährt.«

Blackwood nickte verständnisvoll.

»Könnte es irgendeine Art Zauber sein?« schlug Dacey vor. »Etwas, das sie durch Magie getötet hat?«

»Vielleicht?« Gideon schüttelte bereits den Kopf. »Obwohl, wenn es ein Zauber wäre, sollte ich Spuren dieser Magie erkennen können. Aber da ist nichts. Es ist, als wäre dort einfach eine Leere, wo sie liegen. So etwas habe ich noch nie erlebt.«

»Könnten die Körper mit Schutzrunen versehen sein?« fragte Dacey mit gerunzelter Stirn. »Irgendeine Art Zauber, um die Magie zu verbergen, die verwendet wurde, um das Opfer zu töten?«

»Ich lerne noch, Schutzrunen zu erkennen, aber wenn ich weiß, dass sie da sind oder gezielt danach suche, kann ich spüren, dass dort etwas Magisches ist. Es ist wie eine Mauer, die ich mir selbst beibringe zu überwinden – über die Verschleierung hinauszusehen. Es braucht Konzentration und Anstrengung, aber ich kann normalerweise erkennen, wenn Magie vor mir verborgen wird, auch wenn sie zu stark ist, als dass ich sie noch durchbrechen könnte.«

Gideon wandte sich wieder zu Chauvins Körper auf der Bahre, seine Hand schwebte nur wenige Zentimeter über der Leiche. »Aber das... das ist völlig anders. Da ist keine Mauer zum Durchbrechen. Es ist wie ein schwarzes Loch, wo nichts Magisches existiert.« Er zog seine Hand zurück und fühlte sich unbehaglich. »Ich habe noch nie etwas Derartiges gesehen oder gespürt.«

Gideon rieb sich die Augen und versuchte, das beunruhigende Gefühl loszuwerden. Auf den Raum zu blicken, wo ihre Auren sein sollten, fühlte sich an, als würde er in die Sonne starren. Als er wegblickte, blieb eine dunkle Leere in seiner magischen Sicht zurück, und eine perfekte Silhouette jedes Körpers brannte sich in seine Sinne wie ein Fotonegativ ein.

»Verdammt. Das klingt gar nicht gut«, rief Dacey aus, eine Falte zierte ihre Stirn.

»Warten Sie«, sagte Gideon plötzlich. »Haben Sie noch persönliche Gegenstände von den Opfern? Etwas, das sie trugen, als sie starben. Ich möchte eine Probe zur Analyse an Vena schicken.«

Blackwood nickte. »Folgen Sie mir.« Sie führte sie durch einen sterilen Korridor zu einem sicheren Lagerraum und zog eine Kiste heraus, die mit »Chauvin, M.« beschriftet war. »Alles ist katalogisiert und konserviert.«

Gideon wühlte durch den Inhalt, bis er eine Uhr fand, deren Zifferblatt leicht zerkratzt, aber ansonsten intakt war. »Das sollte funktionieren. Ich brauche eine bleiausgekleidete Kiste – ich kann nicht riskieren, dass die Restenergie während des Transports verfälscht wird.«

»Wir haben ein paar auf Lager genau für diesen Zweck«, antwortete Blackwood und griff nach einem Schrank hinter sich. Sie zog eine unscheinbare Karton-Versandkiste heraus. Aber als sie sie öffnete, konnte Gideon den matten Glanz der Bleiauskleidung im gesamten Inneren sehen. Sie griff nach einer Rolle Bleifolienklebeband von einem nahegelegenen Regal. »Extra Vorsichtsmaßnahme für die Nähte.«

Gideon legte die Uhr vorsichtig hinein und schloss den Deckel mit einem satten, metallischen Klick. Dann nahm er das Band von Blackwood und versiegelte methodisch jede Kante der Kiste, das metallische Band knisterte leise, als er es andrückte. Die matten grauen Streifen würden sicherstellen, dass nichts während des Transports hinein- oder hinausgelangte.

»Wenn Sie die Adresse aufschreiben, kann ich es heute noch verschicken«, bot Blackwood an.

»Das wäre großartig, danke.« Gideon kritzelte Venas Daten auf ein Versandformular. Er wandte sich zu Dacey. »In der Zwischenzeit müssen wir das auf die altmodische Art machen.«

»Gute alte Detektivarbeit«, stimmte sie zu.

Sie wandten sich wieder Tabitha zu. »Danke für Ihre Unterstützung, Dr. Blackwood«, sagte Dacey. »Wir melden uns, falls wir weitere Fragen haben.«

»Bitte tun Sie das«, antwortete die Ärztin. »Und... seien Sie vorsichtig. Was auch immer das ist, es ist nicht natürlich.«

Draußen war die Sonne tiefer gesunken und malte den Himmel in Orange- und Rosatönen. Die Luftfeuchtigkeit hing immer noch schwer in der Luft, als sie ihren nächsten Schritt besprachen.

»Ich würde gern Willa Wagners Haus überprüfen, falls du Lust darauf hast«, sagte Dacey. »Wenn du jedoch zu müde bist, können wir ins Hotel fahren und morgen früh als Erstes gehen.«

»Nein, lass es uns erledigen«, antwortete Gideon. »Die Spur ist bereits kalt genug.«

Als sie zurück zu Daceys Auto gingen, zog sie Detective Voss' Karte heraus und wählte seine Nummer. »Detective? Agent Santiago hier. Wir würden gern einen Blick in Willa Wagners Haus werfen. Können Sie uns dort treffen und uns hineinlassen?«

Gideon konnte die Antwort des Detectives nicht hören, aber Dacey gab ihm einen Daumen hoch. »Ausgezeichnet, wir sehen uns dann in dreißig Minuten.«

Nachdem sie ins Auto gestiegen waren, gab Dacey Willas Adresse ins Navi ein. Doch anstatt sofort loszufahren, wandte sie sich Gideon zu. »Was denkst du bisher?«

Gideon zuckte mit den Schultern, sein Ausdruck beunruhigt. »Ich habe keine Ahnung, aber etwas stimmt definitiv nicht. Ich mache dieses Auramant-Zeug noch nicht lange, aber ich habe noch nie Magie so... abwesend gesehen. Diese Körper hatten nicht mehr Magie in sich als ein Stück Stein. Weniger sogar. Es ist wirklich seltsam. Und beunruhigend, um ehrlich zu sein.«

Dacey startete den Motor und griff nach ihrem Handy. Während sie losfuhr, tippte sie auf 'Hex' auf dem Display und schaltete auf Lautsprecher.

»Dacey! Gideon!« Eine fröhliche, überschäumende Stimme

erfüllte das Auto. »Ich habe gehört, ihr beide arbeitet wieder zusammen. Dacey war so aufgeregt deswegen.«

Gideon warf Dacey einen Blick zu und versuchte erfolglos, seinen hoffnungsvollen Ausdruck zu verbergen. Dacey verdrehte dramatisch die Augen über Hex' Kommentar, obwohl Gideon bemerkte, dass sie es nicht abstritt. Er versuchte, das Augenverdrehen nicht persönlich zu nehmen – er kannte Dacey und ihre Schwierigkeiten mit jeder Zurschaustellung von Zuneigung oder Emotion.

»Hex, wir haben hier eine Situation«, sagte Dacey und wechselte das Thema. Sie umriss, was sie bisher entdeckt hatten: die scheinbar unzusammenhängenden Opfer, das Fehlen einer Todesursache und am beunruhigendsten, die völlige Abwesenheit magischer Energie, die Gideon entdeckt hatte.

»Hmm«, sagte Hex, als Dacey fertig war. »Ich denke, wir sollten Leonhard in das hier einbeziehen. Als numerai könnte er ein Muster bei den Opfern erkennen, das wir übersehen.«

Es gab eine kurze Pause, dann gesellte sich eine trockene, sarkastische Stimme zu dem Anruf. »Was zur Hölle ist das jetzt schon wieder?«

Nicht zum ersten Mal fragte sich Gideon, wie der magische Zahlenmann aussah – Leonhard war das einzige Mitglied von Daceys Team beim Conclave, das Gideon noch nie persönlich getroffen hatte.

Sie erklärten die Situation erneut, und Leonhard war einen Moment still. »Ich werde die Daten analysieren – Todesfälle, Orte, Zeitpunkte, was auch immer ich finden kann. Mal sehen, ob da ein Muster ist, das wir nicht sehen. Ich melde mich.« Er legte auf, ohne ein weiteres Wort.

Hex kicherte. »Lenny muss wirklich an seinen zwischenmenschlichen Fähigkeiten arbeiten.«

»Du weißt, dass er es hasst, wenn du ihn so nennst«, tadelte Dacey. »Während er an den Verbindungen der Opfer arbeitet, kannst du in ihre Hintergründe graben? Wir müssen wissen, ob

es Leichen in ihren Schränken gibt. Und schau, ob du herausfinden kannst, wer der obdachlose Mann 'Joe' wirklich war.«

»Mach ich! Viel Spaß euch beiden – aber habt nicht zu viel
Spaß ohne mich!« Damit legte Hex auf und ließ Gideon und
Dacey wieder allein im Auto zurück.

KAPITEL 6

as GPS führte sie durch Millhavens historisches Viertel, wo massive Eichen natürliche Torbögen über die schmalen, gepflasterten Straßen bildeten. Schwer behangen mit spanischem Moos, warfen ihre Äste lange Schatten in die immer tiefer werdende Dämmerung.

Weniger als fünfzehn Minuten vom Krankenhaus entfernt hielt Dacey vor einem blauen Haus mit Holzverschalung und makellosem weißen Anstrich.

Als er Willas Haus anstarrte, dachte Gideon zuerst an seine Mutter. Sie würde einen Blick auf dieses perfekt gepflegte viktorianische Haus mit seinem weißen Lattenzaun und den passenden Zierleisten werfen und in ihren Lieblingstraum verfallen, eine Pension zu eröffnen. Sie würde dieses Haus lieben. Es hatte sogar eine umlaufende Veranda mit Schaukelstühlen und hängenden Farnen. Uralte Eichen breiteten ihr schützendes Blätterdach über das Grundstück aus, ihre gewundenen Äste streckten sich dem dunkler werdenden Himmel entgegen.

Ein grauer Wagen hielt hinter ihnen, und Detective Voss entfaltete seine große Gestalt vom Fahrersitz. Gideon hatte erwartet, Polizeiabsperrband über dem Haupteingang zu sehen, aber das Haus sah völlig normal aus – geradezu friedlich. Dann erinnerte er sich daran, dass Willa Wagner offiziell an natürlichen Ursachen gestorben war. Als er die ordentlichen Blumenbeete und sorgfältig gestutzten Sträucher betrachtete, war er mehr denn je davon überzeugt, dass an ihrem Tod nichts natürlich gewesen war.

Voss stieg vor ihnen die Stufen zur Veranda hinauf, die Schlüssel klimperten in seiner Hand.

»Danke, dass Sie uns getroffen haben, Detective«, sagte Dacey.

»Bitte, nennen Sie mich Victor.« Seine Stimme hatte dieselbe leichte Heiserkeit, aber sein Ton war wärmer als zuvor. Gideon bemerkte, dass die Einladung wohl nicht für ihn galt, und er versuchte, sich nicht über die Art zu ärgern, wie Voss' Blick auf Dacey ruhte. Er unterdrückte den Anflug von Ärger und erinnerte sich daran, dass seine unerwiderten Gefühle für seine Partnerin nicht das Problem von jemand anderem waren. Er würde nicht zulassen, dass ein kleiner Schwarm ihre Freundschaft oder seine Professionalität kompromittierte.

In dem Moment, als Gideon die Schwelle überschritt, spürte er dieselbe wilde Bergmagie, die er im Büro der Bürgermeisterin wahrgenommen hatte. Sie war hier schwächer, nur noch Restenergie, die während Willas Lebzeiten in die Wände eingesickert war, aber sie war unverkennbar.

»Ich kann die Magie der Hexe hier spüren«, flüsterte er Dacey zu. »Obwohl ich sie an ihrem Körper nicht entdecken konnte.«

Dacey hob eine Augenbraue. »Interessant.«

Das Innere des Hauses passte perfekt zu seinem Äußeren – vielleicht zu perfekt. Jeder Raum sah aus, als stamme er aus einer Wohnzeitschrift. Der formelle Salon zeigte zierliche viktorianische Möbel, die genau so arrangiert waren, mit präzise platzierten Zierkissen und sorgfältig ausgewählten Kunstwerken. Das Esszimmer beherbergte einen glänzenden Mahagonitisch mit Gedecken, die, wie Gideon vermutete, nie benutzt wurden.

Sogar die Küche mit ihren modernen Geräten bewahrte den historischen Stil, mit Kupfertöpfen, die perfekt ausgerichtet hingen, und passenden Behältern, die nach Größe auf der Theke aufgereiht waren.

Als er das Büro betrat, ließ Gideon das historische Thema des Hauses hinter sich. An einer Wand stand ein Schreibtisch mit einer eleganten Computerstation, umgeben von mehreren Monitoren. Ein Whiteboard voller mathematischer Gleichungen, die für Gideon genauso gut eine Außerirdischensprache hätten sein können, nahm eine andere ein. Bodentiefe Bücherregale voller Lehrbücher und Ordner säumten die übrigen Wände. Das einzige Kunstwerk im Büro war eine künstlerische Nahaufnahme eines Farnwedels, die fest eingerollten Wedel ein Farbklecks in dem ansonsten kargen Raum.

Jedoch schien sogar dieser moderne Raum peinlich genau kontrolliert – der Schreibtisch war makellos, die Monitore perfekt ausgerichtet, und kein einziges Blatt Papier schien fehl am Platz zu sein. Trotz der Vollgestopftheit hatten die Bücherregale ein Ordnungssystem, das sogar für Gideons ungeschultes Auge offensichtlich war, mit farbkodierten Ordnern und Büchern, die nach einer präzisen Methodik arrangiert waren.

Für Gideon fühlte es sich eher wie ein Museum als wie ein Zuhause an. Er konnte sich nicht vorstellen, hier nach einem langen Arbeitstag die Schuhe auszuziehen und sich zu entspannen. Das ganze Haus wirkte wie eine Bühne, auf der jeder Gegenstand sorgfältig ausgewählt und für maximale Wirkung platziert war.

Das Schlafzimmer jedoch erzählte eine andere Geschichte. Hier zeigten sich endlich Spuren echten Lebens – und des jüngsten Todes. Ein Paar Absatzschuhe lag dort, wo sie abgetreten worden waren, einer aufrecht und einer auf der Seite. Eine Designerjacke war nachlässig über einen Stuhl geworfen worden, daneben lag eine Lederhandtasche. Das Bett war zerwühlt, und die Bettdecke war teilweise zurückgezogen, als ob jemand darauf zusammengebrochen wäre, ohne sich ganz hineinzulegen.

Gideon konnte es sich klar vorstellen: eine erschöpfte Frau, die nach Hause kam und ihre berufliche Fassade Stück für Stück auf dem Weg zum Bett ablegte. Er bewegte sich näher zur Matratze, sich bewusst, dass Voss jede seiner Bewegungen beobachtete. Vorsichtig, dabei bemüht, beiläufig auszusehen, hielt er seine Hand über das Bett. Der Unterschied traf ihn sofort – dieser Ort war völlig frei von Magie, eine tote Zone in einem ansonsten von Magie erfüllten Haus.

»Hier wurde sie gefunden?« fragte er Voss und zeigte auf die Seite des Bettes, die er untersuchte.

Der Detective nickte. »Die Bürgermeisterin Dornbusch fand sie dort, noch vollständig angezogen vom Vorabend.«

Dacey fing Gideons Blick auf und hob fragend eine Augenbraue. Er warf einen Blick zu Voss, dann zurück zu ihr. Sie nickte leicht, da sie seine Zurückhaltung verstand, magische Erkenntnisse vor dem Detective zu diskutieren.

»Kannten Sie Willa Wagner?« fragte Dacey und wandte sich Voss zu.

»Einigermaßen«, antwortete er. »Ich habe ziemlich oft mit der Bürgermeisterin zu tun, also lernte ich unweigerlich Willa kennen, da die beiden Schwestern so gut wie unzertrennlich waren.«

»Wie war sie denn so?«

Voss überlegte einen Moment. »Ruhig, klug. Eher introvertiert, besonders im Vergleich zur Bürgermeisterin. Sie zog es vor, im Hintergrund zu bleiben, während ihre Schwester im Rampenlicht stand.«

»Können Sie sich jemanden vorstellen, der ihr hätte schaden wollen?« fragte Dacey. »Irgendwelchen Groll oder böses Blut?«

»Nein«, schüttelte Voss den Kopf. »Jeder mochte Willa. Sie war nicht der Typ, der sich Feinde macht.«

»Hatte sie mit jemandem eine Beziehung?«

»Nein.«

»Woher wissen Sie das so genau?« warf Gideon ein. »Vielleicht hatte sie einen heimlichen Liebhaber.«

Voss schnaubte. »Nicht in dieser Stadt. Geheimnisse zu wahren ist hier fast unmöglich.«

Sie setzten ihre Durchsuchung durch den Rest des Hauses fort, aber nichts anderes schien fehl am Platz. Dacey öffnete den Kühlschrank und untersuchte seinen spärlichen Inhalt. »Keine große Köchin?«

»Sie war nicht oft zu Hause«, antwortete Voss und lehnte sich gegen den Türrahmen. »Jeder wusste, dass sie die meiste ihrer Freizeit entweder mit der Bürgermeisterin, an der Universität oder bei Treffen für die Kulturerbe-Stiftung verbrachte. Die Schwestern waren unglaublich eng verbunden – man sah selten eine ohne die andere bei lokalen Veranstaltungen.«

Gideon, der als Einzelkind aufgewachsen war und sich oft ein Geschwister gewünscht hatte, spürte einen Stich des Neids beim Gedanken an eine so enge Beziehung. Dann erinnerte er sich an die Verwüstung in Bürgermeisterin Dornbuschs Augen, und der Neid verschwand. Eine so tiefe Verbindung zu haben, machte ihre Durchtrennung nur umso schmerzhafter.

»Die Bürgermeisterin erwähnte die Stiftung«, erwiderte Dacey und schloss den Kühlschrank.

»Die Millhaven Kulturerbe-Stiftung ist der wichtigste gesellschaftliche Verein der Stadt«, erklärte Voss. »Sie führen die Restaurierung der Königlichen Palmetto-Herberge an, zusammen mit mehreren anderen historischen Gebäuden. Sowohl die Bürgermeisterin als auch ihre Schwester, zusammen mit Eleanor Preston, waren engagierte Mitglieder.«

Dacey und Gideon tauschten einen Blick. Das waren zwei Opfer, die durch dieselbe Organisation miteinander verbunden waren.

»Könnten Sie uns eine Mitgliederliste besorgen?« fragte Dacey.

»Die Liste vom Treffen im Edelweißsaal, die die Bürgermeis-terin Ihnen gab, wird die meisten von ihnen enthalten«, sagte Voss, »aber ich werde Ihnen morgen früh als erstes die vollstän-dige Mitgliederliste per E-Mail schicken.« Seine reptilienartigen Augen blieben auf Dacey fixiert.

Als sie sich zum Gehen anschickten, warf Gideon einen letzten Blick durch das Haus. Er war enttäuscht, dass er nichts gefunden hatte, was ihrem Fall helfen würde.

Draußen waren die Straßenlaternen angegangen, ihr warmes Licht kämpfte gegen die sich sammelnde Dunkelheit. Voss schloss hinter ihnen ab, dann wandte er sich Dacey zu. »Falls Sie nach einem Ort zum Übernachten suchen, würde ich die Monroe-See-Herberge versuchen. Sie ist nur wenige Kilometer von hier – einer der schöneren Orte in der Stadt.«

»Das Conclave hat uns bereits dort gebucht, aber ich schätze Ihre Aufmerksamkeit, Victor«, sagte Dacey. »Und danke für Ihre Hilfe heute Abend.«

»Jederzeit.« Er lächelte. »Zögern Sie nicht anzurufen, falls Sie noch etwas anderes brauchen.«

Als sie zu ihrem Auto zurückgingen, konnte Gideon spüren, wie Voss sie beobachtete – Dacey beobachtete –, bis sie wegfuh-ren. Das Gewicht des Blicks des Detectives lief ihm einen Schauer über den Rücken, obwohl er nicht sicher war, ob das an seinen persönlichen Gefühlen gegenüber dem offensichtlichen Interesse des Mannes an Dacey lag oder an Gideons instinktiver Reaktion auf Schlangen.

Gideon drehte sich leicht in seinem Sitz und behielt Voss in seinem peripheren Blick, bis sie um die Ecke bogen.

Dacey bemerkte die Richtung seines Blicks und fragte: »Was für ein mythisches Wesen ist Victor? Ich dachte vielleicht ein Gestaltwandler, aber es gehört sich nicht, so etwas zu fragen, bevor man jemanden besser kennt.«

»Irgendeine Art Schlangenkreatur«, antwortete Gideon mit einem kaum unterdrückten Schauder.

Etwas in seinem Verhalten muss ihn verraten haben, denn Dacey grinste. »Du magst wohl keine Schlangen, was?«

Gideon verzog das Gesicht und schüttelte emphatisch den Kopf, was ein Schnauben von ihr hervorrief.

Nachdem sie etwas Abstand zu Willas Haus gewonnen hatten, sprach Gideon endlich über das, was er entdeckt hatte. »Willas Magie endete einfach... am Bett. Wo Restmagie hätte sein sollen, war nur eine Leere, genau wie bei den Körpern.«

»Es muss mit der Todesursache zusammenhängen.«

»Da stimme ich zu.« Gideon trommelte mit den Fingern auf seinen Oberschenkel und dachte nach. »Der Rest des Hauses hielt noch Spuren ihrer Magie, aber wo sie starb... es war, als wäre dieser Ort eine tote Zone. Da ist einfach nichts. Ich bin noch nie auf etwas gestoßen, was das verursachen könnte.«

»Ich auch nicht.«

»Ich werde Vena eine Nachricht schreiben und sehen, ob sie jemals gehört hat, dass jemandes Magie nach dem Tod verschwindet.«

Daceys Hände verkrampften sich am Lenkrad. »Hoffen wir, dass Leonhard oder Hex einige Verbindungen finden können, denn wir haben gerade mehr Fragen als Antworten.«

Gideon nickte und starrte aus dem Fenster in den dunkler werdenden Himmel. »Und nicht eine einzige brauchbare Spur.«

Stille legte sich für einen Moment zwischen sie, nur unterbrochen vom sanften Summen des Automotors und dem rhythmischen Klicken des Blinkers, als Dacey die Fahrspur wechselte.

* * *

SPÄTER AN DIESEM ABEND lag Gideon ausgestreckt auf seinem Hotelbett und starrte an die strukturierte Decke. Ein Deckenventilator drehte träge Kreise über ihm, sein rhythmisches Surren tat nichts, um seine Gedanken zu beruhigen. Trotz der Erschöpfung, die seine Glieder beschwerte, blieb der Schlaf schwer fassbar.

Jedes Mal, wenn er die Augen schloss, sah er dieselben Bilder: das makellose viktorianische Haus mit seinen perfekten Räumen, die Leere der Magie um Willas Bett, die Verwüstung in Bürgermeisterin Dornbuschs Augen. Und Dacey – immer Dacey. Die Art, wie sie die Bürgermeisterin befragt hatte, wie leicht sie Gideons subtile Signale aufgefangen hatte, das Grinsen, das sie ihm geschenkt hatte, als er gestanden hatte, Schlangen zu hassen. Er stöhnte und presste die Handballen gegen seine Augen. Diese Verknalltheit wurde langsam lächerlich.

Ein Klopfen an seiner Tür ließ ihn zusammenzucken. Er setzte sich auf und warf einen Blick auf die Uhr – 23:47 Uhr. Als er die Tür öffnete, stand Dacey im Flur, die Fallakte unter einem Arm eingeklemmt und zwei Flaschen aus der Minibar an ihren Fingern baumelnd. Sie hatte sich in eine Yogahose und einen übergroßen Pullover umgezogen, ihr dunkles Haar in einem lässigen Dutt. Sogar so leger gekleidet schaffte sie es, ihm den Atem zu rauben.

»Hoffentlich habe ich dich nicht geweckt«, sagte sie, wobei ihr Blick verriet, dass sie genau wusste, dass er noch wach war.

»Ich habe nicht geschlafen«, schnaubte Gideon und trat zurück, um sie hereinzulassen. »Obwohl ich todmüde sein sollte, will mein Gehirn nicht aufhören zu arbeiten. Dieser Fall dreht mich völlig im Kreis.«

Dacey hielt die Akte hoch, ihre Augen leuchteten vor Aufregung. »Rate mal, was ich gefunden habe.«

»Was?«

»Nach der Durchsicht von Brandon Chos Informationen stellte ich fest, dass er in Millhaven arbeitet«, sagte sie und konnte ihre Begeisterung kaum zügeln.

Gideon setzte sich aufrechter hin. »Wirklich? Also verbindet die Stadt alle Opfer?«

»Es scheint so«, nickte Dacey. »Er war Krankenpfleger im Pflegeheim Haus der Gelassenheit in der 5. Straße.«

Ein Grinsen breitete sich über Daceys Gesicht aus, ihre

übliche wechselhafte Natur ließ sich in etwas Wärmeres und Intimeres nieder. »Willst du es noch einmal mit mir durchgehen? Vielleicht entdecken wir etwas, was wir übersehen haben.«

»Verdammt ja«, sagte Gideon und erwiderte ihr Grinsen. Er deutete auf die Flaschen in ihrer Hand. »Aber lass uns erst mal einen trinken. Wir können es uns ja gemütlich machen, während wir uns den Kopf über Theorien zerbrechen.«

KAPITEL 7

*E*twas kitzelte Gideons Nase, und er schlug geistesabwesend danach, noch halb im Schlaf. Das kitzelnde Gefühl hielt an, und er öffnete die Augen einen Spalt, nur um festzustellen, dass sein Gesicht in einer Masse aus dunklem, seidigem Haar vergraben war. Sein Herz setzte für einen Moment aus, als sein benommenes Gehirn registrierte, dass das Haar Dacey gehörte.

Er erstarrte, wagte nicht, sich zu bewegen, und versuchte zu rekonstruieren, wie sie in diese Position geraten waren. Die Fallakten waren über das Fußende des Betts verstreut, und zwei leere Flaschen aus dem Minikühlschrank lagen auf der Seite auf dem Nachttisch. Sie mussten beim Durchgehen der Fallakten eingeschlafen sein.

Beide waren vollständig angezogen und lagen auf der Decke statt darunter. Gideon wurde bewusst, dass ihm kalt hätte sein sollen – die Klimaanlage des Hotels war auf arktische Temperaturen eingestellt – aber Dacey strahlte Wärme aus wie eine Heizung. Er hatte noch nie einen anderen Bennu-Gestaltwandler als Dacey getroffen, aber er fragte sich, ob sie alle heißblütiger als ein durchschnittlicher Mensch waren.

Dacey machte ein leises Geräusch im Schlaf und drehte sich zu ihm um. Gideon schloss schnell die Augen, wollte nicht dabei erwischt werden, wie er sie anstarrte wie ein Voyeur. Sein Herz hämmerte in seiner Brust, während er wartete und kaum atmete, aber nach einem Moment der Stille wagte er es, die Augen wieder zu öffnen.

Ihre dunklen Augenbrauen bildeten kühne Striche über ihren geschlossenen Augen, und ihre gebräunte Haut hatte die warmen, goldenen Untertöne ihrer ägyptischen Herkunft. Eine Handvoll Sommersprossen zierte den Nasenrücken – etwas, das ihm noch nie aufgefallen war. Ihre vollen Lippen waren leicht geöffnet, während sie schlief, und eine Haarsträhne war über ihre Wange gefallen.

Als Gideon zum Fenster blickte, sah er, wie die Dunkelheit langsam dem blassen Grau des frühen Morgens wich. Er wusste, dass Dacey früh mit der Ermittlung beginnen wollte. So sehr er sie schlafen lassen wollte – sie sah so friedlich aus, und es war offensichtlich, dass sie beide die Ruhe brauchten – sollte er sie wahrscheinlich wecken.

»Dacey«, sagte er leise und streckte die Hand aus, um ihre Schulter sanft zu schütteln. »Hey, wach auf.«

Ihre Augen öffneten sich flatternd, Verwirrung lag in ihnen, bevor Erkenntnis dämmerte. Ein langsames Lächeln breitete sich über ihr Gesicht aus, und Gideons Herz machte dieses nervige Flattern, das es in ihrer Nähe immer öfter zu tun schien.

»Wir müssen eingeschlafen sein«, murmelte sie mit einer vom Schlaf heiseren Stimme. »Wie spät ist es?«

Gideon drehte sich um, um auf die Nachttischuhr zu sehen, und versuchte zu ignorieren, wie kalt das Bett sich anfühlte, sobald er sich von ihrer Wärme entfernte. »Fast sechs.«

»Gut.« Dacey setzte sich auf und streckte die Arme über den Kopf mit einem kieferspaltenden Gähnen. Ihr Haar hatte sich während der Nacht teilweise aus dem Knoten gelöst, dunkle Strähnen umrahmten ihr Gesicht. »Ich bin eingeschlafen, bevor ich einen Wecker stellen konnte. Lass uns duschen und uns fertigmachen. Treffen wir uns in dreißig Minuten in der Lobby?«

Sie stand auf und sammelte die verstreuten Fallakten ein. Selbst vom Schlaf zerzaust bewegte sie sich mit dieser angeborenen Grazie, die alles, was sie tat, elegant wirken ließ. Sie ging zur Tür, dann hielt sie mit der Hand am Griff inne, drehte sich um und schenkte ihm ein sanftes Lächeln. »Ich bin froh, dass du hier bist und mir bei diesem Fall hilfst.«

Dann verließ sie das Zimmer und ließ Gideon allein mit der verbleibenden Wärme im Bett und dem schwachen Duft ihres Shampoos, der noch auf seinem Kissen lag. Er ließ sich mit einem Stöhnen zurück auf die Matratze fallen und presste die Handballen gegen die Augen. Diese Schwärmerei wurde definitiv schlimmer.

Er lag noch einen Moment da, dann zwang er sich aufzustehen. Sie hatten mysteriöse Todesfälle zu lösen, und er konnte es sich nicht leisten, von seinen Gefühlen für seine Partnerin abgelenkt zu werden. Außerdem würde ihm vielleicht eine kalte Dusche den Kopf klar machen.

Fast dreißig Minuten später, geduscht und umgezogen, trat Gideon aus dem Aufzug in die Hotellobby. Der Duft von Kaffee wehte aus dem Frühstücksraum und lockte ihn magisch an. Ein paar andere Frühaufsteher besetzten die verstreuten Tische und Sessel, die meisten klammerten sich an Kaffeetassen wie an einen Rettungsring.

Dacey war noch nicht da, also ging er zur Kaffeestation. Als sie aus dem Aufzug kam, hatte er gerade zwei Tassen fertiggemacht – eine schwarz für sich, eine mit einem Schuss Sahne und Zucker für Dacey. Sie hatte den gestrigen Anzug gegen dunkle Jeans und einen taillierten Blazer getauscht, und ihr Haar war in einem ordentlichen, geflochtenen Zopf zurückgebunden. Sie sah frisch und ordentlich aus, als hätte sie nicht die Nacht über den Fallakten geschlafen.

»Ist eine davon für mich?«, fragte sie und nickte zu den Kaffeetassen in seinen Händen.

»Natürlich.« Er reichte ihr die mit Sahne und Zucker. »Dachte, wir könnten das Koffein nach unserer nächtlichen Ermittlungssitzung gebrauchen.«

»Danke.« Sie nahm einen Schluck und lächelte. »Perfekt. Du weißt noch, wie ich meinen Kaffee mag.«

»Ich merke mir sowas«, sagte er mit einem Achselzucken und versuchte, lässig zu klingen.

»Also«, sagte Dacey und holte ihr Handy heraus, »ich habe über die Verbindung zur Erbe-Stiftung nachgedacht. Ich möchte die Mitgliederliste durchgehen, die Voss uns versprochen hat, sobald sie reinkommt, und sie mit der Gästeliste vom Abendessen im Edelweißsaal abgleichen.«

»Gute Idee. Wir sollten auch...« Gideon verstummte mitten im Satz, als sein Handy vibrierte. Er holte es heraus und fand eine Nachricht von Vena zu seiner Magiefrage von der vergangenen Nacht. Sein Gesichtsausdruck muss sich verändert haben, als er sie las, denn Dacey trat näher.

»Was ist los?«

»Vena sagt, sie kennt mehrere Arten von mythischen Wesen, die Lebenskraft entziehen oder konsumieren können, aber sie alle hinterlassen magische Spuren, wenn sie angreifen, außerdem würden Beweise am Körper des Opfers zurückbleiben. Sie wird mir eine Liste aller bekannten Wesen schicken, die sich von Magie oder Lebenskraft ernähren.«

»Ich bezweifle irgendwie, dass wir das, was das hier macht, auf ihrer Liste finden werden. Wir hätten diesen Fall bereits gelöst, wenn es so einfach wäre.« Daceys Stirn runzelte sich.

»Es wird trotzdem gut sein, die Liste zu bekommen und sie auszuschließen. Sie wird mehr recherchieren und sehen, was sie sonst noch herausfinden kann. Sie sagte, sie wird uns eine Liste aller mythischen Wesen, die Lebenskräfte konsumieren, noch vor Tagesende schicken.«

Dacey nahm einen weiteren Schluck Kaffee, dann straffte sie die Schultern. »Nun, hier herumzustehen und zu spekulieren, wird nichts lösen. Bereit?«

»Wohin zuerst?«

»Ich möchte jeden Ort besuchen, wo die Opfer gestorben sind, und sehen, ob wir irgendwelche Spuren von magischen Rückständen aufspüren können. Außerdem müssen wir mit all ihren Familienmitgliedern und Freunden sprechen – vielleicht hat jemand etwas Seltsames in den Tagen vor ihrem Tod bemerkt. Lass uns mit dem ersten Opfer anfangen.«

»Der Tätowierer?«

»Ja, er lebte nicht weit von hier. Ich habe Voss geschrieben, und er meinte, er würde uns heute gerne begleiten und uns Zugang zu den Wohnungen der Opfer verschaffen.«

Gideon nickte und verbarg jede Enttäuschung in seinem Gesicht. Er hatte gehofft, dass es nur er und Dacey sein würden.

Nachdem sie sich jeweils einen Bagel aus dem Hotelangebot geholt hatten, gingen sie zum Parkplatz und aßen unterwegs. Dabei fiel Gideon auf, wie leicht sie sich unbewusst aufeinander einstellten und im gleichen Takt gingen, ohne darüber nachzudenken. Das war ihr erster echter Fall, den sie zusammen bearbeiteten, und er hoffte, dass es gut genug laufen würde, damit sie auch zukünftig gemeinsam als Partner an Fällen arbeiten könnten.

KAPITEL 8

*D*acey fuhr den Wagen in die Einfahrt eines modern aussehenden Hauses auf der anderen Seite der Stadt, entfernt vom historischen Viertel Millhavens. Als sie vom Jachthafen und der Innenstadt weggefahren waren, hatte Gideon beobachtet, wie sich die Landschaft zu heruntergekommenen Vierteln wandelte, wo Armut sich in abblätternder Farbe und verfallenden Veranden zeigte, bevor sie in diese neueren Siedlungen übergingen. Die Häuser hier hatten alle die gleiche Stuckfassade und das moderne Landhaus-Design, als wären sie aus derselben Form gestanzt worden.

Während sie darauf warteten, dass Detective Voss eintraf, zog Gideon Marcus Chauvins Fallakte heraus und durchblätterte die Seiten. »Hier steht, dass er ledig war?«

»Ja, wieso?« Dacey schaute zu ihm hinüber.

»Hatte er irgendwelche Mitbewohner?«

Dacey schüttelte den Kopf und hob eine Augenbraue.

Gideon deutete auf das Haus. »Das ist doch ein ziemlich schickes Haus für einen Tätowierer, findest du nicht?«

»Ah.« Dacey lächelte. »Manchmal vergesse ich, dass du mit unserer Welt noch nicht vertraut bist. Chauvin war nicht irgendein Tätowierer – er spezialisierte sich auf Feensigiltätowierungen. Diese Praktiker können astronomische Gebühren für ihre Arbeit verlangen. Eine mit Magie angereicherte Tätowierung zu bekommen ist teuer, aber auch sehr begehrt.«

Ein Polizeiwagen hielt neben ihnen an, und Detective Voss stieg aus. Nach dem Austausch von Begrüßungen schloss er die Haustür auf.

Der einzige Hinweis darauf, was jenseits der makellosen Fassade lag, war ein großer, überquellender Aschenbecher auf einem kleinen Tisch neben der Haustür. Einmal drinnen, erzählte das Haus eine völlig andere Geschichte. Das Innere war ein krasser Gegensatz zu der gut gepflegten Fassade – pures Chaos eines Junggesellenhaushalts. Eine riesige Ledercouch beherrschte das Wohnzimmer und stand einem ebenso überdimensionierten Flachbildfernseher gegenüber. Mehrere Spielkonsolen standen in einem TV-Regal darunter, ihre Kabel in einem schwarzen Netz verheddert. Die Küche war nicht viel besser – Geschirr füllte das Spülbecken, und Gideon roch etwas, das schon viel zu lange dort stand.

Marcus' Feenmagie durchdrang den Raum, ähnlich wie Willas Hexenmagie ihr Zuhause erfüllt hatte. Die Magie legte sich wie ein feiner Nebel auf Wände und Möbel. Eine Sammlung gerahmter Fotografien von Tätowierungen, die im Wohnzimmer hingen, stachen Gideon sofort ins Auge – sie waren die einzigen Farbkleckse in der ansonsten schwarz-weiß-grauen Einrichtung. Gideon bewunderte die komplizierte keltische Knotenarbeit, wo der Künstler geschickt Raben und Wölfe in die fließenden Muster aus Spiralen und Knoten eingewoben hatte.

Sie setzten ihre Durchsuchung des Hauses fort und fanden weitere Beweise für Marcus' Beruf überall verstreut – Skizzenbücher voller komplizierter Designs, Materialkisten und Reihen von Tintenflaschen. Gideon bemerkte, dass sich die Feenmagie am stärksten um die Tinten konzentrierte und sie vor seinen Augen mit einem überirdischen Glühen schimmern ließ.

Gideon nahm eine der Flaschen, um sie genauer zu betrachten.

Als Voss sich bewegte, um etwas in einem anderen Raum zu untersuchen, näherte sich Gideon leise Dacey. »Ich kann eine Menge Magie von Marcus in der Tinte spüren,« flüsterte er, damit der Detective sie nicht mitbekam. »Ist das das Zeug, das er für die Feensigiltätowierungen verwendet hätte?«

Sie nickte leicht. »Speziell geschaffen, um Feenverzauberungen aufzunehmen.«

Sie gingen nach oben und untersuchten Raum für Raum. In Marcus' Schlafzimmer hielt Gideon inne, die Augen konzentriert geschlossen. »Hier gibt es keine Leere wie bei Willa,« sagte er leise zu Dacey.

»Das passt zu einer Theorie, die ich habe,« antwortete sie. »Ich denke, dass die Leere nur dort erscheint, wo der Tod eintrat. Und Marcus ist nicht hier gestorben.«

»Das macht Sinn. Wir sollten dorthin gehen, wo er gestorben ist, und nachsehen.«

»Das wäre im Krankenhaus. Ich möchte zuerst mit seinen Kollegen sprechen, aber dann sollten wir das Krankenhaus überprüfen und sehen, ob wir mit jemandem dort sprechen können, der an ihm gearbeitet hat, als er eingeliefert wurde. Außerdem möchte ich die Bar überprüfen, wo er bewusstlos gefunden wurde.«

Die Garage für zwei Autos war ihr letzter Halt. Drinnen standen ein Tesla Cybertruck und ein top-ausgestatteter Range Rover, beide blitzsauber, obwohl es drinnen chaotisch aussah. Gideon pfiff anerkennend. »Mit Feensigiltätowierungen verdient man wirklich gut.«

»Spürst du etwas Ungewöhnliches?« fragte Dacey, als er seine Hände über die Fahrzeuge hielt.

Gideon schüttelte den Kopf. »Nichts Außergewöhnliches. Keine Leere. Nur Spuren von Feenmagie, nicht ganz so stark wie um seine Tätowierausrüstung.«

»Dann denke ich, sind wir hier fertig. Lass uns als Nächstes seinen Arbeitsplatz überprüfen.«

Als sie zurück zum Auto gingen, spürte Gideon das Gewicht seiner Unerfahrenheit als Auramant. Die Julisonne brannte unerbittlich, und die schwüle Luft Floridas war schon jetzt, am frühen Morgen, drückend und schwer. Diese Häuser sahen im Tageslicht mit ihrem einheitlichen weißen Anstrich und grauen Verzierungen fast fröhlich aus. Aber irgendwo in dieser angenehmen Vorstadtumgebung tötete eine unbekannte Kraft Menschen, und Gideon sorgte sich, dass seine begrenzten Fähigkeiten Dacey im Stich lassen würden, wenn sie ihn am meisten brauchte.

Er stieg auf den Beifahrersitz neben Dacey und zog sein Handy heraus, um die Adresse ihres nächsten Ziels, des Tätowierstudios, nachzuschauen. Er konnte nicht anders, als zurück zu Chauvins Haus zu blicken, als sie aus der Einfahrt zurücksetzte. Es sah von außen völlig normal aus – nur ein weiteres Haus der oberen Mittelschicht in einer gehobenen Siedlung.

»Woran denkst du?« fragte Dacey und bemerkte seinen besorgten Ausdruck.

»Ich glaube, wer oder was das getan hat, ist nicht wie etwas aus Venas Büchern.« Er drehte sich wieder nach vorn um, sein Kiefer angespannt. »Wir haben es mit etwas zu tun, das ich noch nie erlebt habe.«

Dacey nickte grimmig, als sie auf die Hauptstraße einbog. »Mach dir keine Sorgen, Giddy. So fühlen sich all meine Fälle an. Man ruft mich immer erst, wenn alles richtig beschissen und doppelt so schwer zu lösen ist.«

»Oh toll«, sagte Gideon sarkastisch, woraufhin Dacey kichern musste.

KAPITEL 9

*W*ilde Hof Tätowierungen befand sich in einem kleinen, freistehenden Gebäude an einer belebten Geschäftsstraße. Das Backsteingebäude im Industriestil mit großen Fabrikfenstern und freiliegenden Stahlträgern hob sich von den anderen historischen Ladenfronten ab. An der Fassade hing ein Metallschild mit genieteten Kanten, das in fetten Schablonenbuchstaben auf schwarzem Grund den Namen des Ladens zeigte.

Dacey parkte in einem der schrägen Parkplätze vor dem Gebäude und stellte den Motor ab.

Drinnen war der Empfangsbereich des Ladens kühl und gedämpft. Er war mit gerahmten Kunstwerken dekoriert, die kunstvolle Tattooentwürfe zeigten. Eine junge Frau mit mehreren Gesichtspiercings blickte von ihrem Handy auf, als sie eintraten.

Dacey zeigte ihre Dienstmarke. »Ist der/die Inhaber in anwesend?«

»Ich bin die Besitzerin.« Eine große, schlanke Gestalt trat aus einem Flur hinter dem Empfangstresen hervor. Ihr Pixie-Haarschnitt betonte androgyn wirkende Züge; die Spitzen ihres

Haares waren tief burgunderrot gefärbt. Leuchtende Koi-Fische in Orange, Blau und Grün schlängelten sich ihre beiden Arme entlang, die Schuppen funkelten im Licht des Ladens. »Kann ich Ihnen helfen?«

Gideons Sinne prickelten sofort. Hinter dem sorgfältig aufrechterhaltenen menschlichen Zauberglanz der Besitzerin konnte er die unverkennbare Essenz eines Kobolds wahrnehmen – diese besondere Mischung aus Chaos und Unfug, die keine Täuschung vollständig verbergen konnte. Er behielt einen neutralen Gesichtsausdruck bei, ohne etwas zu verraten.

»Ja, wenn Sie einen Moment Zeit haben.« Daceys Ton war professionell, aber sanft. »Wir würden Ihnen gerne ein paar Fragen zu Marcus Chauvin stellen.«

»Sicher,« sagte sie und streckte Dacey und Gideon die Hand entgegen. »Violet DuBonne.«

»Freut mich, Sie kennenzulernen. Ich bin Agent Nash,« murmelte Gideon und schüttelte kurz ihre Hand. Der Kontakt bestätigte seine Vermutungen – eine subtile Wärme, die kein Mensch besitzen würde. Seine Augen begegneten ihren für nur einen Bruchteil länger als nötig, und er fragte sich, ob sie wusste, dass er durch ihre Verkleidung hindurchsehen konnte.

Violet führte sie in ein kleines Büro voller Kunstwerke, Papierstapel und Materialkataloge. Sie setzte sich auf die Schreibtischkante, während Dacey und Gideon sich auf die gegenüberliegenden Stühle setzten.

»Wie lange arbeitete Marcus hier?« fragte Dacey.

»Fünf Jahre, ungefähr.«

»War er ein guter Mitarbeiter?«

Violet zuckte mit den Schultern. »Er war in Ordnung. Ein guter Tätowierer, leistete gute Arbeit.«

»Ich spüre ein gewisses Zögern,« bohrte Dacey nach. »Sie mochten ihn nicht besonders?«

»Hören Sie, er war talentiert. Seine Sigiltätowierungen waren immer gefragt. Aber er war selbstgefällig, manchmal ein echter

Arsch. Er passte nicht ins Team.« Violets Ausdruck verhärtete sich leicht. »Er war arrogant und überheblich.«

»Hatte er Feinde, von denen Sie wissen?«

»Es überrascht mich nicht wirklich, dass er in eine Kneipenschlägerei geraten ist. Aber er hatte keine Feinde, von denen ich wüsste. Niemanden, der ihn tot sehen wollte.« Violet hielt inne. »Zumindest würde ich das nicht denken.«

»Sie haben also von der Schlägerei in der Bar gehört?« Der Gerichtsmediziner hatte als offizielle Todesursache die Verletzungen aus dieser Schlägerei angegeben. Dacey beobachtete Violets Reaktion aufmerksam. »Ging er oft in Kneipen? Geriet er oft in Schlägereien?«

»Das könnte ich nicht sagen.« Violets Augenbrauen zogen sich zusammen und bildeten eine scharfe Linie zwischen ihnen. »Er kam nie mit sichtbaren Verletzungen zur Arbeit, und ich habe nie von anderen Kämpfen vor diesem gehört.«

Dacey reichte ihr ihre Visitenkarte. »Wäre es in Ordnung, wenn wir uns umschauen und vielleicht mit Ihren anderen Mitarbeitern sprechen?«

»Sicher.« Violet stand auf und glättete ihr schwarzes Tanktop. »Für die nächste Stunde haben wir keine Kunden, Sie stören also niemanden. Die meisten unserer Kunden sind nicht gerade Frühaufsteher,« sagte Violet grinsend. »Ich zeige Ihnen Marcus' Arbeitsplatz.«

Sie führte sie durch den Laden zu einem Arbeitsplatz im hinteren Bereich. Wie das Büro war auch dieser Arbeitsplatz zwar vollgestellt, aber ordentlich organisiert; Skizzenbücher und Vorräte waren sauber in Regalen angeordnet. Gideon bewegte sich langsam durch den Raum, während Dacey und Violet zusahen. Er schüttelte unauffällig den Kopf – hier gab es keine Leere-Signatur.

Als er Marcus' Tätowierutensilien untersuchte, spürte er dieselbe charakteristische Feenmagie, die von seinem Arbeitsplatz ausging. Er blickte zu den anderen Arbeitsplätzen hinüber, spürte aber nichts – nur an Marcus' Arbeitsplatz nahm er die verräterische Aura der Feenmagie wahr. Die übrigen Mitarbeiter schienen durch und durch menschlich zu sein.

Gideon öffnete die oberen Aufbewahrungsfächer und entdeckte Marcus' Vorräte, ordentlich in Reihen sortiert. Als er seine Hand über sie führte, konnte er die unverkennbare Feenmagie-Signatur spüren – identisch mit der, die er in Marcus' Zuhause entdeckt hatte.

»Sind das all seine Utensilien, oder hatte er irgendwo einen Lagerraum oder Spind?«

»Jeder bewahrt seine Sachen an seinem Arbeitsplatz auf,« antwortete Violet, bevor sie sich entschuldigte und sich noch einmal umdrehte. »Jemanden zu finden, der Marcus ersetzt, wird schwierig. Er war mein einziger Sigiltätowierer – er hatte ein echtes Talent dafür. Die Kunden liebten seine Arbeit.«

Ihr nächstes Interview war mit Danny Bowley, einem stark tätowierten Mann, der den Arbeitsplatz neben Marcus' besetzte.

»Wie lange haben Sie neben Marcus gearbeitet?« fragte Dacey und lehnte sich an die Theke.

Danny fuhr sich mit der Hand durch sein kurzes, gesträubtes Haar. »Fast drei Jahre jetzt. Habe ein paar Jahre nach ihm angefangen. Der Typ war ein erstaunlicher Künstler – er hatte eine Art, seine Kunst irgendwie lebendig wirken zu lassen.«

Gideon nickte und beobachtete Dannys Gesicht aufmerksam. »Ist Ihnen in letzter Zeit etwas Ungewöhnliches an seinem Verhalten aufgefallen?«

Bevor Danny antworten konnte, erschien eine Frau mit lockigem, blondem Haar, das unter einer Mütze hervorlugte, in der Tür.

»Hey Danny, kann ich mir etwas Transferpapier borgen? Das neue Zeug, das ich bekommen habe, hält die Tinte nicht – ist wohl Billigware.«

Danny seufzte, griff aber nach seinen Vorräten. »Schon

wieder, Jordan? Du weißt doch, dass wir unsere eigenen Materialien mitbringen müssen.«

»Ich weiß, ich weiß. Ich geb's dir zurück,« sagte Jordan. »Ich habe diese neue Marke ausprobiert, aber sie funktioniert nicht wie erhofft.«

Danny deutete auf Dacey und Gideon. »Jordan, diese Beamtin und dieser Beamte sind wegen Marcus hier.«

»Oh,« sagte die Frau, ihr Ausdruck wurde ernster, als sie sich ihnen zuwandte. »Ich bin Jordan Wellmer. Ich arbeite auch hier.«

»Ms. Wellmer,« sagte Dacey, »wir würden gern mit allen sprechen, die mit Marcus gearbeitet haben. Haben Sie einen Moment Zeit?«

»Sicher, warum nicht?« Jordan zuckte mit den Schultern und lehnte sich gegen eine nahegelegene Theke.

Dacey stellte erneut ihre vorherigen Fragen. Jordans Antworten stimmten weitgehend mit der Einschätzung ihrer Chefin überein – Marcus war talentiert, aber schwierig im Umgang gewesen.

»Er hatte nicht viele Freunde, von denen ich wusste,« fügte Jordan hinzu. »Er prahlte immer mit seinem Geld, wie viel er verdiente. Er machte ein großes Geheimnis aus seiner Arbeit und seinen Kunden – immer besorgt, dass jemand ihm die Kunden wegnehmen wollte.«

»Freundinnen?« fragte Dacey.

»Keine, die lange blieben.«

Nachdem Jordan gegangen war, stimmte Dannys Beurteilung seines ehemaligen Kollegen mit den anderen überein, aber er bot ein neues Detail.

»Er redete in letzter Zeit von irgendeiner neuen Technik,« sagte Danny und zog gedankenverloren an einem seiner gedehnten Ohrläppchen. »Sagte, sie würde ihn berühmt machen.«

Dacey beugte sich leicht vor. »Hat er konkret gesagt, woran er gearbeitet hat?«

Danny schüttelte den Kopf. »Nein, meistens war er nur am Großreden. Prahlte gerne damit, wie innovativ er war, verstehen Sie?«

Nachdem sie sich bei allen bedankt hatten, gingen Dacey und Gideon zum Ausgang. Als sie in die schwüle Luft draußen traten, kniff Gideon die Augen gegen das helle Sonnenlicht zusammen, seine Gedanken arbeiteten bereits die neuen Informationen durch.

»Stoff zum Nachdenken,« sagte Dacey, als sie wieder in ihr Auto stiegen. »Alle, mit denen wir sprachen, beschrieben ihn auf dieselbe Weise – talentiert, aber arrogant. Und jetzt wissen wir, dass er an etwas Neuem arbeitete, etwas, von dem er dachte, es könnte revolutionär sein.«

»Glauben Sie, das hängt mit dem zusammen, was ihm passiert ist?«

»Ich denke, jedes Mal, wenn jemand behauptet, er stehe kurz davor, die Spielregeln zu ändern, sollten wir darauf achten, wem das vielleicht nicht passt.« Sie startete den Motor und schaltete die Klimaanlage ein, um der drückenden Hitze zu entkommen. »Fahren wir als Nächstes ins Krankenhaus – sehen wir, was wir über seine letzten Stunden herausfinden können.«

Gideon nickte, und seine Gedanken wanderten zu der Leere, die er in Willas Haus gespürt hatte. Würden sie eine ähnliche magische Leere in Marcus' Krankenzimmer finden?

KAPITEL 10

ährend Dacey fuhr, warf sie einen Blick zu Gideon hinüber. »Hey Giddy, kannst du die Nummer für die Bar finden, wo Marcus in die Schlägerei geraten ist? First Street Social, ich glaube, so hieß sie.«

Gideon nickte, zog sein Handy heraus und suchte. »Hab sie.« Er wählte die Nummer und legte sein Handy in die Mittelkonsole zwischen ihnen und schaltete den Lautsprecher ein.

»First Street«, meldete sich eine Frauenstimme über das Klirren von Gläsern.

»Hier ist Special Agent Nash. Ich verfolge den Angriff auf Marcus Chauvin auf Ihrem Parkplatz letzten Monat nach.«

Die Hintergrundgeräusche wurden leiser, als die Frau sich vermutlich an einen ruhigeren Ort begab. »Oh ja. Schreckliche Sache. Was kann ich für Sie tun?«

»Ich würde gerne mit dem Manager oder Besitzer sprechen.«

»Das bin ich; ich bin die Managerin. Mein Name ist Teresa Suez.«

»Waren Sie an dem Abend in der Bar, als Herr Chauvin gestorben ist?«

»Ja, war ich.«

»Ausgezeichnet. Ich würde gern vorbeikommen und mit Ihnen sowie allen Mitarbeitern sprechen, die an diesem Abend gearbeitet haben«, sagte Dacey.

»Die meisten von ihnen sind heute Abend ab sechs Uhr zur Spätschicht hier.«

»Perfekt. Mein Partner und ich schauen dann vorbei.« Dacey beendete das Gespräch.

Gideon versuchte, das Flattern in seinem Puls zu ignorieren, als sie ihn so beiläufig ihren Kollegen nannte. Während sie an einer Ampel warteten, beobachtete er, wie Dacey eine schnelle SMS an Detective Voss schickte und nach dem Namen von Marcus' behandelndem Arzt im Krankenhaus fragte.

Die Antwort kam schnell. »Dr. Mizrahi,« las Dacey vor. »Kannst du im Krankenhaus anrufen?«

Nachdem er zweimal weitergeleitet worden war, erfuhr Gideon, dass Dr. Mizrahi nachts in der Notaufnahme arbeitete. »Er ist gegen neun Uhr da«, teilte ihm die Personalerin mit. Er legte auf und wandte sich Dacey zu, die noch telefonierte.

»Danke, wir sehen uns bald«, sagte sie, bevor sie auflegte. Sie wandte sich an Gideon. »Ich habe Voss gebeten, uns Zugang zu Brandon Chos Leiche zu verschaffen, aber er muss das erst mit der Maitland Polizeibehörde klären. Aber er kann uns jetzt schon Zugang zu Eleanor Prestons Haus verschaffen.«

Den GPS-Anweisungen zu Eleanors Haus folgend, fuhren sie auf der Hauptstraße entlang, die sich am Ufer des Monroesees entlangschlängelte. Gideon zeigte plötzlich auf ein Schild. »Schau – die Königliche Palmetto-Herberge.«

Das cremefarbene Schild mit seinem gewölbten oberen Rand, geschmückt mit einer goldenen Krone, trug in klarer schwarzer Schrift die Aufschrift »Königliche Palmetto-Herberge«, darunter gekreuzte Palmwedel. Ein kleineres Schild hing darunter und kündigte an: »Wiederherstellung demnächst«.

Dacey fuhr an den Straßenrand und starrte zu dem Gebäude

hinauf. »Das ist der Ort, den die Bürgermeisterin und Eleanor Preston erhalten wollten?«

Gideon beugte sich im Beifahrersitz nach vorn und betrachtete die verlassene Palmetto durch das Autofenster. Das alte Hotel ragte drei Stockwerke hoch, seine U-förmige Struktur bildete einst einen prunkvollen Hofeingang. Die cremefarbene Fassade mit Terrakotta-Akzenten zeugte von verblasstem Glanz und blickte über den vernachlässigten, überwucherten Rasen hinweg auf den Monroesee.

Die Hälfte der gewölbten Fenster war mit wettergegerbtem Sperrholz vernagelt, andere waren eingeschlagen, mit gezackten Glasscherben, die wie zerbrochene Zähne aus den Rahmen ragten. Einst elegante Terrakotta-Details und Gesimse bröckelten nun an einigen Stellen. Unkraut drückte sich durch Risse im Gehweg und kletterte wie greifende Finger die verschmutzten Stuckwände hinauf. Er konnte sich fast vorstellen, wie es damals war – als Stummfilmstars und elegant gekleidete Gäste durch den prunkvollen Eingang wandelten. Jetzt stand es als leere Hülle da und wartete.

»Ja, das ist der Ort«, bestätigte Gideon.

Dacey stellte das Auto ab und schaltete den Motor aus. »Lass uns einen Blick darauf werfen, bevor wir zu Eleanor fahren. Wir haben Zeit.«

Sie gingen über das verwilderte Gelände, wo bröckelnde Brunnen trocken und leer standen. Unkraut hatte sich zwischen die alten Pflastersteine gedrückt, sie in seltsamen Winkeln geneigt und aus den Betten gehoben, sodass ein tückischer, unebener Pfad entstand.

Sie näherten sich einer Seitentür, die mit einem schweren Vorhängeschloss gesichert war. Dacey kniete davor und nahm das Metall zwischen ihre Handflächen. Sie runzelte die Stirn vor Konzentration, während Flammen aus ihren Händen stiegen und um ihre Finger tanzten. Das Vorhängeschloss wurde langsam erst rot, dann orange. Mit einem leisen metallischen Stöhnen gab der Mechanismus im Innern der Hitze nach und sprang auf.

»Sollten wir das tun?« fragte Gideon, als sie das zerbrochene Schloss entfernte und beiseitelegte.

»So ein braver Bürger«, neckte sie und huschte hinein.

»Warte—« wollte Gideon sagen, aber Dacey verschwand schon durch die Tür. Er seufzte und folgte ihr.

Die einst prächtige Lobby erstreckte sich vor ihnen, der Empfangstresen, eine ausladende, geschwungene Mahagoni-Theke, jetzt von Wasserschäden verzogen und gespalten. Dahinter hingen immer noch Reihen von messingfarbenen Zimmerschlüsseln an ihren Haken, grün angelaufen. Schwarzer und grüner Schimmel kroch die Wände empor, wo Feuchtigkeit das ursprüngliche Tapetenpapier in langen, sich kringelnden Streifen abgelöst hatte.

Ihre Schritte schmatzten im durchnässten Teppich, und der muffige, faulige Geruch ließ Gideon die Nase rümpfen. »Mir gefällt das nicht.«

»Kein Spaß für dich?« Daceys Augen funkelten verschmitzt. »Mir schon. Ich fühle mich wie diese Urban Explorer auf YouTube.« Sie griff nach seiner Hand und zog ihn zu einer Reihe verzierter Türen, die schief in ihren Angeln hingen. Die Türen knarrten bei ihrer Berührung auf, und Gideon musste lächeln. Dacey war wie eine Katze, dachte er, unberechenbar – mal voller Wärme und Zuneigung im einen Moment, im nächsten distanziert und schroff.

Durch eine Reihe von Flügeltüren blickten sie in den Ballsaal, dessen Parkettboden sich durch Feuchtigkeit gewölbt hatte und Wellen im Holz bildete. Zerfetzte Vorhänge hingen in Fetzen von den hohen Fenstern, und Brocken von Stuckverzierungen lagen unter einem massiven, von Spinnweben bedeckten Kronleuchter verstreut auf dem Boden.

»Spürst du etwas?«

»Nichts. Ich nehme keine Magie wahr, aber auch keine Leere.

Und diese Treppe sieht nicht sicher aus.« Er deutete auf eine große Treppe gegenüber vom Ballsaal, deren Marmorstufen von Algen glitschig und an den Rändern bröckelig waren.

Sie gingen weiter zu dem, was einmal das Hotelrestaurant war, wo umgestürzte Tische wie gefallene Dominosteine verstreut lagen. Glasscherben und Schmutz knirschten unter ihren Schuhen, während sie sich hindurchschlugen.

Eine Bewegung im Schatten hinter einer alten Theke ließ Gideon nach Daceys Arm greifen und sie zurückziehen. Eine Schlange glitt vorbei und verschwand in einem Loch in der Fußleiste. Das erinnerte ihn an Detective Voss. »Wann sollen wir Voss treffen?«

Dacey zog ihr Handy heraus und verzog das Gesicht beim Blick auf das Display. »Jetzt, ehrlich gesagt. Wir sollten los.«

Sie gingen ihre Schritte vorsichtig zurück durch die modrigen Räume und achteten darauf, nichts zu stören. Draußen setzte Dacey das hitzegeschädigte Vorhängeschloss wieder auf die rostige Klinke der Seitentür. Der kaputte Mechanismus hing nutzlos an der Schlaufe, unfähig zu sichern, aber es sah so aus, als sei das Gebäude unberührt geblieben.

Zurück im Auto fuhren sie vom Bordstein weg und ließen die Königliche Palmetto ihrem langsamen Verfall.

Sie fanden Eleanors Haus nur wenige Straßen weiter, ein stattliches Antebellum-Herrenhaus mit hoch aufragenden korinthischen Säulen am Eingang. Detective Voss wartete an der Haustür.

»Ich wollte Sie nicht hier in der Hitze stehen lassen«, sagte Dacey.

»Bin gerade erst angekommen.« Voss blickte zwischen ihnen hin und her. »Wie läuft die Ermittlung bisher?«

»Zu früh, um etwas zu sagen«, antwortete Dacey. »Wir setzen die Teile noch zusammen.«

Voss wandte sich an Gideon. »Und Ihre Einschätzung?«

Gideon zuckte mit den Schultern. »Was sie gesagt hat.«

Voss' Blick verweilte auf ihm. »Sie reden nicht viel, oder?«

»Nur wenn ich etwas zu sagen habe.«

Voss grinste. »Ich schätze Leute, die nicht einfach reden, um sich selbst reden zu hören.«

Gideon nickte anerkennend, sagte aber nichts weiter.

Voss klopfte an die Tür, und nach einem Moment wurde sie von einer älteren Frau mit silberdurchzogenem dunklem Haar in einem schlichten dunklen Kleid mit Schürze geöffnet.

»Das ist Frau Dolores Ortiz«, erklärte Voss. »Sie hat viele Jahre für Eleanor Preston gearbeitet.«

»Ich bin Agent Nash«, sagte Dacey mit höflichem Nicken. »Und das ist Agent Santiago.«

»Wir würden gern kurz mit Ihnen sprechen, sobald wir uns umgesehen haben, wenn das in Ordnung ist«, fügte Dacey mit einem sanften Lächeln hinzu.

Frau Ortiz nickte und trat zur Seite, damit sie eintreten konnten.

Das Haus war still, als sie hineingingen. Gideon spürte nur schwache menschliche Auren, vermutlich von Eleanor und der Haushälterin. »Sie war menschlich?«, fragte er Voss.

»Ja.«

»Kinder?« fragte Dacey beim Erkunden.

»Zwei Söhne, beide leben außerhalb des Bundesstaates.«

»Wurden sie als Verdächtige ausgeschlossen?« fragte Dacey.

Voss schüttelte den Kopf. »Sie erben alles, aber sie sind schon wohlhabend. Sie brauchen es nicht. Außerdem hatten beide solide Alibis.«

»Wir möchten zuerst sehen, wo Eleanors Leiche gefunden wurde«, sagte Dacey. »Bevor wir den Rest des Hauses ansehen.«

Voss nickte und führte sie durch die marmorgepflasterte Diele. »Ist außer dem Dienstmädchen noch jemand im Haus?« fragte Dacey, als sie die große Treppe hinaufstiegen.

»Soweit ich weiß, nur Frau Ortiz. Sie wird das Haus instand

halten, bis alles im Nachlass geklärt ist. Alle anderen wurden heimgeschickt.«

Generationen der gleichen Familie hingen in Porträts das Treppenhaus entlang, ihre strengen Gesichter und feine Kleidung dokumentierten eine Linie von Reichtum und Macht, die bis zur Jahrhundertwende zurückreichte. Gideon betrachtete jedes Gemälde beim Hochsteigen, die Augen der Dargestellten schienen jeden Schritt zu verfolgen.

Oben an der Treppe, bevor Voss sie leiten konnte, zuckte Gideons Kopf zu einer Tür auf halber Strecke des reich belegten Flurs. Er ging darauf zu, gezogen von der Leere, die er hinter der schweren Eichenplatte spürte.

»Hier hat man sie gefunden?«

»Ja.« Voss warf Gideon einen merkwürdigen Blick zu, als er die Tür öffnete. Gideon wurde klar, dass sein Verhalten verdächtig wirken musste – direkt zum Schlafzimmer des Opfers zu gehen, ohne Anweisung von Voss. Aber er konnte sich dem Sog der Leere nicht entziehen.

Das Bett war noch immer ungemacht, die Decken zurückgeworfen, wo Eleanor gelegen hatte. »Frau Ortiz fand sie, als sie das Frühstück verpasste. In ihrer Aussage sagte sie, Eleanor sei nach dem Abendessen im Country Club mit Freunden zu Bett gegangen.«

»Können Sie mir eine Liste ihrer Tischgenossen beim Abendessen besorgen?« fragte Dacey. »Ich will sie mit der Teilnehmerliste der Erbe-Stiftung-Versammlung im Edelweißsaal mit Willa Wagner abgleichen.«

Voss hob interessiert die Augenbraue, stellte aber keine Fragen. »Das sollte nicht schwer sein.«

Gideon stand reglos am Bett, die Augen geschlossen, Hände locker an den Seiten. Die Leere war identisch mit der anderen – dieselbe beunruhigende Leere, wo Leben sein sollte.

Sie durchsuchten das restliche Herrenhaus methodisch – die anderen Schlafzimmer, Salons, Bibliothek, Arbeitszimmer. Das formelle Esszimmer, wo aufwendige Gedecke auf Gäste warteten, die niemals kommen würden. Doch es gab nichts zu finden. Nur menschliche Spuren verweilten in den Räumen. Falls Eleanor mit mythischen Wesen zu tun hatte, hielt sie diese von ihrem Zuhause fern.

Sie fanden Frau Ortiz in der Küche, wo sie methodisch die Marmorinsel schrubbte. Mit traurigen Augen blickte sie auf.

»Frau Ortiz«, sagte Dacey sanft, »ist Ihnen an Frau Preston in der Nacht ihres Todes etwas Ungewöhnliches aufgefallen?«

»Nein, gar nichts Ungewöhnliches.« Das Dienstmädchen drehte ihr Tuch zwischen den Fingern. »Sie war bester Laune, als sie zum Abendessen mit ihren Freunden ging. Sie sagte, sie sei erschöpft gewesen, als sie heimkam, aber das war nach einem Abend draußen nicht ungewöhnlich.«

»Hatte Frau Preston Feinde?«

»Oh nein«, Frau Ortiz schüttelte entschieden den Kopf. »Miss Eleanor konnte streng sein, aber sie war sehr freundlich zu ihren Freunden. Eine ausgezeichnete Arbeitgeberin.« Sie wrang das Tuch fester. »Ist... ist etwas nicht in Ordnung? Warum fragen Sie nach jener Nacht?«

»Es ist alles in Ordnung«, versicherte Dacey. »Bei Nachlässen dieser Größe treffen wir manchmal besondere Vorsichtsmaßnahmen. Sie brauchen sich keine Sorgen zu machen.«

»Ist Ihnen an jener Nacht etwas Ungewöhnliches aufgefallen oder gab es in letzter Zeit etwas Seltsames? War Frau Preston gestresst oder klagte sie über Probleme?«

»Nein«, antwortete Frau Ortiz langsam. »Meistens war Frau Preston mit ihren Freunden unterwegs oder arbeitete für die Erbe-Stiftung. Sie hat keine Probleme erwähnt, aber ich bin nur das Personal. Sie hätte sich mir nicht anvertraut.«

Dacey lächelte der Frau warm zu. »Sicher, aber jeder unterschätzt sein Personal. Ich wette, Sie wussten alles, was in Eleanors Leben passierte.«

»Oh nein.« Frau Ortiz richtete sich empört auf. »Ich mache

meine Arbeit, das ist alles. Das Privatleben anderer geht mich nichts an.«

»Keine Beleidigung beabsichtigt. Ich bin sicher, Sie machen Ihre Arbeit hervorragend«, sagte Dacey schnell. »Mir fällt sonst nichts ein. Danke für Ihre Zeit, Frau Ortiz. Falls Ihnen noch etwas einfällt, rufen Sie bitte Detective Voss an.«

Dacey schüttelte der Frau die Hand, während Gideon ihr dankend zunickte.

Frau Ortiz folgte ihnen zur Haustür, das Schloss klickte laut in der Stille hinter ihnen ins Schloss.

»Etwas Relevantes gefunden?« fragte Voss und hielt neben ihnen auf den steingepflasterten Stufen der Veranda an.

»Nicht wirklich«, sagte Gideon.

»Sobald mein Kontakt bei der Maitland Polizeibehörde sich meldet, rufe ich Sie wegen des Zugangs zur Leichenhalle und Brandon Chos Wohnung an.«

»Okay, klingt gut. Danke, dass Sie so flexibel sind«, sagte Dacey.

Voss zuckte die Schultern. »Die Bürgermeisterin sagte, ich solle zu Ihrer Verfügung stehen. Also bin ich hier.«

»Wie dem auch sei, wir schätzen das.«

Voss nickte anerkennend und ging dann zu seinem Auto. Sie sahen ihm nach, bevor Dacey sich Gideon zuwandte. »Und... was hast du gespürt?«

»Die Leere war stark in ihrem Schlafzimmer. Sonst habe ich nichts gespürt. Keine Magie – Eleanor Preston und alles im Haus war menschlich. Was die Leere angeht... Meine Theorie ist, dass sie entsteht, wenn das Opfer stirbt – was erklärt, warum wir sie nicht in Chauvins Haus gespürt haben. Er starb im Krankenhaus.«

»Okay... was wissen wir also?« fragte Dacey und kaute nachdenklich an ihrem Nagel. Ihr Magen knurrte laut und erinnerte beide daran, dass es Zeit für das Mittagessen wurde.

»Wir wissen, dass alle Opfer alleinstehend waren, ohne offensichtliche Todesursache. Der einzige Hinweis auf ein Verbrechen ist die Leere, die ich an jeder Leiche gespürt habe. Alle Opfer waren Einheimische, außer Brandon Cho – aber er arbeitete in der Stadt. Bisher gibt es nur eine Verbindung – Eleanor und Willa gehörten demselben philanthropischen Gesellschaftsclub an. Sonst gibt es nichts, das alle Opfer verbindet.«

»Was denkst du, Giddy?«

Gideon fühlte sich, als würde er von seiner Lehrerin abgefragt.

»Ich vermute, dass das, was diese Menschen tötet, nur einsetzt, wenn sie schlafen. Wenn ich raten müsste, würde ich sagen, dass was auch immer passiert ist, sie zuerst müde macht. Es lässt sie sich erschöpft fühlen und ins Bett gehen wollen. Erinnerst du dich? Das hat die Bürgermeisterin über ihre Schwester gesagt. Dass sie sie damit neckte, müde zu sein, und ihr riet, mal Bürgermeisterin zu werden.«

»Ja! Das Dienstmädchen sagt, Eleanor ging an dem Abend bester Laune weg, war aber müde, als sie heimkam. Vielleicht war es normale Müdigkeit, aber da sie zu Bett ging und nicht mehr aufwachte, würde ich gern mehr wissen. Ich muss mit diesen Damen sprechen und sehen, ob bei der Versammlung oder dem Abendessen, bei dem Eleanor war, etwas Seltsames geschah.« Dacey zog die Visitenkarte der Bürgermeisterin heraus, wählte die Nummer und aktivierte den Lautsprecher.

»Hier ist Bürgermeisterin Dornbusch,« antwortete eine klare Stimme.

»Bürgermeisterin, hier ist Dacey.«

»Oh, Dacey! Gibt es Fortschritte?« fragte Bürgermeisterin Dornbusch.

»Noch zu früh, um etwas zu sagen. Wir möchten mit den Mitgliedern der Erbe-Stiftung sprechen, die vor ihrem Tod mit Willa oder Eleanor zusammen waren.«

»Ich denke, das lässt sich einrichten. Morgen ist eine Notfallversammlung. Wir haben in kurzer Zeit zwei Schlüsselmitglieder verloren, und vor den Unabhängigkeitsfeiertagen am 4. Juli können wir keinen weiteren Rückschlag verkraften. Sie könnten als Reporter kommen, die über die Stiftung und unsere Verluste berichten.«

»Das wäre perfekt, Bürgermeisterin Dornbusch. Danke.«

»Aber natürlich, Liebes. Lassen Sie mich wissen, was Sie sonst noch brauchen. Und bitte... nennen Sie mich Winnie.«

Dacey beendete das Gespräch, nachdem sie Winnie gedankt hatte. »Lass uns etwas essen, bevor wir als Nächstes nachsehen, wo Joes Leiche gefunden wurde. Ich weiß auch schon, wo ich essen will.«

Die Ermittlungen nahmen Gestalt an, dachte Gideon, doch das Gefühl blieb, dass ihnen noch immer etwas Entscheidendes entging. Etwas, das einen Obdachlosen, eine Krankenschwester, einen Tätowierer und zwei wohlhabende Philanthropinnen im Tod verband – abgesehen von der Signatur der Leere, die er an jedem Tatort gespürt hatte. Er hoffte, dass sie es herausfinden würden, bevor noch jemand starb.

KAPITEL 11

*D*as Innere des Edelweißsaals versetzte Gideon in eine andere Welt. Helles Holz und freiliegende Balken säumten Wände und Decke, während eiserne Kronleuchter warmes Licht über lange Gemeinschaftstische warfen. Handgemalte Wandgemälde mit Alpenszenen, die Figuren in Lederhosen und schneebedeckte Berge zeigten, zogen sich durch den Speisesaal.

»Ich habe seit Ewigkeiten kein richtiges deutsches Essen mehr gegessen«, sagte Dacey und ließ sich auf eine gepolsterte Bank nieder. Sie saßen an einem Tisch neben einem großen Fenster mit Blick auf einen gepflasterten Fußgängerplatz, auf dem Arbeiter eifrig alles für das amerikanische Unabhängigkeitsfest am 4. Juli vorbereiteten.

Ihre Bedienung, gekleidet in ein traditionelles Dirndl, reichte ihnen dicke, in Leder gebundene Speisekarten.

»Entschuldigen Sie«, sagte Dacey, um die Aufmerksamkeit der Bedienung zu gewinnen. »Haben Sie zufällig letzte Woche gearbeitet, als die Erbe-Stiftung hier ihre Versammlung hatte?«

Die Bedienung schüttelte den Kopf. »Tut mir leid, ich arbeite nur tagsüber.«

»Macht nichts, ich wollte nur wissen, ob meine Tante bei dem Treffen dabei war.« Die Bedienung zuckte leicht mit den Schultern und ging weg.

»Clever«, sagte Gideon anerkennend und nickte.

»Einen Versuch war es wert.«

Gideon beobachtete Dacey, wie sie das Restaurant absuchte, methodisch alle Ausgänge markierte und diskret die anderen Gäste musterte. Ihre ständige Wachsamkeit und ihr kalkulierender Blick beeindruckten ihn – das schien ihr alles so in Fleisch und Blut übergegangen zu sein. Er hoffte, eines Tages ein ebenso guter Agent zu werden wie sie.

Gideon zwang sich, wieder auf die Speisekarte zu schauen, und staunte über die lange Bierliste. »Schade, dass wir im Dienst sind. Einige dieser Biere klingen interessant.«

»Hmm, vielleicht kommen wir zurück, wenn wir diesen Fall gelöst haben, und gönnen uns etwas. Ich glaube, ich nehme das Schnitzelbrötchen«, sagte Dacey, nachdem sie die Karte schnell überflogen hatte.

Die Bagels, die sie am Morgen auf dem Weg aus dem Hotel mitgenommen hatten, schienen eine Ewigkeit her zu sein, und Gideon wollte etwas Herzhaftes. Wer weiß, wann sie wieder etwas essen würden? Nachdem er die Speisekarte zweimal durchgesehen hatte, traf Gideon seine Wahl. »Ich nehme den Sauerbraten.«

Als ihr Essen kam, waren die Portionen riesig. Daceys Schnitzel quoll über den Rand des Brötchens hinaus, umgeben von einem Berg knuspriger Pommes, während Gideons Sauerbraten mit Spätzle und süß-saurem Rotkohl serviert wurde. Der herzhafte Duft von Soße, karamellisierten Zwiebeln und aromatischen Gewürzen stieg von ihren Tellern auf und ließ Gideons Magen laut knurren.

Während sie aßen, dudelte leise Akkordeonmusik aus versteckten Lautsprechern und vermischte sich mit dem fröhlichen Stimmengewirr und dem Klirren der Krüge. Als sie etwa die Hälfte ihres Sandwiches gegessen hatte, hielt Dacey plötzlich inne. Sie stupste Gideon mit dem Ellbogen an und deutete diskret auf eine Ecke an der Decke.

Eine Überwachungskamera.

Dacey zog ihr Handy hervor, ein kleines Lächeln auf den Lippen. »Ich kenne da jemanden, der uns vielleicht helfen kann«, sagte sie, wählte eine Nummer und hielt sich das Telefon ans Ohr.

»Leonhard! Wie geht's meinem Lieblingsnumerai?« Sie hielt inne und lauschte. »Stimmt – du bist der einzige numerai, den ich kenne. Aber das macht es nicht weniger wahr! Ich hab eine Aufgabe für dich. Hier im Edelweißsaal in Millhaven gibt es eine Überwachungskamera, die möglicherweise interessante Aufnahmen vom Treffen der Erbe-Stiftung Anfang dieser Woche gemacht hat. Kannst du da drankommen?« Wieder eine Pause. »Perfekt, ich warte.«

Gideon beobachtete ihr Gesicht, während sie zuhörte. Nach einer Minute brach sie in ein breites Grinsen aus, machte eine Siegerfaust und blies der Kamera einen Kuss zu. »Du bist der Beste! Kannst du, wenn du schon drin bist, bitte auch alle Aufnahmen von jener Nacht prüfen? Drinnen und draußen am Gebäude? Wir versuchen herauszufinden, was mit Willa Wagner passiert ist.«

Sie nickte zu dem, was Leonhard sagte. »Genau. Wenn in der Nacht irgendetwas Seltsames in der Nähe einer Kamera passiert ist, müssen wir das wissen. Ich möchte wissen, ob jemand mit ihr interagiert hat oder ob etwas Merkwürdiges passiert ist. Super – wir warten, was du findest.« Noch eine Pause. »Danke, du bist großartig.«

Sie legte auf und sah zufrieden aus. »Wenn es etwas zu finden gibt, wird Leonhard es finden.«

Sie waren gerade dabei zu bezahlen, als draußen auf dem Platz eine Frau zu schreien anfing. Ihr struppiges blondes Haar hing in verfilzten Zotteln um ihr Gesicht, und trotz der Sommerhitze trug sie zwei zerlumpte Jacken über ihrer schmutzigen Kleidung. Sie war knochig und dünn, mit ausgeprägten Wangenknochen, die scharf unter ihren wilden Augen hervorstachen.

Grobe Tätowierungen bedeckten fast jeden sichtbaren Zentimeter Haut – geometrische Muster und verflochtene Knoten, die aussahen, als wären sie von Hand gestochen. Die Muster schlängelten sich ihren Hals hinauf, verschwanden im Haaransatz und tauchten als gezackte, parallele Linien auf ihren Wangen wieder auf.

»Die Zeit naht!«, schrie sie und fuchtelte mit den Armen. »Bald jetzt. Walhalla wartet!«

Einer der Arbeiter, die draußen vor dem Restaurant die Bühne aufbauten, trat zu der Frau. »Gnädige Frau, Sie müssen gehen«, sagte er bestimmt.

Die Frau stieß ein lautes Schnauben aus. »Ich bin schon längst weg! Ich bin nichts als ein Geist.«

Sie schlurfte über den Platz zu einer Bank, auf die sie sich setzte und den Arbeiter anstarrte.

Gideon starrte durchs Fenster zu ihr hinüber. »Ich glaube nicht, dass sie ein Mensch ist.«

»Mythisch?«, fragte Dacey.

»Ich denke schon. Zu weit weg, um es sicher zu sagen.«

»Wer ist das?«, fragte Dacey ihre Bedienung, als sie ihre Zahlung bearbeitete.

»Oh, das ist nur Astrid«, sagte sie. »Sie ist ständig hier. Arme Frau – sie ist laut, aber harmlos.«

»Haben Sie viele Obdachlose hier in der Gegend?«

Sie zuckte mit den Schultern. »Einige. Nicht so schlimm wie in den Achtzigern, aber ja. Millhaven ist aber ziemlich gut zu ihnen. Es gibt viele Programme zur Unterstützung.«

»Ach ja?« Daceys Augenbrauen hoben sich interessiert.

»Ja, es gibt eine Essensbank, eine Suppenküche und sogar ein lokales Obdachlosenheim. Außerdem füttert das Metro Diner die Straße runter sie jeden Morgen vor der Öffnung mit Frühstück. Solche Sachen.«

»Das ist nett von ihnen«, sagte Dacey, während sie ihre Sachen zusammensammelte und aufstand.

»Einen schönen Tag noch«, sagte die Bedienung, bevor sie in die Küche zurückkehrte.

Als sie das Restaurant verließen, mussten sie an Astrid auf der Bank vorbeigehen. Gideon konnte nicht anders, als in ihre Richtung zu blicken, und spürte es sofort – Magie ging in chaotischen Wellen von der Frau aus. Seine Sinne prickelten, als er instinktiv mit seinem Bewusstsein nach ihr griff.

Die magische Signatur traf ihn wie eine dissonante Symphonie. Sie war fragmentiert und zusammenhanglos, wie ein zerbrochener Spiegel, der in tausend Stücke zerstreut war. Jeder Splitter spiegelte noch Macht, aber nichts verband sich richtig. Es erinnerte Gideon an einen Wahrsagekristall, den er letzte Woche untersucht hatte, nur dass die Magie dieser Frau instabil wirkte – fragmentiert und überwältigend intensiv. Die Kraft schien unkontrolliert in unvorhersehbaren Schüben von ihr auszugehen, ohne die kontrollierte Präzision, wie sie die meisten magisch Begabten aufwiesen.

Astrids Kopf schnappte zu ihnen herüber. »Was glotzt ihr denn?«, kreischte sie. »Ihr denkt, ihr seid besser als ich! Ihr könnt mich nicht verurteilen, ich gehe nach Walhalla! Ihr Gutmenschen seid blinde Narren. Die Zeit naht!«

»Entschuldigung«, sagte Dacey leise und trat vorsichtig näher. »Wir haben uns gefragt, ob Sie einen Mann namens Joe kennen?«

Astrid wich zurück, ihre Augen huschten wild umher. »Lasst mich in Ruhe! Ihr sollt noch nicht hier sein!« Sie stach mit dem Finger auf Gideon, ihr abgeblätterter Nagellack glänzte im Licht. »Du wirst eine ganz schöne Überraschung erleben, Muttersöhnchen.« Ihr Blick richtete sich auf Dacey, und ein verdrehtes

Lächeln breitete sich auf ihrem Gesicht aus. Mit einem knochigen Finger zeigte sie auf Dacey. »Und du ... du wirst brennen.«

Was zum Teufel? 'Brennen' war zu konkret, um eine zufällige Drohung zu sein. Die Haare auf seinen Armen stellten sich auf, während sein Kopf sich vor Möglichkeiten überschlug.

»Bitte«, hob Dacey beschwichtigend die Hände. »Wir wollen nur reden—«

»Im Moment ist sie zu aufgeregt«, flüsterte Gideon und beugte sich an Daceys Ohr. »Wir werden langsam auffällig.« Er deutete dezent auf die wachsende Zahl von Schaulustigen, die stehenblieben, um die Szene zu beobachten.

»Ich muss nicht reden, wenn ich nicht will!«, schrie Astrid fiebrig, während sie vor und zurück schaukelte. »Ich bin sowieso nicht wirklich hier! Die Zeit naht. Jeden Tag! Jeden Tag! Jeden Tag!«

»Entschuldigung«, sagte Gideon und berührte sanft Daceys Ellbogen. »Wir lassen Sie in Ruhe.«

Sie zogen sich langsam zurück, bis sie in sicherer Entfernung von der aufgewühlten Frau waren.

Außerhalb ihrer Hörweite runzelte Dacey nachdenklich die Stirn. »Sie sagte, ich würde brennen ... und genau genommen hat sie recht. Ich frage mich, was für ein mythisches Wesen sie wohl ist, dass sie so etwas über mich weiß.«

»Ich glaube, sie hat eine Art Wahrsagefähigkeit. Sie hat mich definitiv als Muttersöhnchen erkannt«, sagte Gideon mit schiefem Lächeln.

»Daran ist nichts auszusetzen, wenn man seine Mutter liebt«, neckte Dacey.

Gideon blickte zu der Stelle zurück, wo Astrid gesessen hatte, und sah, dass sie verschwunden war. »Sie tut mir leid. Es sieht so aus, als hätte ihre Magie sie in den Wahnsinn getrieben, und jetzt ist sie obdachlos.«

Dacey nickte, zuckte dann aber mit den Schultern, als wollte sie sagen: Was soll man machen. »Apropos Obdachlose. Lass uns nachsehen, wo Joe gestorben ist, und dann vielleicht mit den Leuten vom Metro Diner sprechen. Mal sehen, ob ihnen jemand Seltsames aufgefallen ist.«

Draußen herrschte reges Treiben auf den Gehwegen. Arbeiter bauten für die kommenden Feierlichkeiten auf, installierten eine temporäre Bühne auf dem Fußgängerplatz. An jedem Laternenpfahl tauchten amerikanische Flaggen auf, und mobile Toiletten wurden an strategischen Orten platziert.

Sie gingen mehrere Blocks in ein eher wohnliches Gebiet, während Dacey ihr Handy konsultierte, dann führte sie sie hinter einen Secondhand-Laden zu einem Parkplatz, der an ein bewaldetes Gebiet grenzte. »Sie haben Joes Leiche dort hinten gefunden«, sagte sie und zeigte dorthin, wo vereinzelt stehende Bäume in dichteren Wald übergingen.

Als sie sich durch das Unterholz drängten, verzog Gideon das Gesicht. »Das erinnert mich daran, als wir uns das erste Mal trafen und durch die Wälder liefen, um herauszufinden, wo du ermordet worden warst.«

»Ach, die guten alten Zeiten.« Dacey duckte sich unter einem tief hängenden Ast hindurch.

»Wir haben nie Glück im Wald«, sagte Gideon und fuhr abwesend mit den Fingern über die spinnennetzartigen Narben, die seine Arme zeichnen – lebhafte Erinnerungen an jenen Tag im Blackwater River State Forest, als er sich und Daceys blutgetränkten Körper ins Lagerfeuer rollte.

Sie fanden Joes Lager schnell – eine geräumte Fläche, übersät mit dem Müll verzweifelten Lebens. Ein alter Schlafsack, fleckig und modrig, lag zerknäult an einem umgestürzten Baumstamm.

Gideon hielt abrupt an. »Die Leere ist hier, aber da ist noch etwas. Es ist Astrids Magie neben der Leere. Sie liegt darüber, als wäre sie seit seinem Tod hier geblieben.« Sein Gesicht spannte sich vor Konzentration. »Es ist wie Orakelmagie, wie ich sie kenne, aber ... falsch. Verrückt. Wie ein Mahlstrom der Zeit, der rückwärts und vorwärts zugleich fließt. Ich sehe Fragmente, spinnennetzartige Stränge von Bildern und Zeit. Alles fühlt sich scharf, dissonant, zerbrechlich an.« Er zog sein Handy heraus. »Ich will Venas Einschätzung dazu.«

Er stellte das Gespräch auf Lautsprecher. Vena antwortete schnell.

Vena summte nachdenklich, nachdem Gideon beschrieben hatte, was er spürte, und Astrid beschrieben hatte. »Sie könnte ein Orakel oder eine von Morrigans Priesterinnen sein, aber am wahrscheinlichsten ist sie eine Völva – besonders angesichts der Beschreibung ihrer Tätowierungen. Das sind nordische Seherinnen, mächtige Frauen, die auf den Fäden der Zeit wandeln können. Sie sind ziemlich selten – ich habe nur eine einzige getroffen. Aber meine Recherche sagt, dass viele von ihnen sich in den Visionen verlieren – zu viele verzweigende Zeitlinien, zu viele mögliche Zukünfte. Sie verlieren den Bezug zur Gegenwart.«

»Das klingt wie die Frau, die wir getroffen haben«, sagte Gideon. »Danke für die Hilfe, Vena.« Er beendete das Gespräch und zog sein Notizbuch heraus, um schnell Notizen zu der gespürten Magie zu machen. Er umrundete den Lagerplatz und kartierte die Grenzen der Leere und der Magie der Völva.

»Da ist noch etwas«, sagte er schließlich. »Eine schwache Spur von Feenmagie, aber sie geht größtenteils in der Leere und der verrückten Sehermagie unter.«

Dacey beobachtete, wie er mit dem Fuß durch die Trümmer wühlte – schmutzige Kleidung, Essensverpackungen, Nadeln und Drogenutensilien, zerrissene Papiere. »Kannst du sie genauer orten?«

»Nein, sie ist zu schwach. Aber sie ist hier.«

Dacey holte wieder ihr Handy hervor. »Voss? Ich schicke dir einen Pin. Wir brauchen alles an diesem Ort gesichert und zur Analyse an das Savannah Conclave geschickt.« Sie hielt inne. »Ja, alles. Danke.«

Sie standen einen Moment da und betrachteten das traurige kleine Lager, wo Joe gestorben war. Eine Brise rauschte durch die Bäume und trug die fernen Geräusche der Baustelle aus der Innenstadt mit sich – während die Stadt sich auf die Feierlichkeiten vorbereitete, sammelten sich die Toten in ihren stillen Winkeln.

KAPITEL 12

*D*as Metro Diner lag an der prominenten Ecke einer Reihe miteinander verbundener Backsteingebäude im Stadtzentrum. Das zweistöckige Gebäude hatte sein Leben als Woolworth's in den 1950er Jahren begonnen. Ein verwittertes Metallschild mit erhabenen Buchstaben zeigte den Namen des Diners, aber die schwachen Umrisse der ursprünglichen Woolworth's-Beschriftung waren noch immer im Backstein darunter zu sehen, ein Geist aus roter und goldener Farbe, der sich hartnäckig weigerte, vollständig zu verblassen. Große Fensterfronten säumten die Vorderseite und ermöglichten Passanten einen Blick auf Tische mit Chromumrandung und gerahmte Vintage-Poster.

Innen drehten sich Deckenventilatoren über ihnen und taten wenig, um die Hitze zu vertreiben, die jedes Mal hereinsickerte, wenn sich die Eingangstür öffnete. Der abgenutzte Linoleumboden zeigte Spuren jahrzehntelangen Fußverkehrs. Die Vinylbänke waren an den Stellen geflickt, wo unzählige Gäste ein- und ausgestiegen waren. Trotz ihres Alters glänzten die Theken und Tische von gründlicher Reinigung, und der ganze Ort trug das tröstliche Aroma von Kaffee und Hausgemachtem.

Dacey trat an den Teenager am Empfangstresen, den Ausweis

bereits in der Hand. »Wir müssen mit dem Besitzer oder Geschäftsführer sprechen.«

Das Mädchen machte große Augen, als sie den Ausweis sah. Sie eilte zur Küche und kehrte Augenblicke später mit einer älteren schwarzen Frau zurück. Trotz der Hitze blieb ihr bordeauxrotes Metro Diner-Polohemd knackig und ordentlich, bedeckt von einer schwarzen Schürze ohne einen einzigen Fleck.

»Ich bin Renee Thompson,« sagte sie und musterte sie mit scharfem Blick. »Was kann ich für Sie tun?«

»Könnten wir irgendwo privat sprechen?« fragte Dacey.

Renee nickte und führte sie zu einer leeren Sitzbank in der hinteren Ecke. »Möchten Sie etwas trinken? Sie sehen beide so aus, als könnten Sie etwas gebrauchen.«

Gideon bemerkte, dass sein Hemd vom Weg durch die drückende Hitze an seinem Rücken klebte. »Wasser wäre großartig, danke.«

»Für mich auch,« sagte Dacey.

Renee kehrte schnell mit zwei hohen Gläsern Eiswasser zurück. »Also, worum geht es?«

»Wir haben verstanden, dass Sie hier morgens Obdachlose versorgen,« sagte Dacey.

»Das ist doch kein Verbrechen.« Renees Kinn hob sich leicht.

»Nein, nein,« sagte Dacey schnell. »Deshalb sind wir nicht hier. Wir fragen wegen eines obdachlosen Mannes nach, der kürzlich gestorben ist – Joe?«

Renees Gesicht wurde weicher. »Ah, Joe. Es ist wirklich traurig, was mit ihm passiert ist.« Sie setzte sich ihnen gegenüber auf die Bank. »Ja, wir geben jedem, der um sechs Uhr an der Hintertür auftaucht, etwas zu essen. Meine einzige Regel ist, dass sie bis sieben, wenn wir öffnen, den Platz verlassen haben und keinen Ärger mit unseren zahlenden Gästen machen. Das mache ich seit Jahren.«

»Gibt es Leute, die damit ein Problem haben?« fragte Gideon.

Renee zuckte mit den Schultern. »Es gibt immer jemanden,

der sich beschwert. Meistens irgendein reicher Snob, der nie einen Tag in seinem Leben gelitten hat. Aber diese Leute tun niemandem weh – sie brauchen nur Hilfe. Die meisten können in der normalen Gesellschaft nicht bestehen, sei es wegen Drogen oder psychischer Probleme, aber sie sind im Allgemeinen harmlos. Ich dulde keine Störenfriede.«

»Kannten Sie Joe persönlich?« fragte Dacey.

»Ich kannte ihn seit ein paar Jahren. Er kam ziemlich regelmäßig, aber manchmal verschwand er wochenlang und tauchte dann wieder auf – und sah dann immer schlechter aus.«

»Wussten Sie seinen vollständigen Namen? Woher er kam?«

»Keine Ahnung – ich kannte ihn nur als Joe. Aber einmal, als ich über die Hitze in Florida schimpfte, meinte er, das sei immer noch besser als ein Winter in Minnesota. Ich denke, er kam vielleicht von dort, aber das ist alles, was ich weiß.«

»Was ist mit Astrid?« fragte Gideon und dachte an die Frau von früher. »Kommt sie vorbei? Verbringt Zeit mit Joe?«

»Astrid ist fast jeden Morgen pünktlich wie ein Uhrwerk hier. Ja, sie und Joe waren oft zusammen unterwegs. Ich bin mir ziemlich sicher, dass sie zusammen Drogen genommen haben.« Renee schüttelte den Kopf. »Die arme Frau gehört eigentlich in eine psychiatrische Einrichtung. Sie sagt immer, sie könne die Zukunft sehen, aber das meiste, was sie sagt, ist wirres Zeug. Sie geht aber nicht in die Nähe einer Einrichtung – behauptet, die Regierung würde sie entführen und für ihre Visionen benutzen, sie zum Spionieren zwingen.«

»Verbrachte Joe Zeit mit anderen Stammgästen?« fragte Dacey.

»Sie halten sich meistens in denselben Bereichen auf, aber ich weiß nicht viel darüber, was außerhalb des Frühstücks hier passiert.«

»Hat sich in letzter Zeit jemand seltsam verhalten? Ist Ihnen bei Joe oder den anderen etwas aufgefallen?«

Ein weiteres Schulterzucken. »Wirken auf mich wie immer.«

»Wäre es in Ordnung, wenn wir morgen vorbeikommen, um mit einigen von ihnen zu sprechen? Wir machen keinen Ärger.«

»Sie können es versuchen, aber sie sind ziemlich verschlossen. Wahrscheinlich werden sie nicht mit Ihnen sprechen.« Sie richtete ihr Polohemd. »Ich frage mal herum, aber ich bezweifle, dass jemand etwas beizutragen hat. Die meisten sagen, Joe habe eine Überdosis genommen.«

Daceys Telefon klingelte. Gideon sah Detective Voss' Namen auf dem Bildschirm.

»Ich muss da rangehen,« sagte Dacey und stand auf. »Danke für Ihre Zeit und das Wasser.«

Als sie wieder in die drückende Hitze hinaustraten, schwirrte Gideons Kopf vor neuen Fragen. Ein Obdachloser aus Minnesota. Eine Frau, die behauptete, die Zukunft zu sehen. Und irgendwo im Wirrwarr von allem fünf Tote und Leerräume, wo eigentlich Auren und Magie hätten sein sollen.

Dacey nahm das Gespräch an, während sie gingen. »Hey, Victor. Was hast du für mich?«

Dacey hörte zu, was auch immer Detective Voss zu sagen hatte, bevor sie sich mit einem kleinen Lächeln und einem Daumen nach oben an Gideon wandte. »Gute Nachrichten. Wir machen uns gleich auf den Weg. Bis bald.«

Sie legte auf und wandte sich an Gideon. »Victor hat uns Zugang zu Brandons Wohnung verschafft – und bestätigt, dass der Mitbewohner da ist, um mit uns zu sprechen. Er hat auch arrangiert, dass wir Brandons Leiche anschließend in der Leichenhalle in Maitland untersuchen können.«

»Victor, ja? Seid ihr jetzt Freunde?«

Dacey verdrehte die Augen. »Nur weil du keine Schlangen magst, ist Voss noch lange kein Feind.«

»Ich weiß, ich mache nur Spaß. Du bist einfach zu leicht aus der Fassung zu bringen,« scherzte Gideon und bemerkte, wie schnell sie Voss verteidigt hatte. Er beschloss, nicht weiter darüber nachzudenken. Dacey arbeitete mit ihm, nicht mit Voss, und das war es, was zählte.

* * *

DIE MODERNE WOHNANLAGE ragte hoch auf und spiegelte Maitlands großstädtisches Flair wider. Während Millhaven an seinem historischen Charme festhielt, war Maitland ganz Glas und Stahl. Die Fassade der Wohnungen glänzte in der Nachmittagssonne, mit gepflegten Grünflächen und gepflasterten Wegen zu den Eingängen. Zwischen den Gebäuden befand sich ein riesiger Innenhof mit einem ausgedehnten Poolbereich, komplett mit Pavillons und Liegestühlen.

»Muss Voss wirklich mitkommen?« murmelte Gideon und beobachtete, wie der Wagen des Mannes auf den Parkplatz fuhr.

Dacey zuckte mit den Schultern. »Er verschafft uns Zugang. Es wäre seltsam, ihn zu bitten, wegzubleiben.«

»Er spioniert wahrscheinlich für die Bürgermeisterin. Bei der Menge der Bürgermeisterinnenmagie, die an Voss haftet, müssen sie viel Zeit miteinander verbringen,« fügte Gideon hinzu. »Winnie bekommt einen vollständigen Bericht über alles, was wir sagen und tun – darauf würde ich wetten.«

Ein wissendes Grinsen breitete sich auf Daceys Gesicht aus. »Oh, ganz bestimmt.«

Detective Voss näherte sich ihnen, sein Anzug war trotz Hitze und Feuchtigkeit tadellos.

Sie nahmen den Aufzug in den dritten Stock, dessen Glaswand einen Blick auf den Innenhof darunter bot. Nur wenige Leute lagen am Pool, obwohl Gideon vermutete, dass es am Samstag voll sein würde. Obwohl der Unabhängigkeitstag dieses Jahr auf einen Mittwoch fiel, würden die meisten Leute ihre Feiern auf das Wochenende verschieben – auch seine Mutter. Gideon hoffte, dass der Fall bis dahin gelöst sein würde – er hasste es, seine Mutter zu enttäuschen und die von ihr geplanten

Festlichkeiten zu verpassen. Sie freute sich so darauf, eine Nachbarschaftsfeier auszurichten.

Gideon verzog das Gesicht und musste sich eingestehen, dass er langsam den Glauben daran verlor, dass sie das alles noch vor dem Wochenende herausfinden würden. Sie waren jetzt fast 24 Stunden in der Stadt und hatten bisher nichts entdeckt.

Voss hielt sich zurück, als Dacey an Apartment 312 klopfte. Die Tür öffnete sich und ein Mann Ende zwanzig kam zum Vorschein, schmutzigblondes Haar fiel ihm über die Stirn. Seine Uniform vom Gator's Dockside-Restaurant deutete darauf hin, dass er gerade eine Schicht beendet hatte oder gleich eine beginnen würde.

Sie zeigten ihre Ausweise. Obwohl die Nervosität des Mannes offensichtlich war, konnte Gideon es ihm nicht verübeln – Ausweise an der Tür bedeuten selten gute Nachrichten.

»Ich bin Agent Santiago, das ist Agent Nash. Dürfen wir hereinkommen?«

»Jason,« bot er an und trat zur Seite. »Jason O'Sullivan.«

»Ihr Mitbewohner war Brandon Cho, richtig?« Als der Mann nickte, fuhr Dacey fort: »Können Sie uns erzählen, was mit ihm passiert ist?«

Jason schluckte schwer, die Schultern spannten sich an, und er winkte sie in die Wohnung. »Der Wecker hat ununterbrochen geklingelt, was gar nicht seine Art war. Ich habe heftig an seine Tür geklopft, aber er hat nicht geantwortet. Ich dachte, vielleicht ist er schon zur Arbeit gegangen und hat vergessen, den Wecker auszuschalten.« Er atmete zitternd ein. »Als ich hineinging, um ihn auszuschalten, fand ich ihn dort. Für einen Moment dachte ich, er schliefe, aber als ich ihn schüttelte...« Jason schauderte. »Er war schon ganz kalt.«

»Es tut mir leid, dass Sie das erleben mussten,« sagte Dacey leise.

»Ist Ihnen in der Nacht davor irgendetwas Ungewöhnliches aufgefallen?« fragte Gideon.

Jason schüttelte den Kopf. »Ich habe spät im Restaurant gearbeitet.« Er deutete auf das Logo auf seinem Hemd. »Seine Tür war zu, als ich nach Hause kam, aber das war normal. Er hatte Frühschichten im Pflegeheim.«

»Ist Ihnen irgendetwas Ungewöhnliches in der Wohnung aufgefallen?«

Jason blickte im Wohnzimmer umher, als wollte er nachprüfen, und schüttelte dann den Kopf.

»Hatte er Feinde? Probleme mit Freunden oder Familie? Hatte er jemanden, mit dem er zusammen war?«

»Wir waren nicht eng – wir haben uns über eine Wohnungssuchseite kennengelernt. Verschiedene Arbeitszeiten, wissen Sie?« Jason hielt inne. »Er hat allerdings am Morgen davor gesagt, dass er sich krank fühlte... Er meinte, er fühle sich schlapp und beschwerte sich, dass er keine Zeit habe, sich krank zu fühlen.«

Dacey warf Gideon einen Blick zu. »Am Tag vor seinem Tod?«

»Ja. Er meinte auch, das Timing sei schlecht, weil er nach einem anderen Job suchen wollte. Er hasste es, im Haus der Gelassenheit zu arbeiten.«

»Warum das?« fragte Gideon nach.

»Er sagte, sie seien unterbesetzt und die Leitung kümmere sich nicht um die Bewohner. Es wurde viel vernachlässigt, aber er konnte nichts dagegen tun. Seine Beschwerden an die Leitung stießen auf taube Ohren; sie interessierten sich weder für ihre Angestellten noch für die Bewohner – nur das Geld zählte.«

»Danke, dass Sie sich Zeit für uns nehmen,« sagte Dacey. »Ich weiß, es ist nicht leicht, darüber zu sprechen.«

Jason zuckte mit den Schultern, als wäre es keine große Sache, aber seine Haltung und der Ausdruck im Gesicht zeigten, dass es ihn doch mehr mitnahm, als er vorgab.

Dacey reichte Jason ihre Karte. »Melden Sie sich, wenn Ihnen noch etwas einfällt. Wir werfen nur einen kurzen Blick in sein Schlafzimmer, dann lassen wir Sie in Ruhe.«

»Ist... ist ihm etwas zugestoßen? Man hat mir gesagt, er hätte ein Aneurysma gehabt, deshalb bin ich verwirrt, warum Sie hier sind.«

»Wir sind nur gründlich. Junge, gesunde Menschen sterben normalerweise nicht plötzlich. Das ist nur eine Formalität,« beruhigte Dacey den nervösen Mann, der über ihre Erklärung erleichtert schien.

Jason zeigte ihnen Brandons Zimmer. Das Schlafzimmer war leer bis auf ein Bett und eine Kommode. Der Raum wirkte hohl und verlassen. »Seine Eltern haben alles andere Anfang der Woche abgeholt,« erklärte Jason. »Jetzt muss ich wohl einen neuen Mitbewohner suchen. Ehrlich gesagt überlege ich, auf eine Einzimmerwohnung zu wechseln. Es ist... unangenehm, nach allem, was passiert ist, noch hier zu wohnen.«

Gideon näherte sich dem Bett und blendete Jasons Stimme aus. Die Leere war hier stark, mit Spuren von Gestaltwandlerzauber überall im Zimmer und in der Wohnung. Es fühlte sich ähnlich an wie der Zauber von Bärengestaltwandlern, dem er früher begegnet war, aber dennoch anders – vermutlich einzigartig für Malaienbären. Nachdem er kürzlich Schwarzbären- und Grizzlysignaturen analysiert hatte, wusste er, dass jede Art ihren eigenen magischen Fingerabdruck hatte.

Dacey gesellte sich zu ihm, hob eine Augenbraue und deutete auf das Bett. Gideon nickte kaum merklich und bestätigte die Anwesenheit der Leere, während Voss von der Tür aus zusah.

Da sie im leeren Zimmer nichts weiter Interessantes fanden, bedankten sie sich bei Jason und gingen. Auf dem Parkplatz kündigte Voss an, er würde ihnen die Adresse der Leichenhalle simsen und sie dort treffen.

Während sie zur Leichenhalle fuhren, bereitete sich Gideon innerlich auf das vor, was kommen würde. Die Leiche würde vermutlich wieder keinen ersichtlichen Grund für den Tod zeigen, aber Gideon wollte sich selbst davon überzeugen.

KAPITEL 13

$\mathcal{E}$ine Stunde später verließen sie die Leichenhalle. Wie Gideon erwartet hatte, enthüllte Brandons Leichnam nichts, was sie nicht bereits bei den anderen Opfern gesehen hatten – nur eine weitere Leiche ohne erkennbare Todesursache. Die Julihitze schlug ihnen nach der eiskalten Klimaanlage des Gebäudes entgegen. Gideon zerrte an seinem Kragen und versuchte, den verschwitzten Stoff von seinem Hals zu lösen.

»Danke, dass Sie uns begleitet haben,« sagte Dacey zu Voss, der irritierenderweise unbeeindruckt von der Hitze wirkte.

»Habt ihr nach der Untersuchung etwas herausgefunden?« fragte Voss, sein durchdringender Blick musterte sie intensiv.

Gideon zuckte mit den Schultern. »Nicht wirklich. Brandons Leiche war genau wie die anderen, soweit ich das beurteilen konnte – keine erkennbare Todesursache, keine Verletzungen.«

»Das ist seltsam,« sagte Voss stirnrunzelnd.

»Da stimme ich zu,« nickte Dacey, »aber wir werden es herausfinden.«

»Braucht ihr mich noch für etwas?«

Sie schüttelten die Köpfe. »Danke für Ihre Hilfe,« sagte Dacey. Sie sahen zu, wie Voss' Fahrzeug wegfuhr, bevor sie in den

Wagen stiegen. Die Ledersitze waren glühend heiß, selbst durch Gideons Kleidung.

Dacey drehte sich zu ihm um. »Ich nehme an, bei Brandon war es wie bei den anderen?«

»Ja. Fast alle Spuren seiner Gestaltwandler-Magie waren verschwunden – nur eine leere Hülle blieb zurück.« Gideon kurbelte sein Fenster herunter und hoffte auf eine Brise, während die Klimaanlage darum kämpfte, aufzuholen.

Mit einem Blick auf die Uhr am Armaturenbrett sagte Dacey: »Wir haben noch etwas Zeit, bevor wir zum First Street Social müssen, um mit den Barmitarbeitern zu sprechen. Wollen wir uns etwas zum Mitnehmen holen und zum Haus der Gelassenheit fahren? Ich möchte Brandons Kollegen befragen und herausfinden, ob ihnen vor seinem Tod etwas Ungewöhnliches aufgefallen ist.«

Zwanzig Minuten und fragwürdiges Fast Food später parkten sie auf dem Parkplatz vom Haus der Gelassenheit. Das weitläufige, dreistöckige Gebäude lag eingebettet in einem Waldstück. Seine gestrichene Stuckfassade wurde durch eine sorgfältig gepflegte Gartenanlage aufgelockert. Zur Seite hin breitete sich ein Gartenbereich mit gepflasterten Gehwegen aus, die sich zwischen erhöhten Blumenbeeten schlängelten. Ein Mann in Krankenhauskittel schob eine ältere Frau entlang eines der Wege und suchte Schatten unter den vereinzelt stehenden Eichen.

Drinnen rümpfte Gideon die Nase – der Geruch von Desinfektionsmitteln mit einem muffigen Unterton, den selbst gründliche Reinigung nicht vertreiben konnte. Trotz des institutionellen Geruchs glich die Lobby einem edlen Wartezimmer, mit plüschigen Stühlen und geschmackvollen Kunstwerken an den Wänden. Falls es die Art von Vernachlässigung gab, über die Jason berichtet hatte, dass Brandon sich beschwert habe, war davon in diesem sorgfältig gestalteten Bereich nichts zu sehen.

Sie näherten sich dem Empfangstresen, wo eine Frau etwa in Gideons Alter saß. Ihr Namensschild zeigte 'Sara'. Dacey zeigte ihre Marke. Saras Augen leuchteten begeistert auf. »Oh! Sind Sie hier, um jemanden zu verhaften?«

»Äh, nein,« schaffte Gideon es zu sagen, sprachlos.

Sara richtete ihre ganze Aufmerksamkeit auf ihn, ihr erwartungsvoller Blick ließ ihn erröten – als hoffe sie, dass er ihr persönlich die Handschellen anlegt.

»Keine Verhaftungen,« sagte Dacey. »Wir müssen nur mit der Person sprechen, die hier verantwortlich ist.«

»Moment mal.« Sie griff zum Telefon und warf Gideon dabei einen weiteren Blick zu, während sie wählte. »Hi, hier sind einige Polizeibeamte, die mit der Leitung sprechen möchten.« Sie hörte kurz zu. »Okay, danke.« Als sie auflegte, lächelte sie sie an. »Bob kommt gleich zu Ihnen.«

Ein paar Minuten später erschien ein Mann in den Fünfzigern, von durchschnittlicher Größe und Statur, mit dicker Brille auf der Nase. »Bob Stibbons,« stellte er sich vor und führte sie beiseite, weg von Saras offensichtlich lauschenden Ohren.

»Ermittlerin Santiago, und das ist Ermittler Nash,« sagte Dacey. »Wir ermitteln im Todesfall von Brandon Cho. Wir möchten mit Ihnen und einigen der Leute sprechen, die um den Todeszeitpunkt herum mit Brandon gearbeitet haben.«

Bob hob eine Hand. »Ich muss Sie hier unterbrechen. Das ist eine private Pflegeeinrichtung. Unsere Patienten zahlen gutes Geld für ihre Sicherheit und Privatsphäre. Ich kann nicht zulassen, dass Leute hier herumgehen und mein Personal ohne meine Zustimmung befragen.« Er rückte seine Brille zurecht. »Es sei denn, Sie haben einen Durchsuchungsbefehl, muss ich Sie bitten, das Haus zu verlassen. Herr Chos Tod war tragisch, aber ich werde nicht zulassen, dass Sie unsere Angestellten und Bewohner stören. Es ist nichts Persönliches – nur Unternehmenspolitik.« Er deutete zur Tür. »Kommen Sie mit einem Durchsuchungsbefehl wieder, dann helfe ich Ihnen gerne weiter. Einen schönen Tag noch.«

»Sicher, das werden wir tun. Danke für Ihre Hilfe,« sagte Dacey mit hörbarem Widerwillen, als Bob sie hinausdrängte.

Draußen wandte sie sich an Gideon. »Hast du drinnen etwas gespürt?«

»Nicht wirklich. Einige alte mythische Spuren, aber nichts wie das, wonach wir suchen. Müsste weiter als die Lobby gehen, um etwas Konkreteres zu finden.«

Sie gingen zurück zum Auto und stiegen ein, positionierten sich mit Blick auf den Eingang. Dacey trommelte nervös mit den Fingern auf das Lenkrad und starrte das Gebäude an. »Bis wann sind die Besuchszeiten?«

Gideon zog sein Handy heraus. »Die Besuchszeiten enden laut Website um fünf.«

»Was denkst du?« fragte Dacey, und Gideon mochte das böse Grinsen nicht, das sich über ihr Gesicht ausbreitete.

»Diese Empfangsdame schien ziemlich interessiert an dir zu sein. Ich wette, sie hat gleich Feierabend. Lass uns warten und sehen, ob sie rauskommt ... vielleicht kannst du dann mit ihr reden. Ich wette, sie redet ohne Bob eher mit dir. Du musst deinen Charme einsetzen, Giddy.«

»Du willst, dass ich mit Sara flirte und herausfinde, ob sie uns etwas über Brandon erzählt?«

»Oh, ist dir der Name aufgefallen?« Daceys Grinsen wurde breiter.

Gideon verdrehte die Augen. »Ja, ich habe ihr Schild bemerkt. Und ich weiß, dass du es auch getan hast.«

»Ist sie nicht dein Typ, Giddy?«

»Nein, ist sie nicht, *Candy*,« sagte er knapp. Gideon glaubte, einen Aufblitz von Erleichterung in Daceys Augen zu erkennen. Ihre Schultern schienen sich zu entspannen, der Mundwinkel zuckte kaum merklich nach oben. Aber er konnte seiner Wahrnehmung nicht trauen – nicht, wenn sein Verstand so begierig war, das zu sehen, was er sehen wollte.

»Nun, versuche trotzdem zu flirten. Was soll's?«

»Ich bin nicht gut im Flirten. Ich hab' null Talent dafür.«

»Du hast mehr drauf, als du denkst, Gideon,« schnaubte Dacey. »Außerdem, bei der Art, wie sie dich angehimmelt hat, wirst du dich kaum anstrengen müssen.«

»Eifersüchtig?« neckte er und hoffte, die Antwort wäre ja.

»Das wünschst du dir.« Sie zeigte über seine Schulter. »Da ist sie. Mal sehen, was du drauf hast. Los, zeig was du kannst, Giddy!«

»Du bist nicht so lustig, wie du glaubst.«

»Ich bin urkomisch. Jetzt geh flirten.«

»Schön, aber wenn ich auf die Nase falle, musst du meinen verwundeten Stolz trösten.« Gideon stieg unter Daceys Gelächter aus dem Auto.

»Entschuldigen Sie?« rief er und joggte zu Sara hinüber, als sie ihr Fahrzeug aufschloss. »Entschuldigen Sie, dass ich Sie einfach so anspreche, aber ich hoffte, wir könnten reden.«

Sie errötete und strich sich eine blonde Strähne hinters Ohr. Unter anderen Umständen hätte er sie vielleicht süß gefunden, aber seine Aufmerksamkeit war vollkommen von einer gewissen sarkastischen Bennu-Gestaltwandlerin eingenommen, die seine Gefühle nicht erwiderte.

»Sara, richtig?«

»Das stimmt.« Sie lächelte ihn an und blickte durch ihre Wimpern zu ihm auf.

»Ich bin Gideon.« Er streckte seine Hand aus. Als sie sie schüttelte, bestätigte er, was er zuvor gespürt hatte – völlig menschlich, ohne eine Spur von Magie. »Ich hoffte, ein paar Fragen stellen zu können, aber Ihr Chef hat uns hinausgebeten, bevor ich die Chance hatte, mit Ihnen zu sprechen.«

Saras Augen leuchteten auf, und sie lehnte sich leicht näher zu Gideon. »Ich würde mehr als gerne helfen.« Ihr Blick glitt über seine Kleidung, bevor er mit einem eifrigen Lächeln zu seinem Gesicht zurückkehrte. »Ich tue immer, was ich kann, um einem

Polizisten zu helfen. Bob kann... stur sein,« senkte sie ihre Stimme, »aber ich verstehe, dass Sie Ihren Job machen müssen.«

»Danke für Ihr Verständnis, Sara. Arbeiten Sie schon lange hier?«

»Nur ein paar Monate.«

»Gute Arbeitsstelle hier?«

Sara zuckte mit den Schultern. »Er hält mich über Wasser.«

»Kannten Sie Brandon Cho?«

»Nicht gut. Er hielt sich für sich. Er war nicht so gesellig wie die anderen Krankenpfleger. So schade – er war so jung. Kaum war er da, war er auch schon wieder weg.« Sie warf ihm einen koketten Blick zu. »Da will man doch keine Zeit verschwenden, oder?«

Gideon tat so, als würde er die Einladung in ihrem Ton nicht bemerken. »Ist Ihnen in letzter Zeit etwas Seltsames bei der Arbeit aufgefallen?«

Wieder ein Schulterzucken. »Nicht wirklich, aber wie gesagt, ich bin noch nicht so lange hier.«

Er reichte ihr eine seiner Karten. »Falls Ihnen noch etwas einfällt, rufen Sie mich an oder schreiben mir eine SMS?«

Sara betrachtete die Karte. »Das werde ich.«

»Ich verabschiede mich dann.«

»Tschüss, Gideon.« Sie winkte ihm mit den Fingern zu.

Zurück im Auto löcherte Dacey ihn mit Fragen. »Wie ist es gelaufen?«

Er beschloss, sie zu ärgern und sagte: »Ich habe ein Date vereinbart.«

Daceys Gesichtsausdruck entgleiste kurz, bevor er laut auflachte. »Sie hatte nichts Nützliches hinzuzufügen, aber ich gab ihr meine Karte, falls ihr noch etwas einfällt.«

Dacey schnaubte. »Du bist nicht lustig.«

»Dein Blick sagt was anderes.« Er grinste und genoss die Art, wie sie ihn ansah. »First Street Social?«

»Ja.« Sie startete das Auto. »Wisch dir das Grinsen aus dem Gesicht, sonst tue ich es.«

Die Drohung ließ ihn nur noch breiter lächeln. Er zog Daceys Ärger Saras Flirterei jederzeit vor.

* * *

First Street Social war eine ehemalige Autowerkstatt. Die ursprünglichen Garagentore waren durch bodentiefe Fenster ersetzt worden, und die Metallschienen, auf denen früher die Tore liefen, waren noch zu sehen. Die Metallverkleidung des Industriegebäudes war teilweise mit Neonbierschildern bedeckt, die in der frühen Abendsonne aufzuleuchten begannen. Der Name der Bar war in anmutiger schwarzer Schrift auf das beige-farbene Backsteingebäude gemalt. Werbeplakate für kommende Bands klebten an den umgebauten Garagenfenstern. Eine Samm-lung von Motorrädern säumte eine Seite des Gebäudes, ihr Chrom glitzerte im schwindenden Sonnenlicht.

»Charmant,« sagte Dacey, als sie aus dem Auto stiegen. Der Asphalt strahlte immer noch Hitze aus und ließ Gideon wünschen, sie hätten noch etwas länger im klimatisierten Fahr-zeug bleiben können.

Drinnen mischte sich das Aroma von abgestandenem Bier mit kiefernduftiger Reinigung – der unverwechselbare Duft einer alteingesessenen Bar. Die Wände waren mit Holzvertäfelung verkleidet, unterbrochen von stumm laufenden Fernsehern, die verschiedene Sportkanäle zeigten. Eine lange Bar dominierte eine Wand, ihre Oberfläche war von den Narben jahrelanger Benutzung gezeichnet. Dahinter spiegelten Spiegel eine beein-druckende Reihe von Schnapsflaschen wider, während Ketten bunter Weihnachtslichter darüber hingen und versprachen, den Ort in schummriges Licht zu tauchen, sobald die Dunkelheit hereinbrach.

Ein stämmiger Mann mit Ärmeltätowierungen wischte die

Bar ab. Er blickte auf, als sie sich näherten, sein Ausdruck neutral, aber wachsam.

Dacey zog ihren Ausweis heraus. »Wir möchten mit Teresa Suez sprechen.«

»Seid ihr die Cops, die früher angerufen haben?« rief eine Frauenstimme vom anderen Ende der Bar. Sie näherte sich mit dem selbstbewussten Gang von jemandem, der den Laden fest im Griff hat. Ihr dunkles Haar war zu einem praktischen Pferdeschwanz zurückgebunden.

»Das stimmt,« bestätigte Dacey.

Teresa nickte. »Wir können mein Büro nutzen. Folgt mir.« Sie führte sie durch eine Schwingtür in die Küche, vorbei an Edelstahl-Vorbereitungstischen und einer Industriespülmaschine, und blieb schließlich bei einem kleinen Büro stehen, das in die Ecke eingezwängt war. Mehrere Monitore an der Wand zeigten verschiedene Bereiche der Bar.

Das Büro war geordnetes Chaos – Rechnungen und Dienstpläne an eine Pinnwand geheftet, unordentliche Stapel von Papieren und ein uralter Computer, der in der Ecke des Schreibtisches leise vor sich hin summte. Zwei Stühle standen dem Schreibtisch gegenüber, und Gideon war sich Daceys Nähe übermäßig bewusst, als sie sich auf den neben ihm niederließ.

Teresa ließ sich in ihren Stuhl fallen. »Was kann ich für euch tun?«

»Sie haben in der Nacht gearbeitet, als Marcus Chauvin starb?« fragte Dacey.

»Ja, ich war hier. Ich bin fast jede Nacht hier.« Teresa lehnte sich zurück, ihr Ausdruck resigniert.

»Könnten Sie uns schildern, was in jener Nacht passiert ist?«

»Es war verrückt voll – Samstagabend mit Live-Musik ist das immer. Ich habe Marcus nicht gesehen, aber Savanna, eine unserer Bedienungen, erinnert sich daran, ihn bedient zu haben. Sie sagte, er wurde etwas angetrunken, aber nicht so betrunken, dass wir ihn hätten absperren müssen.« Teresa zuckte mit den

Schultern. »Wir wussten nicht mal, dass er auf dem Parkplatz war, bis nach Geschäftsschluss. Rocco – er ist einer unserer Barkeeper – fand ihn hinter dem Müllcontainer, als er eine Raucherpause machte.«

»Wann war das ungefähr?« Daceys Stift schwebte über ihrem Notizblock.

»Wir hatten gerade erst geschlossen, also muss es so gegen halb drei nachts gewesen sein.« Teresa deutete auf die Monitore. »Ich dachte, ihr wollt die Sicherheitsaufnahmen sehen, obwohl ich bereits Kopien an die Polizei gegeben habe.«

»Ja, bitte. Das würden wir zu schätzen wissen,« sagte Dacey.

»Nicht viel zu sehen, ehrlich gesagt.« Teresa tippte etwas auf ihrer Tastatur, und die Aufnahmen erschienen auf einem der Monitore. Ein Tesla-Truck kam ins Bild und parkte in der Nähe eines eingezäunten Müllcontainers. Marcus stieg aus und sah vollkommen in Ordnung aus, als er zum Eingang ging.

Teresa wechselte die Kameras und zeigte Marcus beim Eintreten und auf dem Weg zur Bar. Er eroberte den letzten freien Hocker und bestellte ein Getränk.

»Wann war das ungefähr?« fragte Dacey.

Teresa beugte sich näher zum Monitor und zeigte auf die untere Ecke, wo Zeit und Datum in kleinen weißen Buchstaben angezeigt wurden. »Sieht aus, als wäre es etwa 20 Uhr gewesen. Die Band war für 21 Uhr geplant, also fing es gerade an, voll zu werden.«

Dacey und Gideon beugten sich näher zum Monitor und sahen zu, wie Marcus dem Barkeeper zuwinkte und ein Getränk bestellte.

»Er saß einfach nur da und trank stundenlang,« sagte Teresa. »Soll ich vorspulen?«

Auf Daceys Nicken spulte Teresa durch die Aufnahmen. Die Bar füllte sich immer mehr im Laufe des Abends. Bald drängten sich die Leute zwischen den Tischen, bis es nur noch Stehplätze gab. Trotz der wachsenden Menge, die periodisch ihre Sicht blockierte, hielt der Kamerawinkel Marcus an seinem Platz an der Bar sichtbar. Gideon sah intensiv zu, aber nichts schien fehl am Platz. Selbst als andere Gäste sich um Getränkebestellungen um ihn drängten, näherte sich niemand Marcus außer den Barkeepern, bis nach ein paar Stunden Marcus einem Barkeeper zuwinkte und seine Rechnung bezahlte. Sie sahen zu, wie Marcus zum Ausgang ging.

Die Aufnahmen wechselten zurück zum Parkplatz, als Marcus sich seinem Truck näherte. Er hatte sein Handy in der Hand, der Bildschirm beleuchtete sein Gesicht, als ihn plötzlich etwas aufhorchen ließ. Er drehte sich um und ging zum Müllcontainerbereich, offensichtlich mit jemandem hinter der Umzäunung sprechend.

Gideon spürte, wie Dacey neben ihm anspannte, als Marcus um die eingezäunte Müllcontaineranlage herumging, hinter sie und aus der Sicht der Kamera. Einen Moment lang passierte nichts. Dann stolperte Marcus teilweise ins Bild, seine Bewegungen verzweifelt und ruckartig, bevor er wieder aus dem Sichtfeld der Kamera gezogen wurde.

»Kannst du das zurückspulen? Pausiere es bitte,« fragte Dacey und beugte sich vor.

Bild für Bild sahen sie zu, wie Marcus zurückgezogen wurde. Dacey schnaubte frustriert. »Alles, was man sehen kann, ist eine behandschuhte Hand. Das sagt uns nichts.« Sie wandte sich Teresa zu. »Gibt es noch mehr?«

Teresa schüttelte den Kopf und spulte die Aufnahmen vor. Ein großer Mann mit Tätowierungen – derselbe, der sie zuerst begrüßt hatte, als sie in der Bar ankamen – kam durch die Hintertür hinaus mit einem Müllsack. »Das ist Rocco, der Typ, der die Leiche fand,« erklärte Teresa.

Nachdem Rocco den Müll in den Container geworfen hatte, zog er eine Zigarette heraus und ging um die Rückseite der Umzäunung herum. In dem Moment, als er Marcus' Leiche entdeckte, ließ er die Zigarette fallen und rannte zurück hinein.

Weniger als eine Minute später kehrte er mit Teresa und einem anderen Mann zurück und gestikulierte wild zum Müllcontainer hin. Rocco blieb zurück, während Teresa und der andere Mann untersuchten, beide kamen erschüttert wieder heraus. Sie sahen zu, wie Teresa etwas zu den Männern sagte, dann auf dem Absatz kehrtmachte und zurück in die Bar joggte.

»Ich sagte Rocco und Felix, sie sollen die Stelle bewachen, während ich die Polizei rief,« erklärte Teresa.

»Kannten Sie Marcus gut?« fragte Dacey, während sie einen Krankenwagen ankommen und Marcus ins Fahrzeug laden sahen.

»Flüchtig. Er war Stammgast, aber ich kannte ihn nicht persönlich.«

»Was war Ihre Meinung über ihn?«

Teresa zuckte mit den Schultern. »Er war in Ordnung. Kein großartiger Trinkgeldgeber, aber er machte nie wirklichen Ärger. Manchmal wurde er zu aufdringlich oder unhöflich mit dem Personal, wenn er ein paar getrunken hatte, aber überschritt nie ernsthafte Grenzen.«

»Traf er sich jemals hier mit jemandem? Irgendwelche regelmäßigen Freunde oder Saufkumpane?« fragte Dacey.

»Nicht, dass mir aufgefallen wäre. Manchmal brachte er ein Date mit – verschiedene Frauen, Sie wissen, wie das läuft. Selten dieselbe Frau zweimal, soweit ich das beurteilen konnte. Ich habe nie bemerkt, dass er regelmäßig mit jemandem abhängt. Er hielt sich meist für sich an der Bar.«

»Könnten wir eine Kopie dieser Aufnahmen bekommen?«

Teresa zog einen USB-Stick aus ihrer Schreibtischschublade. »Habe bereits eine Kopie für euch gemacht. Dachte, ihr würdet sie wollen.«

»Danke.« Dacey steckte die Disc ein. »Wäre es möglich, dieses Büro zu benutzen, um mit dem Personal zu sprechen, das in dieser Nacht gearbeitet hat?«

Einer nach dem anderen kamen die Angestellten herein. Ihre

Aussagen stimmten überein – Marcus war arrogant, manchmal unhöflich und flirtete gelegentlich mit dem Personal. Er war ein mittelmäßiger Trinkgeldgeber, aber nicht der Schlimmste. Laut dem Personal war der Mann ein Aufschneider und Angeber, aber letztendlich harmlos.

Als die letzte Bedienung ging, tauschte Gideon einen Blick mit Dacey aus. Beide wussten, was der andere dachte – irgendwie war dieser »harmlose« Mann tot hinter einem Müllcontainer gelandet, seine Magie genauso entzogen wie bei den anderen.

Mehrere Stunden waren während ihrer Befragungen vergangen, und die Bar war inzwischen gut gefüllt, als sie aus dem Büro auftauchten. Die umgebauten Garagenfenster spiegelten jetzt die Neonbierschilder im Inneren wider, anstatt das schwindende Tageslicht draußen. Gideon war überrascht, eine solche Menge an einem Wochentagabend zu sehen – Körper drängten sich um die Bar, während andere sich um die hohen Tische sammelten, das Summen der Unterhaltung konkurrierte mit der Musik, die aus den Lautsprechern drang.

»Ich gebe Hex die Videodateien und sehe, ob sie den Täter erkennen kann.«

Gideon rieb sich die Augen. »Was kommt als Nächstes?«

»Lass uns ins Krankenhaus fahren,« sagte Dacey und rollte die Schultern, um die Verspannung loszuwerden. »Mal sehen, ob wir Dr. Mizrahi dazu bringen können, mit uns zu sprechen. Vielleicht hat er etwas bemerkt, das wir übersehen haben. Danach sollten wir etwas schlafen. Ich möchte morgen früh direkt in die Metro-Speisehalle, um mit Astrid und den anderen zu sprechen.«

Sie gingen zum Ausgang, der Druck der Menge zwang sie, sich zwischen den Tischen durchzuschlängeln. Der Lärm verblasste, als sich die Tür hinter ihnen schloss und sie in der relativen Ruhe des Parkplatzes zurückließ.

KAPITEL 14

ie automatischen Türen des Haupteingangs des Krankenhauses öffneten sich mit einem leisen Zischen. Gideon unterdrückte ein Gähnen, als sie in die antiseptische Helligkeit hineintraten. Sie hatten neben der Gerichtsmedizin geparkt, die sie am Vortag besucht hatten – obwohl es sich anfühlte, als sei eine Woche vergangen.

Die grellen Neonröhren summten über ihren Köpfen, als sie sich dem Empfangstresen näherten. Dacey zog ihren Ausweis hervor, und Gideon tat es ihr gleich. »Wir würden gerne mit Dr. Mizrahi sprechen.«

Die Empfangsdame, eine Frau mit dem abgeklärten Blick einer Person, die schon alles gesehen hat, nickte und griff nach ihrem Telefon. Nach einem kurzen Gespräch deutete sie auf den Wartebereich. »Der Doktor wird bei Ihnen sein, sobald er seinen aktuellen Patienten behandelt hat.«

Die nächsten zwanzig Minuten zogen sich dahin. Gideon kämpfte gegen seine schweren Augenlider und rutschte unruhig auf dem unbequemen Plastikstuhl hin und her. Um wach zu bleiben, drehte er sich zu Dacey um. »Hast du irgendwelche Theorien, wer der Mörder sein könnte? Warum gerade diese Opfer? Was die Leere ist – und wie sie tötet?«

Dacey tippte nachdenklich auf ihre Lippe, eine Geste, die Gideons Aufmerksamkeit auf ihren Mund lenkte. »Ich arbeite an drei vagen Theorien.« Sie hob die Hand und zählte sie an den Fingern auf. »Erstens könnte es mit dem Restaurierungsprojekt des Royal Palmetto zusammenhängen. Zweitens versucht vielleicht jemand, den Ruf der Bürgermeisterin zu ruinieren und ihre Chancen auf den Gouverneursposten zu zerstören. Oder drittens haben wir es mit jemandem aus der Gegend zu tun, der mit einer neuen Art von Magie experimentiert, um Macht oder Lebenskraft zu stehlen, und diese Opfer waren einfach ... passend.«

»Alle drei scheinen möglich,« überlegte Gideon. »Der Royal-Palmetto-Aspekt würde erklären, warum zwei unserer Opfer mit dem Projekt verbunden sind. Das könnte auch Joe erklären – vielleicht wollte jemand die Obdachlosen vertreiben. Aber es erklärt nicht die Tätowiererin oder die Krankenschwester. Der politische Aspekt passt zu dem Zeitpunkt, an dem die Morde mit dem Wahlkampfauftakt der Bürgermeisterin zusammenfallen. Die Theorie der experimentellen Magie gefällt mir am besten ...«, sagte er und zuckte mit den Schultern. »Das würde auch erklären, warum selbst Vena noch nie davon gehört hat.« Er hielt inne, als ihm ein neuer Gedanke kam. »Weißt du, vielleicht sehen wir das Ganze falsch. Vielleicht haben wir es gar nicht mit einer Person zu tun. Was, wenn es etwas in der Stadt gibt – eine magische Anomalie oder ein Artefakt, über das diese Menschen stolpern? Das würde erklären, warum die Opfer scheinbar zufällig ausgewählt werden, warum wir keine echte Verbindung zwischen ihnen finden können.«

»Ich meine ... diese Theorie ist so gut wie alles andere, was mir einfällt. Noch macht nichts Sinn. Immer noch zu viele fehlende Puzzleteile,« seufzte Dacey und fuhr sich mit der Hand durch die Haare. »Nicht genug solide Beweise für eine von ihnen.

Ich mache mir Sorgen, Giddy. Was, wenn wir das nicht herausfinden, bevor noch jemand stirbt?«

Gideon griff hinüber und nahm ihre Hand. »Hey, wir tun alles, was wir können. Wir werden weiterarbeiten, bis wir das lösen. Zusammen.«

Das Lächeln, das Dacey ihm schenkte, ließ sein Herz schneller schlagen. Er würde Berge versetzen, nur um diesen Blick noch einmal zu bekommen.

Ihr Gesichtsausdruck veränderte sich plötzlich, ihre Aufmerksamkeit wurde von etwas über seiner Schulter gefangen. Sie begann aufzustehen, und Gideon folgte ihrem Beispiel, drehte sich um und sah einen Mann in einem weißen Laborkittel mit schwarzen Haaren, gestutztem Bart und tief gebräunter Haut auf den Empfangstresen zugehen.

Die Empfangsdame zeigte in ihre Richtung, und der Mann wandte sich ihnen zu. »Ich bin Dr. Mizrahi. Sie wollten mit mir sprechen?«

»Ja.« Dacey hielt ihren Ausweis wieder hoch. »Ich bin Agent Santiago, und das ist Agent Nash.«

Während Dacey sprach, schätzte Gideon den Doktor ein. Er war eindeutig ein Mensch, obwohl schwache Spuren mythischer Energie an ihm hafteten – nicht ungewöhnlich für jemanden, der vermutlich täglich mit Dutzenden Menschen in Kontakt kommt, von denen manche sicher Mythische sind.

»Wir untersuchen einen Todesfall, der sich vor einigen Wochen ereignet hat,« erklärte Dacey. »Einen Ihrer Patienten.«

Dr. Mizrahis Gesichtsausdruck wurde frostig. »Ich behandle so viele Patienten. Ich bin nicht sicher, wie viel ich nach so langer Zeit noch beitragen kann.«

Dacey zog Marcus' Autopsiefoto hervor. »Dieser Mann kam bewusstlos nach einem Überfall herein. Seine Verletzungen waren oberflächlich, aber er wachte nie auf. Erinnern Sie sich an ihn?«

Der Doktor musterte das Foto nachdenklich. »Vage, ja. Er

hatte einen sehr schwachen Puls, als er hereinkam. Wir probierten mehrere Behandlungen. Wir wollten ihn auf Gehirnverletzungen untersuchen lassen, aber ...« Er schüttelte den Kopf. »Er starb, bevor wir ihn in das Gerät bringen konnten.«

»Doktor, ist Ihnen etwas anderes Ungewöhnliches an dem Patienten aufgefallen?« fragte Dacey.

»Soweit ich mich erinnern kann, nicht,« antwortete er, sein Ton wurde zunehmend gereizt. »Wenn es etwas Seltsames gegeben hätte, hätte ich es in der Akte vermerkt.«

»Sonst noch etwas, woran Sie sich erinnern können?«

»Ich fürchte, nein.«

»Mr. Chauvins Krankenakte zeigt, dass die Krankenschwestern Emma Kim, Serena Robberts und Ernesto Garcia den Mann betreut haben,« sagte Dacey und konsultierte ihre Akte über das Opfer. »Ist einer der Krankenschwestern etwas Ungewöhnliches aufgefallen?«

Er kniff sich in den Nasenrücken und sah von den Fragen genervt aus. »Das ist Wochen her – ich weiß nicht mal mehr, was ich heute Abend gegessen habe, geschweige denn, wer damals gearbeitet hat oder ob sie etwas über den Patienten gesagt haben. Wenn es etwas Seltsames gab, hätten sie es in der Akte des Mannes vermerken sollen. Ich kann nicht für die Krankenschwestern sprechen, Sie sollten selbst mit ihnen reden. Die Empfangsdame kann Ihnen ihre Informationen geben.« Er blickte auf seine Uhr. »Wenn das alles ist, muss ich zu meinen Patienten zurück.«

Sie gaben sich die Hand, Gideon versicherte ihm, dass sie seine Zeit schätzten, als der Doktor eilig davonging.

Zurück am Empfangstresen prüfte Dacey, ob eine der drei damaligen Krankenschwestern im Dienst war. Zwei von ihnen, Serena und Ernesto, arbeiteten derzeit auf der Intensivstation im dritten Stock.

Im Aufzug blätterte Dacey durch die Akte. »Hier steht, er war in Zimmer 338.«

Der Rest der kurzen Aufzugfahrt in den dritten Stock verlief schweigend, beide in Gedanken versunken. Sie fanden das Zimmer, in dem Chauvin gelegen hatte, leer vor und traten hinein. Fast sofort spürte Gideon die Leere, obwohl sie schwächer war als die anderen.

»Sie ist hier,« sagte er leise zu Dacey. »Nicht so stark wie an den anderen Orten. Könnte am Zeitablauf liegen oder einfach daran, wie viele Menschen seitdem hier durchgegangen sind.«

Eine Frau in den Dreißigern erschien in der Türöffnung. Ihr blaues Kasack kennzeichnete sie als eine der Stationskrankenschwestern. Ihr Namensschild las 'S. Robberts.' Sie musterte sie misstrauisch. »Kann ich Ihnen helfen?«

Dacey zeigte ihren Ausweis. »Wir suchen Serena Robberts und Ernesto Garcia. Wir haben einige kurze Fragen zu einem ehemaligen Patienten.«

»Ich bin Serena.« Sie lehnte sich in den Flur hinaus. »Hey, Ernie!«

Ein muskulöser asiatischer Mann mit kurz geschorenen Haaren gesellte sich zu ihnen. Dacey zeigte ihnen Marcus' Foto. »Erinnert sich einer von Ihnen an diesen Patienten? Er starb hier vor ein paar Wochen.«

Serena schüttelte den Kopf, aber Ernie kniff die Augen zusammen, als er das Foto betrachtete. »Vielleicht? Ich erinnere mich daran, seine Infusionen gewechselt zu haben, aber ich habe nicht viel mit ihm gearbeitet. Jemand anderes war hauptsächlich für ihn zuständig, aber ich kann mich nicht erinnern, wer.«

»Emma Kim?« schlug Gideon vor.

Ernie zuckte mit den Schultern. »Könnte sein.«

Sie gaben ihnen ihre Visitenkarten und baten die Krankenschwestern, anzurufen, falls ihnen etwas Ungewöhnliches von jener Nacht einfiele. Nachdem die Krankenschwestern gegangen waren, ging Gideon noch einmal durchs Zimmer, bevor sie den Rest der Station überprüften. Nichts anderes kam ihnen seltsam vor.

Zurück am Empfangstresen hinterließen sie eine Karte für Emma Kim mit der Anweisung, sie anzurufen. Sie schleppten sich erschöpft zurück zum Auto.

»Hotel?« fragte Gideon hoffnungsvoll, als sie einstiegen.

»Hotel,« bestätigte Dacey und startete den Motor. »Aber morgen früh als Erstes—«

»Metro-Speisehalle, um mit Astrid zu sprechen,« beendete Gideon. »Ich erinnere mich. Und dann dürfen wir unser erstes Treffen mit der Erbe-Stiftung besuchen. Meinst du, sie werfen uns raus, wenn ich die falsche Gabel benutze? Ich habe keine Ahnung, welche Gabel für den Salat und welche fürs Dessert ist.«

»Wahrscheinlich. Und ich habe vergessen, meine guten Perlen und weißen Handschuhe einzupacken,« seufzte Dacey dramatisch. »Die Landklub-Elite könnte mir glatt die Mitgliedschaft entziehen.«

Gideon beobachtete Dacey beim Kichern, wie sich ihre Nase kräuselte und ihre Augen im Schein der Armaturenbeleuchtung funkelten. Selbst erschöpft war sie wunderschön. Der Moment fühlte sich zerbrechlich und kostbar an – nur sie beide, die einen Moment der Unbeschwertheit teilten und das Gewicht der Ermittlungen kurz vergaßen.

Dacey fuhr aus dem Parkplatz, und die Lichter des Krankenhauses wurden im Rückspiegel kleiner. Morgen war ein neuer Tag, eine neue Chance, den Täter zu fassen – denn Gideon war sich zunehmend sicher, dass sie es mit Morden zu tun hatten, nicht mit magischen Zwischenfällen. Gideon hoffte nur, dass sie den Täter fassen würden, bevor noch jemand in diesem Krankenhaus landet und dem die Lebenskraft vollständig entzogen wird.

KAPITEL 15

as Schrillen eines Alarms zerriss die Stille vor der Morgendämmerung. Gideon stöhnte auf, blinzelte in die Dunkelheit seines Hotelzimmers und griff nach seinem Handy. Der helle Bildschirm ließ ihn zusammenzucken, als er den aufdringlichen Alarm ausschaltete. Er setzte sich auf der Matratze auf und fluchte leise vor sich hin, während die Erschöpfung an ihm zerrte wie ein quengelndes Kind. Nach dem langen Tag gestern leistete sein Körper Widerstand gegen einen so frühen Start.

Der Versuchung widerstehend, sich wieder in das überraschend bequeme Hotelbett fallen zu lassen, zwang sich Gideon aufzustehen und unter die Dusche zu gehen. Das heiße Wasser half dabei, einen Teil der anhaltenden Müdigkeit zu vertreiben, obwohl er wusste, dass er mindestens zwei Tassen Kaffee brauchen würde, bevor er sich wieder richtig menschlich fühlen würde.

Weniger als zwanzig Minuten später, angezogen und etwas wacher, klopfte Gideon an Daceys Tür.

»Die Tür ist offen!«, rief Daceys Stimme. »Komm rein, ich bin fast fertig. Gib mir nur eine Sekunde!«

Gideon zögerte einen Moment, bevor er die Klinke drückte. Das Geräusch eines Föhns begrüßte ihn, als er eintrat. Durch die offene Badezimmertür konnte er Dacey dabei sehen, wie sie ihr langes dunkles Haar trocknete, bereits für den Tag gekleidet in eine dunkle Hose und eine weiße Bluse.

Der Föhn klickte aus, und Dacey kam heraus, fuhr sich mit den Fingern durch ihr Haar. »Entschuldige, dass ich spät dran bin. Als ich aufgewacht bin, hätte ich schwören können, dass meine Haare nach Krankenhaus rochen. Musste sie waschen.«

Gideon hob die Hände. »Kein Problem. Wir haben noch jede Menge Zeit.«

Dacey warf einen Blick auf ihre Uhr und griff nach ihrem Ausweis von der Kommode. »Lass uns gehen, aber ich möchte in der Lobby noch einen Kaffee holen. Wir sind etwas später dran, als ich los wollte, aber Renee sagte, die Obdachlosen verschwinden erst um sieben, also sollten wir noch genug Zeit haben.« Sie überprüfte wie gewohnt, ob sie Schlüssel, Handy und Ausweis dabeihatte. »Ich brauche etwas, um mein Gehirn aufzuwecken.«

Als sie in den Aufzug stiegen, lehnte sich Dacey mit einem Seufzer gegen die Wand. »Ich habe nicht gut geschlafen. Mein Gehirn wollte nicht aufhören, über den Fall nachzudenken.«

»Mir ging es genauso«, gab Gideon zu. »Hast du etwas rausgefunden?«

Dacey schnaubte verächtlich, ihr Gesichtsausdruck mürrisch. »Nein. Und du?«

Gideon schüttelte den Kopf.

Nach einem schnellen Stopp für Kaffee und Bagels an der Frühstücksbar des Hotels fuhren sie zur Metro-Speisehalle. Sie konnten Renee drinnen durch die vorderen Fenster sehen, wie sie sich auf den Tag vorbereitete. Sie klopften ans Fenster und winkten, als Renee sie bemerkte.

Das Schloss klickte, und Renee zog die Tür auf. »Guten Morgen.«

»Ist Astrid heute Morgen aufgetaucht?«, fragte Gideon.

»Noch nicht, aber wenn ihr auf sie warten wollt, gibt es hinten ein paar Bänke und Picknicktische.« Renee warf einen Blick auf die Pappbecher in ihren Händen und rümpfte die Nase. »Lasst mich euch erst richtigen Kaffee holen.«

»Du bist jetzt offiziell mein Lieblingsmensch«, erklärte Dacey.

Renee winkte ab. »Wenn ich dafür jedes Mal einen Euro bekommen würde... Ich bringe ihn euch gleich nach hinten.« Sie hielt inne. »Eine faire Warnung – die Obdachlosen könnten euch gegenüber misstrauisch sein. Ihr solltet euch vielleicht etwas im Hintergrund halten.«

Sie dankten ihr und begannen, um das Gebäude herumzugehen. Als sie die Ecke erreichten, bemerkte Gideon zwei Männer, die hinter dem Restaurant an einem verwitterten Picknicktisch saßen. Einer nippte an einem Pappbecher mit Kaffee, sein Bart verfilzt und seine Kleidung trotz der Hitze in Schichten getragen, während der andere einen überfüllten Rucksack durchsuchte, dessen Stoff an den Nähten dünn abgewetzt war. Er wollte gerade Dacey vor ihrer Anwesenheit warnen, als eine Bewegung von der Seite seine Aufmerksamkeit erregte. Detective Voss näherte sich von um die Ecke. Voss stutzte, als er sie sah.

»Ihr seid früh auf«, sagte er mit einem Grinsen.

»Guten Morgen, Victor. Wir hofften, mit einigen der Obdachlosen sprechen zu können, um zu sehen, ob sie Joe kannten«, erklärte Dacey.

Voss nickte. »Klingt sinnvoll.«

»Was führt dich hierher?«, fragte Gideon.

»Meine Schicht beginnt bald. Ich wollte erst Frühstück holen. Mein Kühlschrank ist zu diesem Zeitpunkt ziemlich leer.«

Dacey öffnete den Mund, um zu antworten, aber etwas am Rand des Waldes zog Gideons Aufmerksamkeit auf sich. Eine Gestalt tauchte aus den Bäumen auf, taumelte herum, als wäre sie betrunken – Astrid.

»Da ist sie«, flüsterte er und stieß Dacey an.

»Wer?« Voss begann sich umzudrehen.

Astrids Augen fixierten sie. Sie stach mit einem Finger auf Gideon. »Du!« Ihre Stimme erhob sich zu einem schrillen Schrei. »Walhalla wartet! Das Ende der Zeiten – meine Zeit, die Zeit aller! Zu spät, zu spät! Narr! Mörder!«

Anders als bei ihrer vorherigen Begegnung war Astrid nicht in mehrere Schichten von Jacken gehüllt. Sie trug nur eine schmutzige, zerrissene Jogginghose und ein altes, ausgeleiertes Tanktop. Die bloße Haut ihrer Arme, Schultern und Brust war mit mehr groben Tätowierungen bedeckt – Runen und seltsame Symbole, die im frühen Morgenlicht zu wechseln und sich zu winden schienen. Dominant war eine große spiralförmige Muschel direkt über ihrem Brustbein.

Dacey trat vor, die Hände beschwichtigend erhoben. »Astrid, wir wollen nur reden—«

Mit überraschender Geschwindigkeit drehte sich Astrid um und sprintete zurück in den Wald.

»Verdammt!« Dacey brach in einen Lauf aus. »Wir haben nur ein paar Fragen! Wir sind nicht hier, um dir zu schaden!«

Gideon stürzte sich nach Dacey in den Wald, hörte Voss' Schritte hinter sich. Das frühe Morgenlicht filterte schwach durch das Blätterdach und warf verwirrende Schatten über den unebenen Boden. Mit jedem Schritt sanken seine Stiefel in den Schlamm, die Erde noch weich und tückisch wegen Floridas Regenzeit. Sein Fuß verfing sich in einer halb vergrabenen Wurzel, und er stolperte, aber die Trainingsstunden mit Silas hatten seine Ausdauer verbessert. Er fing sich an einem Baumstamm ab, die raue Rinde biss in seine Handfläche, als er sich abstieß und Dacey nachjagte.

Vor ihm konnte er das Knacken von Ästen hören, als sie durch das Unterholz krachte. Gideon drückte härter, erfreut darüber, wie seine Ausdauer gewachsen war. Noch vor zwei Monaten hätte ihn diese Art von Verfolgungsjagd atemlos zurückgelassen. Jetzt holte er Dacey ein. Ein tiefhängender Ast klatschte ihm ins Gesicht, gerade als er sie einholte, und spritzte ihn mit Morgentau nass.

Ein Gewirr dorniger Ranken griff nach seinem Hosenbein. Er riss sich mit einem Fluch los und spürte, wie das Material riss. Mit einem Seitenblick sah er, wie Voss neben ihm Schritt hielt; der Mann schien sich mit einer fast übernatürlichen Anmut durch das Unterholz zu bewegen. Während Gideon gegen die Dornen und Äste kämpfte, bewegte sich Voss wie Wasser durch die Hindernisse, jeder Schritt präzise und fließend. Gideons Lungen brannten, als er sich mehr anstrengte und versuchte, nicht neidisch auf Voss' mühelose Navigation durch den dichten, sumpfähnlichen Wald zu sein.

Sie waren beide direkt auf Daceys Fersen, als sie in eine kleine Lichtung platzte. Dacey kam abrupt zum Stehen, stand da, gebeugt mit den Händen auf den Knien, schwer atmend. Sie richtete sich auf und drehte sich mit einem verwirrten Ausdruck im Kreis.

»Ich habe sie verloren«, keuchte sie und wischte sich Schweiß von der Stirn. »Sie ist mir irgendwie davongelaufen. Ich dachte, ich wäre direkt hinter ihr her, aber ich habe sie irgendwo im Gestrüpp verloren. Sie war direkt vor mir, und dann... nichts. Als wäre sie in Luft aufgelöst.«

»Sie lebt in diesen Wäldern. Ich bin sicher, sie kennt sie wie ihre Westentasche.« Voss hob seine Nase in die Luft, dann streckte er seine Zunge heraus. »Hier entlang.«

Auf Gideons fragenden Blick erklärte er: »Ich bin ein Basiliskenwandler. Ich habe einen ausgeprägten Geruchssinn.«

Sie folgten Voss durch das dichte Unterholz und bewegten sich jetzt vorsichtiger. Gideons Hosen waren bereits bis zu den Knien schlammig von ihrer kopflosen Verfolgung, und Dornen hatten winzige Risse in seine Kleidung und juckende Kratzer über seine Arme hinterlassen. Der Wald schien hier anders – irgendwie älter, die Bäume drängten sich näher zusammen, ihre

Äste verwoben sich über ihnen, um das meiste des wachsenden Tageslichts auszublenden.

Schließlich kamen sie in eine weitere Lichtung – eine, die Gideon erkannte. Joes ehemaliges Lager lag vor ihnen, jetzt von den Habseligkeiten des Mannes entblößt. Nur die festgetretene Erde und ein paar Fetzen wettergeschlagenen Mülls blieben übrig, um zu zeigen, dass hier jemand gelebt hatte. Voss drehte sich in einem langsamen Kreis, sichtlich verwirrt, als er die Luft erneut prüfte.

»Die Spur endet hier«, sagte er stirnrunzelnd. »Sie könnte zurückgegangen sein, um ihre Spur zu verwischen. Kluger Zug, wenn sie das getan hat.«

»Glaubst du, du kannst ihre Spur wieder finden?«, fragte Dacey.

»Ich werde es versuchen, aber sie ist gerissener als ich erwartet hatte.«

Sie verbrachten die nächste halbe Stunde damit, durch den Wald zu stapfen. Während sie gingen, streckte Gideon seine Sinne aus und versuchte, die magischen Signaturen zu sortieren, die durch den Wald gelegt waren. Astrids zersplitterte Magie durchdrang das Gebiet und irritierte seine Sinne. Ein paar schwächere Spuren anderer mythischer Wesen zogen sich durch ihre überwältigende Präsenz, aber ihre Magie war anders als alles, was er zuvor angetroffen hatte – sie schien jeden Winkel des Waldes zu füllen.

Voss folgend, führte die Spur auf die First Street hinaus, den belebtesten Teil der Hauptstraße. Der Ermittler wirkte aufgebracht und leicht verlegen.

»Entschuldigung«, sagte er. »Zu viele andere Gerüche hier. Ich kann sie nicht weiter verfolgen.«

»Das ist okay«, versicherte ihm Dacey. »Wir hatten nur ein paar Fragen an sie. Wir hätten wahrscheinlich nicht hinter ihr herlaufen sollen, aber sie ist weggerannt.«

Als sie zur Rückseite des Restaurants zurückkehrten, waren

die verbliebenen Obdachlosen verschwunden. Gideon vermutete, dass sie alle geflüchtet waren, nachdem sie gesehen hatten, wie er und Dacey Astrid nachjagten.

Voss räusperte sich. »Wisst ihr, es gibt noch einen anderen Ort, wo sich Millhavens obdachlose Bevölkerung versammelt. Unten an der Basis der Brücke, am Rand des Monroesees. Astrid könnte dorthin gehen, und die anderen könnten eher bereit sein, über Joe zu sprechen.«

Daceys Gesicht hellte sich auf. »Das ist eine großartige Idee —« Ihr Handy summte in ihrer Tasche und unterbrach sie. Sie zog es heraus und warf einen Blick auf den Bildschirm. »Es ist Dr. Blackwood aus der Leichenhalle.«

Sie antwortete und stellte es auf Lautsprecher. »Dr. Blackwood, guten Morgen. Sie sind auf Lautsprecher – Gideon und Detective Voss sind hier bei mir.«

»Gerade ist eine weitere Leiche in meiner Leichenhalle aufgetaucht mit den gleichen Symptomen wie die anderen.« Dr. Blackwoods Stimme war angespannt. »Das Opfer ist ein Mann namens Grant Vandermeer. Er war Anfang sechzig und gesund wie ein Pferd. Abgesehen davon, dass er tot ist.«

Voss stutzte bei dem Namen, sein Gesichtsausdruck war schockiert.

»Du kennst ihn?«, fragte Dacey.

»Ja«, nickte Voss düster. »Er ist ein bekannter örtlicher Immobilienentwickler. Ziemlich großer Spieler in Millhaven.«

Dacey presste sich die Finger gegen den Nasenrücken. »Wie lange werden Sie in der Leichenhalle sein, Doktor?«

»Bis etwa ein Uhr. Ich habe für den Rest des Tages danach Meetings geplant.«

Dacey warf einen Blick auf ihre Uhr und verzog das Gesicht. »Ich möchte das Lager besuchen, aber ich weiß nicht, ob wir vor dem Treffen der Erbe-Stiftung genug Zeit haben.«

»Wollen Sie kommen und die Leiche untersuchen, oder soll

ich Ihnen einfach meine Notizen schicken?«, bot der Gerichtsmediziner an.

»Nein, wir brauchen Gideon, um ihn zu untersuchen.« Aus dem Augenwinkel konnte Gideon sehen, wie Voss ihn anstarrte. »Wir kommen so schnell wie möglich«, versicherte sie Blackwood.

Nachdem Dacey das Telefonat beendet hatte, räusperte sich Voss. »Ich schätze, wir überspringen dann das Obdachlosenlager?«

Dacey sah zerrissen aus, ihr Blick wechselte zwischen Voss und Gideon.

»Warum gehst du nicht zum Lager, während ich die Leichenhalle aufsuche?«, schlug Gideon vor. »Ich muss nur die Leiche untersuchen und die Informationen des Opfers bekommen. Wir können uns danach treffen.«

»Das könnte funktionieren«, sagte Dacey und hellte sich auf. »Victor, wärst du bereit, mich zum Obdachlosenlager zu bringen, damit Gideon das Auto nehmen kann?«

»Natürlich.«

»Ich werde zuerst im Hotel duschen, dann zur Leichenhalle gehen«, sagte Gideon zu Dacey und deutete auf seine schlammverschmierten Hosenbeine. »Ich rufe dich an, sobald ich fertig bin und lasse dich wissen, was ich herausfinde.«

»Klingt gut.« Dacey warf ihm die Autoschlüssel zu.

Dacey wandte sich an Voss. »Gib mir nur eine Sekunde, um mit Gideon zu sprechen. Ich bin gleich da.«

»Sicher.« Voss nickte und ging zu seinem geparkten Fahrzeug.

Sobald er außer Hörweite war, wandte sich Dacey wieder an Gideon. »Hast du irgendwelche Magie oder Leerräume im Wald gespürt?«

Gideon schüttelte den Kopf. »Ich habe keine Leerräume gespürt – außer dem an Joes Lagerplatz. Was Magie angeht... Astrids Magie ist überall in dem Gebiet.«

»Könnten wir dem folgen, um sie zu verfolgen?«

Gideon schüttelte den Kopf. »Genau wie die Duftspur, der Voss zu folgen versucht hat, kreuzt ihre magische Signatur so viele Male hin und her, dass es unmöglich ist, sie zu verfolgen. Es ist, als wäre sie wochen- oder monatelang in diesen Wäldern umhergestreift.«

»Verdammt. Es war es wert zu fragen. Ich werde mit Voss losziehen und schauen, was wir finden können. Ruf mich in der Sekunde an, in der du etwas Interessantes erfährst.« Ihr Ausdruck war ernst. »Ein Immobilienentwickler bringt mich dazu, mich zu fragen, ob das alles mit dem Royal Palmetto zusammenhängt.«

»Ich hatte den gleichen Gedanken«, stimmte Gideon leise zu. »Sei vorsichtig im Lager.«

Ihre morgendlichen Pläne wurden durch diese neue Entwicklung komplett über den Haufen geworfen. Sie tauschten ein kurzes Nicken aus, bevor sie zu ihren jeweiligen Fahrzeugen gingen.

Gideon stand beim Auto und sah zu, wie Voss und Dacey wegfuhren, winkte, als sie vorbeifuhren.

Als er die Fahrertür öffnete, kam Renee mit einem To-go-Becher Kaffee aus der Vordertür der Speisehalle.

»Nach dem ganzen Geschrei vorhin nehme ich an, dass euer Gespräch mit Astrid nicht gut gelaufen ist?«

»Das könnte man so sagen.« Gideon seufzte und nahm den Becher dankbar an. »War sie schon immer so...?«

»Intensiv? Instabil?«, fügte Renee hinzu. »Mehr oder weniger, obwohl ich sagen würde, dass sie in letzter Zeit schlimmer geworden ist. Früher kam sie wenigstens manchmal rein, ließ mich ihr eine warme Mahlzeit geben. Jetzt streift sie nur noch durch die Wälder und murmelt vor sich hin.« Sie blickte auf seine schlammbespritzten Kleider und lächelte ihm mitfühlend zu. »Willst du reinkommen? Du hast dir ein warmes Essen verdient, nachdem du durch diese Wälder gestapft bist.«

»Ich wünschte, ich könnte. Leider muss ich noch woanders hin«, antwortete Gideon.

KAPITEL 16

Derselbe Angestellte saß am Empfang der Leichenhalle und war über ein Sudoku-Rätsel gebeugt. Er blickte bei Gideons Ankunft auf, sein Gesichtsausdruck eine Mischung aus Langeweile und Verärgerung über die unerwünschte Störung.

»Dr. Blackwood erwartet mich«, sagte Gideon und zeigte seinen Ausweis.

Fast sofort rief eine vertraute Stimme von hinten: »Schicken Sie ihn rein!«

Der Empfangsmitarbeiter winkte Gideon geistesabwesend durch, seine Aufmerksamkeit bereits wieder auf seinem Rätsel. »Dort entlang.«

Dr. Blackwood stand wartend im Flur und fuhr sich aufgeregt mit der Hand über ihr kurzgeschorenes Haar. Ihre Augen huschten an Gideon vorbei und suchten den Raum hinter ihm ab. »Kommt Ihr Partner nicht mit?«

»Dacey musste einer anderen Spur nachgehen«, erklärte Gideon. »Ich werde Herrn Vandermeer alleine untersuchen.«

Sie nickte und führte ihn zu einem Obduktionsraum. Noch bevor sie die Schwelle überschritten hatten, spürte Gideon es –

die verräterische Leere, die ihm nur allzu vertraut geworden war. In der Mitte des Raumes lag ein nackter Mann auf dem Untersuchungstisch. Trotz Gideons jahrelanger Erfahrung im Krematorium fühlte sich die nackte Realität eines Obduktionsopfers ganz anders an als die gereinigten und vorbereiteten Körper, mit denen er normalerweise zu tun hatte. Es fühlte sich roher an, unmittelbarer.

Dr. Blackwood reichte ihm eine Kopie des Obduktionsberichts. Gideon legte ihn vorerst beiseite und trat näher, um den Körper zu untersuchen. Grant Vandermeer sah aus, als wäre er in den Sechzigern, und irgendetwas an ihm erinnerte Gideon an Thurston Howell aus »Gilligan's Island« – einer Serie, die er in endlosen Wiederholungen mit seiner Mutter gesehen hatte, bevor sie sich Kabelfernsehen leisten konnten. Die Ähnlichkeit war verblüffend, auch wenn Grant nackt war und die charakteristische Y-Inzision einer Obduktion trug.

Dr. Blackwood hob eine Augenbraue. »Und?«

»Verdammt«, murmelte Gideon. Er drehte sich zu ihr um. »Das hängt definitiv mit den anderen zusammen. Seine Aura ist vollständig verschwunden.«

Blackwood nickte, als bestätigte dies ihre Vermutungen. Sie reichte ihm als nächstes den Polizeibericht.

Beim Durchlesen des Dokuments bemerkte Gideon, dass Vandermeer zu Hause gestorben war – im Bett neben seiner Frau. Er las dieses Detail zweimal. Damit war die Theorie erledigt, dass nur Alleinstehende Ziel waren.

Nachdem er Dr. Blackwood gedankt hatte, ging Gideon zu seinem Auto. Er versuchte, Dacey anzurufen, aber der Anruf ging direkt zur Mailbox. Nicht überraschend, wenn sie gerade potenzielle Zeugen befragte.

Als er den Polizeibericht noch einmal durchsah, stellte Gideon fest, dass Vandermeers Haus nicht weit entfernt war. Er beschloss, es zu überprüfen, während er darauf wartete, dass Dacey zurückrief.

Die Fahrt war kurz und führte ihn in eine moderne, gehobene Nachbarschaft in der Nähe von Marcus Chauvins ehemaligem Wohnort. Vandermeers Haus lag am Monroesee, und Gideon konnte sich nur vorstellen, was das Grundstück am Wasser gekostet haben musste. Die Einfahrt war vollgeparkt, also musste er auf der Straße stehen bleiben.

Als er an der Haustür klingelte, öffnete eine Frau in den Dreißigern mit blonden Haaren und geröteten Augen. Gideon zeigte seinen Ausweis und blickte sie mitfühlend an. »Sind Sie Frau Vandermeer?«

»Nein«, antwortete die Frau und schüttelte den Kopf. »Ich bin Claire, Herrn Vandermeers Nichte.«

»Es tut mir leid zu stören, aber ich müsste nur kurz mit Frau Vandermeer sprechen.«

»Muss das jetzt wirklich sein?« fragte die Frau, ihre Stimme angespannt vor Frustration. »Die Polizei ist erst vor ein paar Stunden gegangen, und jetzt sind Sie schon wieder hier?«

»Es dauert wirklich nur eine Minute«, versicherte Gideon ihr entschuldigend.

Sie seufzte, gab ihm aber einen resignierten Blick. »Warten Sie hier.«

Gideon hatte nicht bemerkt, dass er jemanden erwartet hatte, der wie Lovey Howell aussah, um zu Thurston zu passen, bis die echte Frau Vandermeer erschien – eine Rothaarige, die mehr Ähnlichkeit mit Ginger hatte als mit der altmodischen Witwe mit Perlenkette, die er sich vorgestellt hatte. Wären da nicht ihre geschwollenen, tränenverschmierten Augen und das zerknüllte Taschentuch in ihrer Hand gewesen, hätte sie auf dem Weg zu einem Wohltätigkeitsmittagessen sein können.

»Ich bin Frau Vandermeer. Was kann ich für Sie tun?«

»Ich entschuldige mich für die Störung«, sagte Gideon sanft. »Ich habe nur ein paar Fragen zu Ihrem Mann. Ich weiß, dass dies eine schwierige Zeit ist, aber könnten Sie einen Moment erübrigen?«

Frau Vandermeer nickte und umklammerte ihr Taschentuch fester. »Natürlich. Bitte, was möchten Sie wissen?«

»Können Sie mir von gestern erzählen? Was ist passiert, bevor ...« Gideon ließ den Satz taktvoll ausklingen.

»Es ist nichts Ungewöhnliches passiert«, sagte sie und tupfte sich die Augen ab. »Grant kam von der Arbeit nach Hause, wir aßen zu Abend, und er ging zuerst ins Bett, während ich aufblieb, um fernzusehen. Als ich später ins Bett ging, schien alles in Ordnung ...« Sie holte zittrig Luft. »Ich wachte mitten in der Nacht auf und merkte, dass er nicht atmete. Ich rief den Rettungsdienst, aber sie konnten ... sie konnten ihn nicht retten.«

»Verhielt sich Grant anders?«

»Nicht wirklich. Er war schlecht gelaunt wegen einer Besprechung, die er früher hatte, aber das ist nicht ungewöhnlich.«

»Wissen Sie, mit wem er sich getroffen hat?«

Frau Vandermeer zuckte mit den Schultern. »Ich habe keine Ahnung. Wahrscheinlich nur wieder eine Immobiliensache.«

»Schien er ungewöhnlich müde?«

Sie gab ihm einen nachdenklichen Blick. »Er ist früher ins Bett gegangen als gewöhnlich, jetzt, wo Sie es erwähnen.«

»Können Sie beschreiben, was passiert ist, als Sie aufwachten?«

»Mir fiel sofort auf, dass etwas nicht stimmte, weil Grant normalerweise schnarcht. Es war zu ruhig. Als ich ihn schüttelte, hat er nicht ...« Ihre Stimme brach, und frische Tränen stiegen auf.

»Es tut mir leid, dass ich Sie das noch einmal durchleben lasse«, sagte Gideon schnell. »Es ist jedoch wichtig, dass wir den Ablauf der Ereignisse bestätigen.«

Frau Vandermeer nickte und schien diese Erklärung zu akzeptieren.

»Erinnern Sie sich, was Sie geweckt hat?«

»Ich weiß es nicht. Ich muss gespürt haben, dass etwas nicht stimmte«, sagte sie und wischte sich die Augen ab. »Ich hatte ein

Schlafmittel genommen, weil Grants Schnarchen mich wach hält, wenn ich nicht zuerst ins Bett gehe. Ich war ziemlich benommen, also erinnere ich mich nicht, ob mich etwas Bestimmtes geweckt hat. Ich habe nur ... ich muss gespürt haben, dass er mich brauchte. Aber ich war zu spät ...«

»Es tut mir sehr leid um Ihren Verlust, Frau Vandermeer«, sagte Gideon sanft. »Danke, dass Sie mir das alles geschildert haben. Ich habe nur noch eine letzte Frage, wenn Sie sich dazu imstande fühlen – Sie erwähnten, Grant hatte eine Besprechung. Könnte sein Büro mir sagen, mit wem er sich gestern getroffen hat?«

»Frank könnte es wissen«, sagte sie mit einem leichten Schulterzucken.

»Wer ist Frank?«

»Frank Stoope war Grants Geschäftspartner bei Atlas Builders.«

Zurück in seinem Auto suchte Gideon die Adresse von Atlas Builders heraus. Das Unternehmen hatte zwei Partner aufgelistet: Grant Vandermeer und Frank Stoope. Er schickte Dacey eine kurze SMS mit allem, was er erfahren hatte, und fuhr dann zu einem Bürokomplex am Rand von Millhaven.

Atlas Builders belegte eine Suite im vierten Stock in einer Ansammlung identischer Bürogebäude. Nachdem Gideon den Aufzug verlassen und die Suite gefunden hatte, die Atlas Builders belegte, betrat er die Lobby des Unternehmens – alles aus schickem Chrom und Glas, mit generischer Kunst an den Wänden. Die Empfangsdame blickte auf, als er sich näherte.

»Ich bin Spezialagent Nash«, sagte er und zeigte seinen Ausweis. »Ich ermittle im Todesfall von Grant Vandermeer. Darf ich Ihnen ein paar Fragen stellen?«

Die Empfangsdame richtete sich in ihrem Stuhl auf, ihr Gesichtsausdruck wurde ernst. »Natürlich.«

»Kam Herr Vandermeer gestern ins Büro?«

»Ja, das tat er.«

»Verhielt er sich seltsam?«

»Nein, nicht dass mir etwas aufgefallen wäre.«

»Müde?«

Die Empfangsdame hielt inne, ihre Stirn runzelte sich leicht, als sie die Frage bedachte. »Nein.«

Gideon sah sie mit seinem ernstesten Gesichtsausdruck an. »Könnten Sie mir eine Kopie seines Terminplans der letzten Tage ausdrucken?«

Die Empfangsdame zögerte nur kurz, bevor sie sich ihrem Computer zuwandte. Kurz darauf druckte sie einen Terminplan aus und reichte ihn Gideon.

»Ist Frank Stoope verfügbar?«

»Ja, er ist in seinem Büro«, sagte die Empfangsdame.

»Ich würde gerne mit ihm sprechen.«

Sie griff zu ihrem Telefon und drückte eine Durchwahl. »Hier ist ein Beamter, der wegen Grant fragen möchte«, sagte sie in den Hörer.

Eine Minute später erschien ein gehetzt aussehender Mann Ende vierzig. Er schüttelte Gideons Hand und führte ihn zu seinem Büro. Sie gingen an einer Tür mit einem Namensschild »Grant Vandermeer« vorbei.

»War das Grants Büro?« fragte Gideon und griff schon nach der Türklinke.

»Ja.«

Das Büro war makellos, kein Papier lag falsch. Gideon machte einen schnellen Rundgang, spürte aber keine Spur von Magie. Nachdem er um den Raum gegangen war, Grants Schreibtisch betrachtet und nichts gefunden hatte, folgte er Frank in sein eigenes Büro, das einen krassen Kontrast darstellte – Papiere über alle Oberflächen verstreut, eine zerknitterte Jacke über einen Stuhl geworfen und ein Stapel Akten auf dem anderen Sitz vor dem Schreibtisch.

»Entschuldigung«, sagte Frank und räumte die Akten weg. »Alles ist gerade verrückt. Ich versuche, mit den Folgen von

Grants Tod fertig zu werden. Ich habe nicht einmal eine Minute Zeit, um um ihn zu trauern – zu viele Leute verlassen sich darauf, dass ich einspringe.«

Gideon stellte dieselben Fragen, die er Frau Vandermeer gestellt hatte. Ja, Frank hatte Grant gestern gesehen. Nein, ihm war nichts Ungewöhnliches aufgefallen.

Als er auf den Terminplan blickte, deutete Gideon auf den letzten Eintrag. »Haben Sie an der Sitzung des Bauausschusses mit Grant teilgenommen?«

»Nein, ich war gestern die meiste Zeit mit einem unserer Generalunternehmer auf einer Baustelle.«

»Seine Frau erwähnte, dass er schlecht gelaunt nach Hause kam. War bei einem dieser Termine etwas, das ihn hätte verärgern können?«

Frank studierte den Terminplan. »Wahrscheinlich die Sitzung des Bauausschusses. Die sind immer die schlimmsten.«

»Haben Sie nach dem Meeting mit ihm gesprochen?«

»Nein, ich war bereits für den Tag gegangen.«

Aus einer Eingebung heraus fragte Gideon: »Ist Ihr Unternehmen an der Restaurierung des Royal Palmetto beteiligt?«

Franks Gesichtsausdruck verdüsterte sich. »Wir haben jahrelang versucht, diese Immobilie zu kaufen. Dieses Gebäude ist eine Katastrophe, die nur darauf wartet zu passieren – verrottende Böden, versagendes Fundament, das volle Programm. Der Plan war gewesen, es abzureißen und etwas zu bauen, das der Gegend Wert bringen würde.«

»Ich hörte, die Erbe-Stiftung hat eine Initiative zur Erhaltung des Hotels.«

Frank schnaubte. »Diese snobistischen alten Damen taten alles, um den Kauf zu blockieren. Und sie hatten Erfolg. Grant warnte sie, dass die Restaurierung dieser Todesfalle sechsmal mehr kosten würde als ein Neubau. Es war ihnen egal. Sie behaupteten, es sei 'historisch bedeutsam'.« Er machte Anführungszeichen mit den Fingern. »Ich wollte dieses Hotel der Erbe-

Stiftung vor der Nase wegkaufen, aber Grant spielte seine Karte als Miteigentümer aus. Ich war gezwungen, es aufzugeben. Ehrlich gesagt, bin ich froh, dass wir jetzt raus sind. Es wäre ein Albtraumprojekt gewesen, mit ihnen, die uns ständig im Nacken gesessen hätten.«

»Ändert Grants Tod etwas für Sie bezüglich des Hotels?« fragte Gideon.

Frank lehnte sich zurück und verschränkte die Arme vor der Brust. »Daran hatte ich noch nicht gedacht. Es ist alles noch zu frisch.«

Die defensive Haltung und der abgewandte Blick gaben Gideon den Eindruck, dass Frank log.

»Sie kennen also die Erbe-Stiftung und ihre Mitglieder?«

»Oh ja«, sagte Frank in dem Ton, den Leute für eine aufdringliche Schwiegermutter verwenden.

»Haben Sie Projekte mit der Stiftung gemacht?«

»Nicht wenn ich es vermeiden kann. Diese alten Damen machen selbst das einfachste Projekt schwierig. Wir vermeiden sie, wann immer möglich. Denkmalschutz liegt sowieso außerhalb unseres Arbeitsbereichs. All diese pingelige Restaurierungsarbeit – hundertjährige Zierleisten nachbilden zu müssen und mit Denkmalschutzbehörden zu tun zu haben ... Wir bleiben beim Neubau. Viel sauberer und einfacher.«

Da ihm keine weiteren Fragen einfielen, reichte Gideon Frank seine Karte. »Rufen Sie mich an, wenn Ihnen etwas Ungewöhnliches einfällt, das mit Herrn Vandermeer passiert ist.«

Frank zögerte, bevor er sie nahm. »Ist das nicht ein bisschen übertrieben? Grant starb doch an einem Herzinfarkt oder so, oder?«

Gideon sah ihn mit unbewegter Miene an. »Ich bin nicht befugt, das zu sagen, aber wenn ein prominentes Mitglied der Gesellschaft stirbt, nehmen wir das sehr ernst.«

Frank nickte und lehnte sich in seinem Stuhl zurück.

»Ich danke Ihnen für Ihre Zeit«, sagte Gideon und stand auf.

»Wenn Ihnen noch etwas zu den Tagen vor Grants Tod einfällt, rufen Sie mich bitte an.«

Als Gideon die Bürosuite verließ, klingelte sein Telefon. Es war Dacey.

»Hast du Astrid gefunden?« fragte er, als er in den Aufzug stieg.

»Nein«, seufzte Dacey. »Und die wenigen Obdachlosen, die bereit waren, mit uns zu sprechen, hatten nichts Hilfreiches über Joe oder Astrid zu sagen. Es war ziemlich erfolglos. Hattest du Erfolg, während ich durch ein Obdachlosenlager gestapft bin?«

»Grant Vandermeer ist definitiv ein weiteres Opfer, aber abgesehen davon habe ich noch nichts Konkretes gefunden. Ich brauche dich, Hex zu bitten, das Leben von Grants Geschäftspartner zu untersuchen – da ist etwas Merkwürdiges und Verdächtiges an Frank Stoope. Lass uns treffen, und ich kann dich über alles auf den Laufenden bringen.«

»Ich muss zurück zum Hotel und duschen, bevor wir zur Erbe-Stiftung-Sitzung gehen. Ich rufe Hex auf dem Weg an und sage ihr, sie soll Frank Stoopes Leben Stück für Stück auseinandernehmen. Wir werden ihn drankriegen, wenn er dahintersteckt. Ich bin ehrlich gesagt sauer, dass wir noch nicht mehr Fortschritte gemacht haben.«

»Brauchst du eine Fahrt zum Hotel?«

»Nein, Victor wird mich fahren.«

»Klingt gut«, sagte Gideon, auch wenn es sich nicht so anfühlte. »Ich treffe dich dort.«

KAPITEL 17

*G*ideon und Dacey verließen die klimatisierte Lobby des Hotels und traten hinaus in die spätnachmittägliche Hitze. Die Sonne brannte unbarmherzig herab und verwandelte den Parkplatz in eine flirrende Fata Morgana. Bevor sie zum Auto gehen konnten, begann Gideons Handy zu klingeln. Das lächelnde Gesicht seiner Mutter leuchtete auf dem Bildschirm auf.

»Ich muss rangehen«, sagte Gideon mit verzogenem Gesicht.

»Hier, gib mir die Schlüssel«, sagte Dacey. »Ich kühle das Auto schon mal runter.«

Gideon warf ihr die Schlüssel zu und wischte über den Bildschirm, um den Anruf anzunehmen. »Hallo, Mama.«

»Giddy! Wie läuft denn alles mit diesem Einäscherungsauftrag in Orlando?« Ihre Stimme hatte diesen besonderen Ton erzwungener Beiläufigkeit, der bedeutete, dass sie sich bemühte, nicht besorgt zu klingen.

»Gut – nichts Besonderes.« Er kniff die Augen gegen die Blendung zusammen und beobachtete Dacey, wie sie über den Parkplatz ging.

»Unsinn! Das ist eine wunderbare Gelegenheit. Einem

anderen Krematorium zu helfen, wird deinem Chef zeigen, was für ein guter Kollege du bist. Du bist so fleißig. Du weißt, wie stolz ich bin—« Seine Mutter hielt inne. »Hast du genug saubere Hemden eingepackt? Bei der Feuchtigkeit dort wirst du im Nu durchgeschwitzt sein.«

»Ja, Mama,« sagte Gideon, und ihre Bemerkung erinnerte ihn daran, den Kragen seines Poloshirts zu fassen und zu wedeln, um etwas Luft zu bekommen. Seine Mutter hatte völlig recht mit der Hitze und Feuchtigkeit. Es war unerträglich, selbst im überdachten Eingangsbereich. Er wollte nicht schon schweißgebadet beim Treffen der Erbe-Stiftung erscheinen.

»Schläfst du genug? Du klingst müde. Du weißt, wie du wirst, wenn du nicht genug Schlaf bekommst—«

Gideon blendete die Stimme seiner Mutter aus und beobachtete Dacey durch die Windschutzscheibe. Das Auto lief bereits, und sie wippte mit dem Kopf zu irgendeinem Lied, das sie aufgelegt hatte, verloren in ihrer eigenen kleinen Welt. Er konnte sehen, wie sich ihre Lippen bewegten, während sie mitsang, völlig gefangen von der Musik.

»Giddy? Hörst du mir zu?« Die Stimme seiner Mutter riss ihn aus seinen Gedanken.

»Ja, Mama,« sagte er und wandte sich wieder ihr zu.

»Also... glaubst du, dass du es rechtzeitig zur Unabhängigkeitstag-Grillparty schaffen wirst?«

»Ich weiß noch nicht, wie lange sie mich noch brauchen wer—«

Eine Autohupe durchschnitt die feuchte Luft und unterbrach seine Antwort. Dacey hielt am Bordstein, der Motor des Autos summte. Sie ließ das Beifahrerfenster herunter. »Komm schon, Giddy! Wir müssen los, sonst kommen wir zu spät!«

»Wer ist das?« Die Stimme seiner Mutter wurde schärfer. »Ist das... Dacey?«

Gideon verzog das Gesicht. »Äh, ja, Mama. Sie arbeitet hier mit mir zusammen.«

»Arbeitet mit dir? Im Krematorium?« Der Ton seiner Mutter ließ Gideon erkennen, dass sie ihm das keine Sekunde glaubte. Die Besorgnis und Unruhe in ihrer Stimme stieg spürbar an. »Das letzte Mal, als ihr beide zusammengearbeitet habt, bist du beinahe gestorben. Wir hätten alle sterben können! Bringt dich diese Frau schon wieder in Gefahr?«

Dacey warf ihm einen besorgten Blick durch das offene Fenster zu und winkte ihn zum Auto. Gideon hob einen Finger und bewegte stumm die Lippen: 'Entschuldigung, gib mir einen Moment', bevor er sich abwandte.

»Nein, Mama, es gibt keine Gefahr,« sagte er und bemühte sich um einen ruhigen Tonfall. »Es ist ein einfaches Projekt. Es hilft mir im Job. Es ist keine große Sache.«

»Das hast du letztes Mal auch gesagt.« Die Angst in ihrer Stimme ließ ihn schuldig und frustriert zurück.

»Hör zu, Mama,« sagte er, unfähig, die Verärgerung ganz zu verbergen, »ich bin erwachsen und weiß, was ich tue. Ich verspreche es. Es tut mir leid, dass ich dir nicht erzählt habe, dass ich wieder mit Dacey arbeite, aber ich wusste, dass du dir grundlos Sorgen machen würdest. Ich schwöre dir, ich bin in keiner Gefahr.«

»Ich will nur nicht—«

»Mama, die Arbeit mit Dacey und ihrer Organisation wird Wunder für meine Karriere bewirken,« sagte er und bemühte sich, ruhig zu bleiben. »Dieses Projekt ist erst der Anfang.«

»Was? Der Anfang? Mit dieser Nexus-Firma?« Die Stimme seiner Mutter klang scharf vor Sorge. »Du brauchst diesen Ort nicht. Du hast einen guten Job im Krematorium. Warum riskierst du das, indem du mit Dacey arbeitest?«

»Der Job im Krematorium ist nur das, Mama – ein guter Job, aber eben nur ein Job. Nexus Consulting ist meine Chance auf eine echte Karriere.« Er kämpfte darum, die Verärgerung aus seiner Stimme zu halten.

»Dieses Mädchen ist schlecht für dich, Gideon. Sie hat dich schon einmal in Gefahr gebracht. Ich will nicht—«

»Hör zu, Mama,« sagte er bestimmt, aber freundlich. »Dacey ist eine großartige Freundin, und ich möchte sie in meinem Leben haben. Du musst mir genug vertrauen, um zu wissen, dass ich keine schlechten Menschen als Freunde hätte. Vertrau meinem Urteil hierbei. Du musst mir vertrauen, Mama. Ich muss gehen, aber ich verspreche dir, ich weiß, was ich tue. Mir wird es gut gehen; ich bin in keiner Gefahr. Es tut mir leid. Ich hätte ehrlich sein und früher mit dir reden sollen, aber ich tue, was richtig für mich ist. Ich liebe dich, und ich verspreche, vorsichtig zu sein.«

Es gab eine lange Pause, bevor seine Mutter seufzte. »Okay. Ich vertraue dir. Ich liebe dich auch, Gideon.« Sie seufzte schwer. »Hör zu, wenn du diese Frau in deinem Leben haben willst, dann akzeptiere ich das. Vielleicht möchte sie dieses Wochenende zur Grillparty kommen. Es wäre eine Chance für einen Neuanfang.«

»Das ist... das ist nett von dir. Ich frage sie, ob sie mitkommen möchte.«

Nachdem sie sich verabschiedet hatten, rutschte Gideon auf den Beifahrersitz des angenehm kühlen Autos.

»Alles in Ordnung?« fragte Dacey, als sie vom Bordstein wegfuhr.

»Ja, nur ein nerviger Anruf von meiner Mutter.«

Dacey brummte verständnisvoll. »Ich kann dich gut verstehen. Meine Mutter macht mich auch verrückt.«

Das überraschte Gideon – Dacey hatte noch nie über ihr Privatleben gesprochen. Es war schwer vorstellbar, dass sie etwas so Alltägliches und Normales wie eine Mutter und Familie hat.

»Wie ist deine Mutter denn so?« Die Frage rutschte heraus, bevor Gideon sie aufhalten konnte, aber er war wirklich neugierig. In all der Zeit, die er Dacey kannte, hatte sie noch nie ihre Familie erwähnt.

»Wahrscheinlich ganz ähnlich wie die Frauen, die wir gleich

bei der Stiftung treffen – eine versnobte Gesellschaftsdame.« Sie grinste ihn bei seinem ungläubigen Blick an. »Ich weiß, oder? Meine Mutter ist entsetzt über das, was ich tue. Sie versteht mich überhaupt nicht.«

Sie hielten an einer roten Ampel, und Daceys Ausdruck wurde ernster. »Wenigstens weißt du, dass deine Mutter sich um dich sorgt und nicht nur um ihren Ruf.«

»Es tut mir leid,« sagte Gideon leise. »Das ist hart.«

Daceys Schultern sanken, während sie an einem losen Faden an ihrem Ärmel zupfte. »Eltern... Was will man machen?«

»Nun, du könntest ja immer deinen Tod vortäuschen und nach Fidschi auswandern,« schlug Gideon mit einem sanften Lächeln vor. »Ich habe gehört, dort soll das Wetter das ganze Jahr über schön sein.«

»Was? Und mein glamouröses Leben zurücklassen?« Dacey wedelte mit der Hand über die Fallakten, die auf dem Rücksitz verstreut lagen, und deutete auf die Sammlung leerer Fast-Food-Tüten und zerknitterter Kleidung, die das Auto bedeckten – Beweis für ein Leben, das mehr aus dem Koffer als in einem Zuhause geführt wurde.

Während Dacey fuhr, holte Gideon sein Handy hervor, um seine E-Mails zu checken. »Oh, hey! Vena hat mir endlich die Liste der energiezehrenden mythischen Wesen geschickt, die sie versprochen hatte, zusammenzustellen.«

Er begann, die detaillierte Aufschlüsselung durchzuscrollen. »Mal sehen... Succubi und Inkuben saugen Lebenskraft durch körperlichen Kontakt, also durch Sex, und hinterlassen Spuren von Lustmagie und körperlicher Erschöpfung. Sie töten selten ihre Opfer, und selbst wenn sie es täten, müssten sie nicht fünfmal im Monat fressen. Also sind sie es nicht. Gut, Mara – das ist ein slawischer Geist – sitzt auf der Brust schlafender Opfer und saugt Energie, während sie Alpträume verursacht. Ihre Magie hinterlässt eine kalte, schwere Spur.«

Er las weiter. »Pishacha sind hinduistische Dämonen, die sich sowohl von Lebenskraft als auch von Emotionen ernähren. Sie hinterlassen eine korrumpierte Energiesignatur, die sich wie verdorbenes Essen anfühlt. Lidérc aus der ungarischen Folklore saugt Opfer im Schlaf aus, hinterlässt aber Brandmale durch ihre feurige Berührung.«

»Keiner davon passt auf unseren Täter,« stimmte Dacey zu und bog ab.

»Dann gibt es Vampire, die Fangspuren hinterlassen, und ich bin sehr vertraut mit dem Gefühl ihrer Magie. Dann gibt es den Alp – einen germanischen Alptraumgeist, der Schlaflähmung verursacht, während er sich nährt. Opfer berichten, sie fühlten sich, als würden sie in dunklem Wasser ertrinken. Und Jiang-shi...« Er hielt inne und kniff die Augen auf dem Bildschirm zusammen. »Das sind chinesische Energievampire, die Lebens-kraft durch Atem und Blut saugen und Opfer mit blauen Lippen und einer schleimigen magischen Signatur zurücklassen, die nach dem Angriff tagelang anhält.«

Gideon ließ sein Handy mit einem frustrierten Seufzer sinken. »Vena ist gründlich – sie hat noch seitenweise mehr von diesen Wesen. Aber keines davon passt. Jedes einzelne hinterlässt irgendeine Art von magischer Spur oder Signatur, nachdem es sich genährt hat, und viele von ihnen suchen sich bestimmte Opfer aus, die nicht mit allen Opfern in unserem Fall überein-stimmen. Es gibt keine einzige Erwähnung von etwas, das eine Leere hinterlässt, wie das, was ich gespürt habe.«

»Nun, dann wissen wir, was es nicht ist,« erwiderte Dacey. Sie griff hinüber und drückte ihm sanft die Schulter. »Hey, wir kriegen das raus. Manchmal ist es genauso wichtig zu wissen, was man nicht sucht, wie zu wissen, was man sucht.«

Gideon entspannte sich leicht unter ihrer Berührung, dankbar für die Erinnerung, dass er dem nicht allein gegenüber-stand. Ein kleines Lächeln umspielte seine Lippen – Dacey wusste, wie man die Dinge ins rechte Licht rückt.

Sie fuhren ein paar Minuten in angenehmem Schweigen, bevor Dacey aufheiterte. »Wir sind da!«

Das Gebäude des Millhaven Gartenbauvereins erhob sich vor ihnen. Die zweistöckige Struktur war in fröhlichem Gelb mit strahlend weißen Verzierungen gestrichen, ihre Holzverkleidung verwittert, aber gut gepflegt. Eine umlaufende Veranda, getragen von klassischen weißen Säulen, verlieh dem Gebäude eine vornehme Ausstrahlung, komplett mit mehreren Schaukelstühlen, die in Gesprächsgruppen angeordnet waren. Hängende Körbe voller lebendiger Blumen schmückten die Veranda, ihre Blüten setzten Farbtupfer in Lila und Rosa vor dem gelben Hintergrund.

Das Gelände war makellos gepflegt, mit ordentlichen Beeten und Zwergpalmen, die einen üppigen Rahmen für das historische Gebäude schufen. Ein Backsteinweg schlängelte sich durch den Garten und führte zu den breiten vorderen Stufen. Mehrere teure Autos parkten bereits auf dem mit Muschelsplitt bedeckten Parkplatz an der Seite des Gebäudes, ihre polierten Oberflächen glänzten in der Sonne.

Dacey parkte in einer freien Lücke und wandte sich mit einem Grinsen an Gideon. »Bereit, mit der Millhaven-Elite Smalltalk zu machen?«

KAPITEL 18

*D*acey wandte sich um und griff auf den Rücksitz, zog eine abgewetzte Ledertasche auf ihren Schoß. Sie wühlte durch mehrere Mappen darin, zog dann ein Blatt Papier und einen Stift heraus und reichte beides ihm.

»Hier ist die Liste aller, die in der Nacht in der Edelweiss Hall waren, als Willa Wagner starb,« sagte sie. »Und ich habe die drei Frauen markiert, die am Abend von Eleanors Tod mit ihr zu Abend gegessen haben. Zum Glück sind sie alle Mitglieder der Erbe-Stiftung, deshalb hoffe ich, dass sie heute anwesend sind. Ich übernehme die Führung bei den Befragungen, wenn du festhältst, mit wem wir gesprochen haben. Und natürlich solltest du auf magische Signaturen achten – besonders auf Leere Magie.«

Gideon faltete das Papier auseinander und überflog die ordentlichen Reihen von Namen. »Verstanden. Wie war noch mal unsere Tarnung?«

»Wir sind Reporter bei Florida Today,« erklärte Dacey und zupfte an ihrem Blazer, während sie den Motor abstellte. »Wir 'schreiben' einen Artikel über die Erbe-Stiftung und verfassen Nachrufe auf Willa und Eleanor. Die Bürgermeisterin hat geholfen, das Treffen zu organisieren, also erwarten uns alle.«

Als sie die umlaufende Veranda betraten, knarrten die Holzstufen leicht unter ihren Füßen. Bevor sie zur Tür greifen konnten, schwang sie auf und enthüllte die Bürgermeisterin. Winnies
korallenfarbenes Kleid war trotz Hitze und Feuchtigkeit
makellos gebügelt, ihr glatter brauner Bob saß perfekt. In dem
Moment, als sie erschien, wurden Gideons magische Sinne von
ihrer Aura als Berghexe überwältigt – so mächtig und uralt wie
das Appalachen-Gebirge selbst. Nur Daceys feurige Magie
durchschnitt die dominierende Präsenz der Bürgermeisterin.

»Vielen Dank, dass Sie beide gekommen sind,« sagte sie herzlich, dann blickte sie über ihre Schulter zurück, bevor sie auf die
Veranda hinaustrat und ihre Stimme senkte. »Haben Sie... Fortschritte gemacht? Etwas gefunden, das berichtenswert wäre, was
das Schicksal meiner Schwester betrifft?«

Bevor Gideon antworten konnte, holte Dacey tief Luft. »Bürgermeisterin—« Sie bemerkte Winnies Blick und korrigierte sich.
»Winnie. Ich muss dich darüber informieren, dass heute Morgen
ein weiteres Opfer in der Leichenhalle gefunden wurde. Grant
Vandermeer, ein lokaler Immobilienentwickler.«

»Oh mein Gott... Grant?« Bürgermeisterin Thorne griff sich
an ihre Perlenkette, während die Farbe aus ihrem Gesicht wich.
Gideon hatte schon davon gehört, dass Leute in Schreckmo-
menten an ihre Perlenkette greifen, aber es noch nie tatsächlich
erlebt.

»Du kanntest ihn?« fragte Dacey leise.

Die Finger der Bürgermeisterin blieben um ihre Perlen
geschlungen, während sie sich fasste. »Nur beruflich – er war seit
Jahren Teil der Handelskammer, also kreuzten sich unsere Wege
häufig bei Sitzungen und Veranstaltungen. Aber ich kann nicht
sagen, dass ich ihn persönlich kannte.« Sie schüttelte den Kopf.
»Das ist verheerend. So viele Todesfälle in so kurzer Zeit...«

»Weshalb ich ein vollständiges Conclave-Ermittlungsteam
herbeirufen werde, sobald wir mit diesem Treffen fertig sind,«
sagte Dacey entschieden. »Wir können nicht riskieren, dass diese

Situation außer Kontrolle gerät und möglicherweise die Existenz der Mythischen Wesen offenbart wird.«

Die Bürgermeisterin ließ die Schultern leicht sinken, obwohl sie ihre würdevolle Haltung beibehielt. »Natürlich, ich verstehe das vollkommen. Es ist nur...« Sie blickte zum Fenster, wo patriotische Wimpel aufgehängt worden waren. »Die Unabhängigkeitstag-Feier diese Woche ist einer unserer größten Spendensammler des Jahres. Aber offensichtlich steht die öffentliche Sicherheit an erster Stelle.«

Bürgermeisterin Thorne bat sie herein. Als sie die Schwelle überschritten, beugte sich Gideon zu Dacey hinüber und flüsterte: »Rufen wir wirklich ein Team?«

Dacey nickte kaum merklich, ihre Augen musterten die Eingangshalle. »Ja. Sobald wir hier fertig sind, rufe ich Hex an.«

Warmes Sonnenlicht fiel durch die hohen Fenster des Haupttagungsraums und ließ die originalen Kernkiefernholzböden, die durch jahrelange Pflege glänzten, erstrahlen. Kronenleisten rahmten die hohe Decke ein, an der drei antike Kronleuchter hingen. Eine Wand zeigte eingebaute Schränke mit Gartenbauauszeichnungen und Vereinsmemorabilien, während eine andere eine Galerie gerahmter Fotografien hielt, die vergangene Präsidenten und bemerkenswerte Ereignisse zeigten.

Winnie deutete auf den Mann, den sie vor ihrem Büro an ihrem ersten Tag in der Stadt getroffen hatten. Die markante weiße Strähne an seiner Schläfe machte ihn für Gideon sofort erkennbar. Der Mann hatte ihr Eintreten nicht bemerkt, da er nahe dem Erfrischungstisch stand und Papiere ordnete. »Sie erinnern sich an meinen Assistenten Michael? Falls Sie während Ihres Besuchs etwas benötigen, wenden Sie sich bitte jederzeit an ihn.«

Etwa zwei Dutzend Personen, hauptsächlich Frauen, mit ein paar vereinzelt stehenden Männern, bildeten kleine Gesprächsgruppen. Die Luft war erfüllt von teurem Parfüm und Stimmengewirr. Gideon fiel auf, dass beinahe jede Frau so viel Schmuck trug, dass man damit das BIP eines kleinen Landes finanzieren könnte.

Als Gideon diskret den Raum mit seinen magischen Sinnen absuchte, dominierten die mächtige Hexenmagie der Bürgermeisterin und die streng kontrollierte Zaubereraura ihres Assistenten den Raum. Die einzige weitere magische Signatur, die er ausmachen konnte, war eine subtile Feenpräsenz, die von einer der Gesellschaftsdamen ausging, deren übernatürliches Wesen sorgfältig unter Schichten von teurem Parfüm und südstaatlichem Charme verborgen lag.

Winnie räusperte sich. »Alle? Darf ich bitte Ihre Aufmerksamkeit haben?« Der Raum wurde sofort still. »Ich möchte Dacey Santiago und Gideon Nash von Florida Today vorstellen. Sie schreiben einen Artikel über unsere Organisation und bereiten Nachrufe für unsere liebe Eleanor und Willa vor.« Eine Welle von angemessen trauriger Mienen ging durch die Menge.

Für die nächsten paar Stunden arbeiteten sie sich durch die Interviews. Gideon konnte nicht umhin zu bemerken, wie jede Frau anscheinend einen niedlichen Spitznamen hatte. Da war Caroline 'Cookie' Whitmore, Elizabeth 'Boots' Sterling, die im Stiftungsvorstand gewesen war, Philomena 'Scrappy' Randolph in ihrem Chanel-Anzug und Katherine 'Kippy' St. Claire. Sogar die jüngeren Mitglieder hatten die Tradition übernommen – Patricia 'Poppy' Whitaker konnte nicht älter als fünfunddreißig gewesen sein.

Sie begannen mit 'Cookie' Whitmore – der Fee, deren Magie Gideon zuvor gespürt hatte – deren Diamant-Tennisarmband bei jeder lebhaften Geste das Licht einfing.

»Oh, es ist einfach furchtbar wegen der lieben Willa. Sie und ich waren so gute Freundinnen. Ich weiß nicht, was ich ohne sie machen werde.« Cookie tupfte mit einem monogrammierten Taschentuch an ihren Augen. »Und die Stiftung hat ein Stück ihres Herzens verloren. Sie war eine Institution bei all unseren Veranstaltungen.«

»Warst du in der Edelweiss Hall in der Nacht, als sie starb?« fragte Dacey sanft.

»Nun ja, das war ich. Obwohl ich sie an diesem Abend kaum sah. Wir sind in verschiedenen Ausschüssen für die Stiftung, also konnten wir nicht so viel zusammenarbeiten, wie ich es gerne gehabt hätte.«

»Schien sie in dieser Nacht anders?«

Cookie neigte nachdenklich den Kopf. »Sie schien ziemlich müde, die Arme. Aber mit all der Stiftungsarbeit und der Unabhängigkeitstag-Planung...« Cookie verstummte mit einem zarten Achselzucken.

Dacey lenkte das Gespräch auf das Royal Palmetto-Projekt. »Die Bürgermeisterin erzählte mir, dass der Fokus eurer Stiftung darauf lag, das Royal Palmetto zu seinem früheren Glanz zu sanieren. Hattest du viel mit diesem Projekt zu tun?«

Cookie schüttelte den Kopf. »Ich war hauptsächlich an der Spendensammlung beteiligt. Und im Gartenausschuss. Ich liebe Blumen und Pflanzen und möchte sicherstellen, dass unsere Stadt immer in voller Blüte ist.« Sie kicherte über ihr eigenes Wortspiel. Verspätet lachte Gideon ihr zuliebe.

»Allerdings muss ich sagen, dass der Vorschlag der Meridian Gastlichkeitsgruppe genau das ist, was wir brauchen,« verkündete Cookie mit einem bedeutsamen Blick und umklammerte Daceys Oberarm zur Betonung. »Ihre Ressourcen könnten das Hotel retten, bevor es zu spät ist. Das Gebäude wird zusammenbrechen, bevor die Arbeit beginnt, bei der Geschwindigkeit, mit der wir vorankommen. Und dann wird irgendein Entwickler auftauchen und irgendeine moderne Monstrosität auf dem Grundstück bauen, die unsere schöne Stadt zerstören wird.«

»Cookie, ich muss widersprechen,« unterbrach eine Frau, die vor Diamanten und dem Selbstbewusstsein alten Geldes nur so strotzte. »Du musst verstehen, wie wichtig es ist, lokales

Eigentum an unseren historischen Immobilien zu behalten. Außenstehende begreifen einfach nicht, was es bedeutet, unsere Traditionen und unseren Stil zu bewahren. Deshalb ist es wesentlich, das Hotel unter unserer Kontrolle zu behalten.« Sie musterte Dacey von oben bis unten, ihr Blick verweilte auf Daceys Blazer. »Wir dürfen nicht zulassen, dass Fremde hereinkommen und unsere schöne Stadt ruinieren. Standards von Qualität und Eleganz müssen aufrechterhalten werden.« Ihr geübtes Lächeln erreichte ihre Augen nicht. »Ich bin sicher, Sie stimmen zu, nicht wahr? Nun, vielleicht tun Sie das nicht, Liebes, aber ich versichere Ihnen, es ist entscheidend für unsere Gemeinschaft.«

Gideon beobachtete, wie bernsteinfarbenes Feuer über Daceys Augen rollte, geisterhafte Flügel aus Flammen stiegen von ihrem Rücken auf – unsichtbar für alle außer ihm. Er hatte diesen Blick schon einmal gesehen. Er endete nie gut für denjenigen, der ihn provoziert hatte. Als Daceys Temperatur mit ihrer Verärgerung stieg, bemerkte Gideon, dass die leichte Schlangenmagie, die noch von ihrem Morgen mit Voss an Dacey klebte, und die Feenessenz von Cookies kurzer Berührung sich zu intensivieren schienen und ihre magischen Signaturen freisetzten wie Gewürze, die ihr Aroma entfalten, wenn sie erhitzt werden.

Die Frau ließ ihre Hand klimpern, sodass ihre goldenen Armreifen klirrten, die wahrscheinlich mehr kosteten als die meisten Leute für ihre Autos bezahlen. »Meine Güte, ist das warm hier drin. Die Klimaanlage funktioniert überhaupt nicht richtig.«

»Wenn du dir wegen Meridian solche Sorgen machst,« antwortete Cookie mit einem exaspirierten Seufzer, »solltest du wirklich mit Bürgermeisterin Thorne sprechen. Winnie wird dir alles erklären und dir versichern, wie sie persönlich sicherstellen wird, dass Meridian das Hotel ordnungsgemäß saniert. Sie sind nicht nur irgendeine Außenseiter-Firma – sie kümmern sich wirklich um Millhavens Erbe. Die Bürgermeisterin würde sonst nicht mit ihnen zusammenarbeiten.«

Die Frau schnaubte verächtlich, widersprach aber nicht weiter.

Gideon trat näher an Dacey heran und ließ seine Schulter sanft ihre berühren. Ein Teil von ihm hätte es geliebt zu sehen, wie Dacey diesen Snob auf der Stelle zurechtwies, aber er konnte das nicht zulassen. »Ich glaube, unser nächstes Interview wartet,« sagte er gelassen und führte Dacey weg.

Dacey dankte Cookie für ihre Zeit, ignorierte die unhöfliche Frau und warf Gideon einen dankbaren Blick zu, bevor sie sich der nächsten Gesellschaftsdame zuwandte, die darauf wartete, mit ihnen zu sprechen.

Elizabeth 'Boots' Sterling, die fünfzehn Jahre lang mit Eleanor im Stiftungsvorstand gewesen war, war die nächste Person, die sie interviewten. »Ellie war unermüdlich, wenn es darum ging, Millhavens Geschichte zu bewahren,« sagte sie, ihre perfekt manikürierten Hände aufs Herz gelegt. »Wusstest du, dass sie persönlich jedes historische Dokument in unseren Archiven katalogisiert hat?«

»Das ist wunderbar,« sagte Dacey herzlich. »Ich verstehe, dass du mit ihr im Country Club zu Abend gegessen hast, in der Nacht, als sie starb?«

»Ja – es war so ein schrecklicher Schock. Sie war früh gegangen und sagte, sie brauche Ruhe. Ich wünschte, ich hätte es gemerkt...« Boots versuchte, die Stirn zu runzeln, aber nur ihr Mund verzog sich – ihre Stirn blieb unnatürlich glatt. »Sie hatte den ganzen Abend etwas abwesend gewirkt, aber ich wusste, wie beschäftigt sie mit dem Royal Palmetto-Projekt gewesen war.«

Sie gingen weiter zu Scrappy, die ausführlich über die Hingabe beider Frauen zur Stiftung sprach. Als sie nach Willas letzter Nacht gefragt wurde, erwähnte sie, sie habe gesehen, wie sie am Erfrischungstisch in ein tiefes Gespräch mit jemandem verwickelt war, erinnerte sich aber nicht mehr, mit wem.

Kippy St. Claire, eine weitere von Eleanors Abendessensbegleiterinnen am Abend ihres Todes, war besonders eifrig zu erzählen. »Eleanor rührte in dieser Nacht kaum ihr Beef Wellington an,« vertraute sie an und spielte mit einem riesigen Diamantring an ihrem Finger. »Aber du weißt, wie Ellie auf ihre Figur achtete – sie war immer vorsichtig mit dem, was sie aß.«

Die Interviews gingen weiter, wobei jede Gesellschaftsdame noch eleganter wirkte als die vorherige. Sugar Alcott, Poppy Whitaker und Sunny Covington drückten alle Schock über Eleanor und Willas Todesfälle aus, obwohl keine etwas Ungewöhnliches in dieser Nacht in der Edelweiss Hall bemerkt hatte. Zuletzt war Mimi Carrington, die dritte Frau von Eleanors letztem Abendessen, die sich auch daran erinnerte, dass Eleanor während des Essens abgelenkt und müde schien – »Ganz ungewöhnlich für sie, normalerweise war sie so präsent.«

Nachdem sie mit den meisten Stiftungsmitgliedern gesprochen hatten, entstand ein klares Bild einer tief gespaltenen Mitgliedschaft.

»Die Meridian Gastlichkeitsgruppe würde dringend benötigte Einnahmen und Expertise bringen,« bestand Tinsley Woodbury, während sie ihre manikürten Nägel im Licht betrachtete. »Ihr Angebot, das Royal Palmetto zu sanieren und dabei seinen historischen Charakter zu bewahren, ist mehr als großzügig.«

Zehn Minuten später vertrat Kitty Dunworthy mit Leidenschaft die Gegenposition. »Dieser Konzern würde alles Einzigartige am Royal Palmetto zerstören! Sie würden es in ein weiteres Einheitshotel mit ein paar symbolischen 'historischen' Akzenten verwandeln.«

Gideon beugte sich nach diesem Austausch zu Dacey. »Ich notiere mir, wer für die Hotelgruppe ist und wer dagegen – nur falls es relevant ist.«

Schließlich trat Bürgermeisterin Thorne an die Vorderseite des Raums und rief alle zur Ordnung. »Danke, Dacey und Gideon, dass Sie an unserer Veranstaltung teilgenommen und mit uns gesprochen haben. Ich weiß, dass ich im Namen aller sprechen kann, wenn ich sage, dass wir uns auf Ihren Artikel freuen.« Ihre Hexenmagie pulsierte durch den Raum, als sie zu ihrem Assistenten gestikulierte. »Nun... Wenn jetzt alle bitte Platz nehmen würden. Michael, könntest du bitte die heutige Tagesordnung austeilen? Mit dem Unabhängigkeitstag morgen müssen wir einige letzte Details für den Festzug und die Auktion besprechen.«

Michael bewegte sich mit großer Sorgfalt durch den Raum. Seine Zauberermagie blieb streng kontrolliert, kaum wahrnehmbar selbst für Gideons geschulte Sinne, als er methodisch die Tagesordnung auf jeden Platz legte.

Als sich alle in ihre Stühle setzten, berührte Dacey Gideons Arm. »Lass uns noch ein wenig bleiben,« flüsterte sie. »Ich möchte sehen, wie sie sich verhalten, wenn sie denken, dass wir nicht zuschauen.«

Sie setzten sich in die hintere Ecke und beobachteten, wie die Bürgermeisterin begann, Festzugrouten und Standzuteilungen zu besprechen. Nach fünfzehn Minuten des Beobachtens der höflichen, aber spitzen Austausche über Tischdekorationen und stille Auktionsgegenstände neigte Dacey ihren Kopf zum Ausgang und signalisierte ihnen zu gehen, sehr zu Gideons Erleichterung. Sie schlichen sich leise hinaus und überließen die Elite Millhavens ihrer Planung.

Gideon blickte auf seine Liste hinunter, die nun mit ordentlichen Notizen bedeckt war. Die Gespräche waren aufschlussreich über das komplexe Beziehungs- und Interessensgeflecht der Stiftung gewesen, aber sie hatten keine Bomben aufgedeckt. Während das Muster der Todesfälle zunehmend mit dem Schicksal des Royal Palmetto verknüpft schien, konnte diese Theorie immer noch nicht die anderen scheinbar zufälligen Opfer erklären – Marcus Chauvin, Brandon Cho und Joe, den obdachlosen Mann. Er blickte zurück zum Gartenbauverein und dachte an all diese wohlhabenden, einflussreichen Leute, die ihre

Rollen in dem spielten, was sich zunehmend wie ein inszeniertes Theater anfühlte.

Doch konnte er sich keine dieser Frauen als Drahtzieherinnen hinter der seltsamen Reihe von Todesfällen vorstellen, die sie untersuchten.

KAPITEL 19

Als Gideon die klimatisierte Luft des Gartenbauvereins verließ, zog er sein marineblaues Polohemd aus der Hose, das bereits schweißfeucht war. Neben ihm zog Dacey ihren Blazer aus und drapierte ihn über den Arm, während sie die knarrenden Holzstufen zu ihrem Auto hinunterstiegen. Einmal im Fahrzeug angekommen, ließ Dacey ein theatralisches Stöhnen hören und sackte gegen das Lenkrad zusammen.

»Ich schwöre, wenn ich noch eine Geschichte darüber hören muss, wie jemand seinen niedlichen Spitznamen bekommen hat,« sagte sie, richtete sich auf und ahmte den affektierten Tonfall einer der Gesellschaftsdamen nach. »'Oh, Liebling, sie nennen mich Beebee, weil mein kostbares Schwesterchen Barbara nicht aussprechen konnte.' Ich hätte schreien können.«

Gideon kicherte. »Ist dir aufgefallen, wie viele von ihnen diesen seltsamen eingefrorenen Ausdruck hatten? Ich konnte nicht sagen, ob es Botox war oder einfach ruhendes Verachtungsgesicht.«

»Beides,« sagte Dacey und startete den Wagen. »Was denkst du über die Interviews insgesamt?«

Gideon zuckte mit den Schultern und überprüfte seine Notizen. »Nun, wir haben viel über das Drama der Hotelrestaurierung erfahren, aber darüber hinaus...« Er brach ab und schüttelte den Kopf. »Nicht sicher, wie viel wir wirklich erhalten haben.«

»Genau meine Gedanken.« Dacey zog ihr Handy heraus und schaltete den Lautsprecher ein. »Ich habe das Gefühl, dass uns die Zeit davonläuft. Lass uns Hex anrufen und sie die Truppen sammeln lassen.«

Das Telefon klingelte zweimal, bevor ihre Conclave-Teamkoordinatorin antwortete. »Dacey, sag mir, dass du etwas hast.«

»Sozusagen. Wir haben gerade die Interviews mit den Mitgliedern der Erbe-Stiftung beendet.« Dacey informierte Hex über die Todesfälle, die Hotelpolitik, den neuesten Tod und die Spuren der Leere Magie. »Ich denke, wir brauchen ein vollständiges Ermittlungs- und Eindämmungsteam.«

»Nach dem, was du beschreibst, stimme ich zu.«

»Ist mein übliches Team verfügbar?«

»Sollte alle morgen dorthin bekommen können. Ich schicke sie dir per SMS, sobald ich sie habe.« Man hörte das Rascheln von Papier. »Oh, und Gideon? Vena hat die Uhr untersucht, die du geschickt hast. Sie sagt, sie hat so etwas noch nie erlebt, aber sie stimmt zu, dass es sich wie eine Leere anfühlt – als ob die Restmagie des Gegenstands einfach verschwunden wäre und ein Loch hinterlassen hätte. Sie bestätigte auch, dass es keinen Schutz oder Zauberglanz auf der Uhr gibt. Sie forscht weiter. Wenn sie in den nächsten Tagen nichts findet, bringen wir sie ebenfalls zum Einsatzort.«

»Hoffen wir, dass wir das vorher lösen,« sagte Dacey, »aber ich fange an, daran zu zweifeln.«

»Ich kenne dich nicht als jemanden, der an sich selbst zweifelt, Menet. Fang jetzt nicht damit an.« Hex' Stimme hatte einen Hauch von Belustigung. »Außerdem arbeitet ihr beide gut zusammen. Du hast darauf gedrängt, ihn so schnell wie möglich im Team zu haben – wolltest seine Ausbildung beschleunigen, vielleicht sogar einige Teile überspringen.«

Gideon wandte sich Dacey zu, die Augenbrauen hochgezogen, sichtlich geschmeichelt. »Stimmt das?«

Dacey stieß ihm leicht gegen den Arm. »Natürlich. Mit dir macht die Arbeit richtig Spaß. Wir sind ein verdammt gutes Team.«

»Ja, wenn du ihn nicht gerade abfackelst,« schnaubte Hex.

»Das ist nur einmal passiert!« protestierte Dacey, während Gideon lachte. »Und wenn man darüber nachdenkt, hat er sich selbst in Brand gesetzt.«

Nach dem Auflegen diskutierten sie ihren nächsten Schritt. »Wir haben immer noch nichts von dieser dritten Krankenhausschwester gehört, die bei Marcus gearbeitet hat,« schlug Gideon vor.

»Oh ja. Wie hieß sie noch?«

»Emma irgendwas...« antwortete Gideon und grübelte angestrengt, um sich zu erinnern.

Dacey blätterte durch ihre Notizen. »Es war Kim. Emma Kim. Ich möchte auch den Landklub überprüfen, wo Eleanor ihre letzte Mahlzeit hatte.«

Gideon überprüfte die Zeit auf seinem Handy. »Wir haben Zeit für beides—« Er brach ab, als eine Nachrichtenbenachrichtigung auftauchte. Als er sie öffnete, runzelte er die Stirn über die unbekannte Nummer.

»Was ist es?« fragte Dacey.

»Es ist Sara, die Empfangsdame vom Pflegeheim Haus der Gelassenheit. Sie... lädt mich zu einem Date ein.«

Dacey schnappte sich sein Handy und las die Nachricht. »Sagt, sie hat in einer Stunde Feierabend.« Ein langsames Grinsen breitete sich auf ihrem Gesicht aus – die Art, die normalerweise Ärger bedeutete. »Du solltest das Angebot annehmen.«

»Was?«

»Sag ihr, dass du sie von der Arbeit abholst. Komm früh dorthin...« Dacey bewegte vielsagend die Augenbrauen. »Schalte den

Charme ein und finde dann eine Ausrede, um von ihr wegzukommen und dich dort umzusehen.«

»Du weißt, du klingst langsam wie mein Kuppler,« sagte Gideon trocken.

Daceys Augen leuchteten auf. »Hey, mit diesen blauen Augen und dieser Kieferpartie?« Sie deutete anerkennend auf ihn. »Ich könnte mir in ein paar Monaten eine eigene Insel leisten, wenn ich dich richtig einsetze. Noch schneller, wenn wir dir engere Hemden besorgen.«

»Können wir uns konzentrieren?« fragte Gideon und spürte, wie ihm eine Röte den Hals hinaufstieg. »Das ist hier kein Dating-Service.«

»Nein, es ist eine Ermittlung,« stimmte Dacey zu und wurde etwas ernster, während sie Gideon sein Handy zurückgab. »Und das könnte unsere beste Chance sein, ohne Durchsuchungsbefehl in diese Einrichtung zu gelangen. Wir haben immer noch nicht herausgefunden, wie Brandon in das Ganze passt.«

Gideon starrte lange auf sein Handy, dann tippte er eine Antwort und hoffte, dass das nicht nach hinten losgehen würde. »Sobald ich dort bin, könnte ich ihr sagen, dass ich die Toilette benutzen muss, dann einen Weg finden, in die Einrichtung zu schlüpfen, nur um einen kurzen Blick umherzuwerfen.«

»Oh! Ich kann eine Ablenkung inszenieren, damit sie beschäftigt ist.« Dacey hüpfte vor Vorfreude in ihrem Sitz, was ihn nervös machte.

* * *

GIDEON WISCHTE sich die schwitzigen Handflächen an seinen Chinos ab, als er sich dem Eingang des Hauses der Gelassenheit näherte. In seinem Polohemd und den Khakis fühlte er sich wie ein Missionar, der von Tür zu Tür geht. Er blickte zurück zum Auto, wo Dacey wartete und einen enthusiastischen Daumen nach oben und ein ermutigendes Grinsen bekam. Er streckte ihr die Zunge heraus, erfreut, als sie lachte.

Drinnen entdeckte er Sara sofort an ihrem Schreibtisch, ihr blondes Haar schwang, als sie aufblickte. Überraschung huschte über ihr Gesicht, bevor sie sich in ein erfreutes Lächeln verwandelte.

»Du bist früh,« sagte sie und überprüfte die Uhr. »Ich habe erst in zwanzig Minuten Feierabend.«

»Dachte nur, ich warte drinnen statt in meinem Auto,« antwortete Gideon mit einem freundlichen Lächeln. »Die Klimaanlage hier ist besser als in dieser Hitze zu sitzen.«

Sara nickte und steckte eine lose Haarsträhne hinter ihr Ohr. »Nun, ich habe nichts gegen Gesellschaft.«

»Danke. Hey, würde es dir etwas ausmachen, wenn ich die Toilette benutze?«

»Natürlich nicht,« sagte Sara und deutete einen kurzen Flur hinunter, der von der Lobby abzweigte. »Erste Tür links.«

Gideon folgte ihren Anweisungen und bemerkte frustriert, dass die Toilettentür von Saras Schreibtisch aus sichtbar war. Er wusste, dass er sich nicht unbemerkt aus der Toilette schleichen konnte, ohne dass sie ihn sah. Einmal in der Toilette, schrieb er Dacey eine SMS mit seinem Standort und dem Problem. Er drückte sein Ohr gegen die Tür und lauschte angespannt auf Daceys 'Signal', wurde mit jeder verstreichenden Sekunde ungeduldiger. Sein Herz schlug einen schnellen Rhythmus gegen seine Rippen, während er wartete.

Schließlich spürte er den Ansturm ihrer Feuermagie, gefolgt von Geschrei. Er öffnete die Tür einen Spalt und fand Chaos in der Lobby – einen brennenden Mülleimer, Dacey, die schrie, und Sara, die um ihren Schreibtisch herumrannte. Der Manager, Bob, kam aus seinem Büro gerannt, seine Augen wild und schockiert, und seine dicke Brille saß schief auf seiner Nase.

Gideon öffnete die Toilettentür vorsichtig, fing sie ab, bevor sie zuschlagen konnte, und ließ die Tür leise zufallen. Er blickte den Flur hinunter und bestätigte, dass alle mit dem Chaos in der Lobby beschäftigt waren.

Als er sich zum Bewohnerflügel schlich, kam er abrupt zum Stehen, sein Atem stockte – da war sie, kaum wahrnehmbar, aber unverkennbar, das unverwechselbare Gefühl der Leere.

Er folgte dem Gefühl etwa sechs Meter den Flur hinunter, öffnete eine Tür und fand etwas, das eher wie ein Hotelzimmer als die Wohnung eines Bewohners aussah. Ein Flachbildfernseher an der Wand lief leise mit Golf, während gerahmte Fotografien lächelnder Familienmitglieder einen Schrank säumten. In einem Liegestuhl am Fenster döste ein robust aussehender Mann in den Achtzigern, ein halbfertiges Kreuzworträtsel auf dem Schoß.

Gideon bewegte sich lautlos durch die winzige Effizienzwohnung. Die einzige Magie, die er im Raum entdeckte, war die Leere, die vom Bett ausging – ein ansonsten unscheinbares Krankenhausbett mit einer marineblauen Bettdecke.

Die Leere war schwächer als die bedrückende Dunkelheit, die er an den vorherigen Tatorten gespürt hatte. Anstatt einer rohen Wunde fühlte sich das wie eine alte Narbe an – die Ränder der Leere waren mit der Zeit weicher und stumpfer geworden, aber die Signatur war unverkennbar. Das wirkte gedämpft, als würde man einen Schatten durch Milchglas sehen. Aber trotz ihres Alters ließ die Magie seine Haut noch immer vor Falschheit kriechen. Gideon schlich lautlos hinaus.

Als er in den Flur hinaustrat, nahm sich Gideon ein Beispiel an Dacey – Schultern zurück, bewegte sich mit kalkulierter Leichtigkeit, als gehöre ihm der Ort. Er nickte einer Krankenschwester zu, die einen Medikamentenwagen schob, begrüßte eine ältere Frau mit Rollator freundlich mit »Guten Abend« und verlangsamte sein Tempo nicht, als ein Hausmeister beim Wechseln einer Glühbirne aufblickte. Niemand stellte seine Anwesenheit in Frage, als er tiefer ins Gebäude vordrang.

Er durchstreifte die Einrichtung systematisch und fand zwei weitere Leerräume im ersten Stock – eine in einem geteilten

Zimmer, wo beide Bewohner fernsahen, was ihn zwang, so zu tun, als hätte er sich verlaufen, als er die Tür öffnete. Die zweite Leere ging von einer leeren Wohnung aus, und er fühlte sich erleichtert, keine weitere Ausrede für sein Eindringen in jemandes Privatbereich erfinden zu müssen.

Im zweiten Stock fand Gideon zwei weitere Leerräume, eine strahlte von einem Bett aus und die andere von einem Liegestuhl in der Ecke des Zimmers. Im dritten Stock fand Gideon vier weitere Leerräume, aber da er sich Sorgen machte, dass ihm die Zeit davonlief, hatte er aufgehört, sich die Mühe zu machen, in die Zimmer hineinzugehen. Er rannte den Flur entlang, spürte die Leere-Signaturen durch die Wände und tippte die entsprechenden Zimmernummern in sein Handy. Er war sich jetzt sicher – die Leere manifestierte sich nur an Orten, wo jemand beim Schlafen gestorben war.

Besorgt, dass sich bald einer der Bewohner über einen fremden Mann beschweren würde, der durch die Flure schlich, betrat Gideon das Treppenhaus und kehrte in den ersten Stock zurück.

Er eilte zurück zur Lobby, sein Herz pochte. Rauchschwaden erfüllten die Luft, während der Manager einen Feuerlöscher schwang. Dacey stand in der Mitte und forderte lautstark Auskunft über die Sicherheit der Einrichtung.

»Ein Gast muss eine Zigarette oder so etwas in den Mülleimer fallen gelassen haben,« versicherte Bob Dacey und justierte seine Brille. »Unsere Einrichtung ist wirklich gut.«

»Was ist hier los? Ich war nur kurz auf der Toilette, und jetzt ist hier überall Rauch. Was ist passiert?« fragte Gideon und hustete.

»Habe einen brennenden Mülleimer gefunden, als ich dich holen kam.«

»Mich holen?« fragte Gideon und spielte mit.

»Ich weiß, du solltest heute Abend frei haben, aber wir haben eine Spur,« erklärte Dacey und gab einen Vorwand für Gideon, sein 'Treffen' abzusagen.

»Wir müssen gehen,« verkündete Dacey.

Sara machte ein enttäuschtes Geräusch.

»Es tut mir leid, Sara, aber es klingt, als wäre etwas Dringendes aufgekommen,« sagte Gideon und fuhr sich mit der Hand durch die Haare. »Ich muss absagen.«

»Das ist okay, ich verstehe,« sagte Sara, obwohl ihr Lächeln etwas schwächer wurde. »Vielleicht könnten wir etwas unternehmen, nachdem du fertig bist?«

Gideon fühlte sich unwohl. »Danke für das Angebot, aber ich weiß nicht, wie lange das hier dauert. Außerdem bin ich eh nur noch ein paar Tage in der Stadt.« Er ließ die Andeutungen in der Luft hängen.

»Oh.« Saras Gesicht fiel für einen Moment, bevor sie ihre Fassung wiedererlangte. »Nun, es war trotzdem schön, dich kennenzulernen.«

»Dich auch.«

Draußen fragte Dacey: »Planst du nicht, mit ihr auszugehen, während du hier bist?«

»Nicht mein Typ,« sagte Gideon abweisend.

»Hast du etwas Interessantes dort drinnen gefunden? Du warst so lange weg, dass ich mir Sorgen zu machen begann, wir würden erwischt.«

Ein Lächeln breitete sich auf seinem Gesicht aus, als das Gespräch auf ein anderes Thema kam. »Ja, ich habe etwas Interessantes gefunden – neun Leerräume dort drinnen, alle verblasst – älter als Marcus Chauvins. Das passiert schon eine Weile.«

»Gibt's doch nicht! Bist du sicher?«

»Es gibt keinen Zweifel. Jemand oder etwas hat mindestens neun andere Menschen vor unserem 'ersten' Opfer getötet.«

»Hmm. Ich frage mich... Vielleicht ist das der Grund, warum Brandon Cho ins Visier genommen wurde. Er hat etwas bemerkt?«

»Das würde Sinn ergeben.«

Dacey holte ihr Handy hervor und wählte Hex. »Hey, wir haben etwas Großes. Gideon hat neun weitere Leerräume im Haus der Gelassenheit gefunden. Alle älter als Chauvin.«

Sie hörte einen Moment zu. »Ja, genau. Schau, ob du uns einen Durchsuchungsbefehl für das Pflegeheim besorgen kannst. Ich möchte den Ort gründlich durchsuchen... Nein, Gideon ist sicher. Die Leerräume sind da; sie sind verblasst, aber sie sind definitiv da... Ich weiß, es ist spät, aber das kann nicht warten... Danke, ich schulde dir einen.«

Sie legte auf und wandte sich Gideon zu. »Hex denkt, sie kann einen Durchsuchungsbefehl beschleunigen. Wir sollten den Durchsuchungsbefehl bereit haben, wenn der Rest des Teams morgen ankommt. Gute Arbeit, Giddy. Wir kommen der Sache näher – ich spüre es. Jetzt müssen wir herausfinden, was das Haus der Gelassenheit mit dem Royal Palmetto und dem Rest unserer Opfer verbindet.«

»Was ist als Nächstes?« fragte Gideon.

Daceys Magen knurrte. »Ich habe richtig Lust auf Enchiladas. Dann möchte ich die Fallakten noch einmal durchgehen. Wir könnten etwas entdecken, was wir vorher mit dem, was wir jetzt wissen, übersehen haben.«

KAPITEL 20

*D*ie Kellnerin räumte ihre Teller ab, und Gideon schüttelte verwundert den Kopf. »Ich werde mich nie daran gewöhnen, wie viel du essen kannst.«

Dacey klopfte zufrieden auf ihren flachen Bauch. »Bennu-Stoffwechsel. Feuermagie verbrennt Kalorien wie verrückt – das würdest du nicht glauben.« Sie hatte einen Enchilada-Kombinationsteller, Chips und Salsa vernichtet und trotzdem noch Platz für gebackenes Eis gefunden. Das kleine mexikanische Restaurant war zu dieser späten Stunde größtenteils leer, was ihnen gerade recht war.

Sie zog ihren Laptop aus der Tasche, während Gideon die Fallakten auf dem Tisch ausbreitete.

»Okay,« sagte Dacey und knackte mit den Knöcheln. »Fangen wir mit dem an, was wir wissen. Wir glauben jetzt, dass die ersten Todesfälle im Haus der Gelassenheit geschehen sind.«

Gideon nickte und wühlte in seinen Notizen. »Neun Leerräume, alle älter als unsere anderen Opfer. Zimmernummern…« Er ratterte die Nummern herunter, die er während seiner heimlichen Erkundung der Einrichtung dokumentiert hatte.

»Wir müssen herausfinden, wer in diese Zimmer eingewiesen

wurde, und zwar rückwirkend… Wie lange sollten wir deiner Meinung nach prüfen? Sechs Monate, ein Jahr, vielleicht?«

»Nur um sicherzugehen, das klingt gut für mich.«

Daceys Finger flogen über die Tastatur. »Ich erstelle eine Liste mit allem, was wir von Hex und Leonhard brauchen. Vollständige Eigentümerunterlagen für das Haus der Gelassenheit. Personalakten – aktuelle und ehemalige. Alle Bewohner der letzten fünf Jahre, abgleichen mit den anderen Opfern.«

»Hoffentlich hilft uns das dabei, unsere fehlende Verbindung zu finden.«

»Genau.« Dacey tippte fieberhaft. »Die Leere-Signaturen, die du gefunden hast, waren schwächer, richtig? Älter?«

»Viel älter. Wie Narben statt frischer Wunden.« Gideon blätterte durch Autopsiefotos und ordnete sie chronologisch. »Die Magie fühlte sich… abgeschwächt an. Weniger roh.«

»Also ist das, was auch immer das verursacht, schon eine Weile aktiv. Warum ist es niemandem früher aufgefallen?«

»Vielleicht, weil die Opfer offenbar eines natürlichen Todes gestorben sind?« schlug Gideon vor. »Ältere Menschen in einem Pflegeheim – niemand schaut zu genau hin.«

»Bis Brandon Cho etwas bemerkte.« Daceys Augen verengten sich. »Weswegen er wohl dran glauben musste.«

»Und dann haben sie sich ausgebreitet. Wurden mutiger.« Gideon klopfte auf Marcus Chauvins Foto. »Fingen an, Leute außerhalb der Einrichtung ins Visier zu nehmen.«

»Aber warum? Was hat sich geändert?« Dacey beendete das Tippen und drückte auf Senden bei der E-Mail an Hex und Leonhard. Sie klappte ihren Laptop mit einem Seufzer zu und fuhr sich durch ihr dunkles Haar, das dadurch leicht zerzaust wurde.

Gideon bemerkte die Schatten unter ihren Augen und die leichte Erschöpfung in ihrer normalerweise perfekten Haltung. Er spürte das Gewicht des Falls selbst – die Frustration, so nah zu sein und trotzdem wichtige Puzzleteile zu vermissen.

»Wie bist du dazu gekommen?« fragte er, um sie abzulenken. »Du hast erwähnt, dass deine Mutter aus der feinen Gesellschaft kommt. Das ist... eine ganz andere Welt.«

Daceys Gesichtsausdruck verdüsterte sich. »Jäger haben meine Mitbewohnerin im College ermordet.«

»Was?« Gideons Schock muss sich in seinem Gesicht gezeigt haben, denn Daceys Lippen verzogen sich zu einem bitteren Lächeln.

»Michelle war eine Wolfsgestaltwandlerin – ein ungebundener Wolf, was eher selten ist. Die meisten Gestaltwandler sind rudelverbunden, aber Michelle...« Dacey lächelte liebevoll bei der Erinnerung. »Sie war etwas Besonderes. Stark. Ihr Alpha war ein kontrollierender Idiot, aber sie fand einen Weg, sich zu befreien. Das erforderte großen Mut.« Dacey zeichnete Muster in das Kondenswasser, das ihr Wasserglas hinterlassen hatte. »Gott, sie war außerdem unglaublich witzig. Sie durchschaute jeden Blödsinn und sprach ihn an, ohne dabei verletzend zu sein. Ich bewunderte sie.« Ihr Gesichtsausdruck verdüsterte sich. »Eines Nachts ging sie in dem Naturschutzgebiet hinter dem Campus joggen. Kam nie zurück.«

Sie holte tief Luft. »Die Polizei sagte, es war ein Raubüberfall, der schief gelaufen ist, aber es passte nicht zusammen. Sie hatte weder ihre Geldbörse noch ihr Handy dabei. Sie wollte in ihrer Wolfsgestalt joggen gehen, also ließ sie das alles im Wohnheim. Nichts wurde gestohlen. Außerdem war sie eine Gestaltwandlerin. Es hätte mehr als einen Typen gebraucht, um sie zu überwältigen.«

»Was ist passiert?«

»Ich begann nachzuforschen. Ich schwänzte Vorlesungen, schlief kaum. Schließlich fand ich heraus, dass der Typ, mit dem sie gelegentlich etwas hatte, herausgefunden hatte, was sie war. Er hat sie bei der örtlichen Jägergilde verraten.« Ihre Stimme wurde hart. »Selbstgerechte Eiferer, die denken, es sei ihre heilige Pflicht, alle mythischen Wesen zu eliminieren. Sie sind nichts als Mörder mit einem Manifest. Normalerweise sind es nur Verlierer voller Bier, Hass und heißer Luft. Mehr steckt meistens nicht dahinter. Sie geben magischen Wesen die Schuld an ihrem verkorksten Leben. Entweder das, oder sie sind die religiösen Fanatiker – und mit denen ist es viel schwieriger umzugehen. Sie sind ohne zu zögern bereit, für ihre Sache zu sterben.«

Gideon blieb still und beobachtete, wie Emotionen über ihr Gesicht huschten.

»Ich habe sie bis zu ihrem Hauptquartier verfolgt – einem heruntergekommenen Lagerhaus am Stadtrand.« Ein Funken Zorn flackerte in ihren Augen. »Ich habe es in Brand gesetzt – mit den meisten von ihnen darin.«

»Das Conclave—«

»Oh, sie waren außer sich vor Wut.« Dacey gab ein hartes Lachen von sich. »Sie gehen normalerweise hart gegen nicht genehmigte Aktionen wie diese vor. Aber sie sahen Potenzial. Besonders nachdem sie erfuhren, dass ich eine Bennu-Gestaltwandlerin war. Weißt du, wie selten wir sind? Ein Feuergestaltwandler, der aus seiner eigenen Asche wiedergeboren werden kann? Wir sind sehr, sehr schwer zu töten.«

»Oh, ich erinnere mich,« neckte Gideon. »Ich werde nie vergessen, wie du die Ofentür aufgetreten hast und mir einen Riesenschreck eingejagt hast.«

»Dass ich nackt war, ist dir sicher nicht entgangen.«

Gideon grinste und sagte nicht, wie das in sein Gedächtnis eingebrannt war. Er versuchte, nicht oft an diese Erinnerung zu denken – sonst würde er nie etwas schaffen.

»Also... hast du danach für das Conclave gearbeitet?« fragte Gideon und wechselte das Thema.

Sie verzog das Gesicht. »Sie haben mir nicht viel Wahl gelassen: Entweder dem Conclave beitreten oder die Konsequenzen für mein eigenmächtiges Handeln tragen. Aber ehrlich? Es war das Beste, was passieren konnte. Gab mir einen Lebenssinn. Einen Weg, andere wie Michelle zu beschützen.«

»Es tut mir leid wegen deiner Freundin,« sagte Gideon leise.

Daceys Gesichtsausdruck wurde weicher. »Ja, mir auch. Aber wenigstens kam etwas Gutes dabei heraus. Das Conclave sammelte die verbliebenen Jäger ein, und ich fand meine Berufung.« Sie streckte sich, und es kehrte etwas von ihrer gewohnten Energie zurück. »Auch wenn das bedeutet, dass ich endlosen Papierkram erledigen und mit deinen schrecklichen Witzen klarkommen muss.«

»Meine Witze sind fantastisch,« protestierte Gideon.

»Das kannst du dir gerne einreden.« Dacey zog die Akten wieder zu sich heran. »Jetzt hilf mir herauszufinden, was wir hier übersehen haben.«

Sie beugten ihre Köpfe wieder über die Akten. Die Last der ungelösten Morde lag schwer zwischen ihnen, aber jetzt verstand Gideon etwas besser, warum Dacey so hart drängte, so leidenschaftlich war. Sie hatte aus erster Hand gesehen, was passiert, wenn die Gerechtigkeit versagt. Er würde sie nicht im Stich lassen.

KAPITEL 21

*G*ideon lehnte an einem Pfeiler vor dem Hoteleingang und beobachtete, wie sich der Himmel verwandelte. Tiefes Indigo verblasste zu Rot, dann zu sanften Rosatönen, die ihn an das Innere einer Meeresschnecke erinnerten.

Die Stimme seiner Mutter hallte in seinem Kopf wider: »Abendrot, Schönwetterbot; Morgenrot, Schlechtwetter droht.« Jedes Mal, wenn es einen roten Sonnenaufgang gab, schwor sie, dass ein Gewitter kommen würde. Da es Sommer in Florida war, hatte sie wohl recht – hier regnete es praktisch jeden Tag. Obwohl sie bisher Glück gehabt hatten und es geschafft hatten, seit ihrer Ankunft in Millhaven jeden Platzregen zu vermeiden.

Neben ihm blickte Dacey auf ihre Uhr. »Sie müssten jeden Moment hier sein.«

Wie durch ihre Worte heraufbeschworen, fuhr ein schwarzer SUV am Bordstein vor. Das Beifahrerfenster senkte sich und gab den Blick auf ein vertrautes, grinsendes Gesicht frei, das von wilden Locken umrahmt war.

»Da ist mein Lieblingsduo!« rief Hex.

Das Team stieg aus dem Fahrzeug – Hex als Erste, in einem Blumenkleid, das sie aussehen ließ, als käme sie gerade von einem Elternabend, obwohl Gideon wusste, dass die mächtige Zauberin einen ganzen Häuserblock dem Erdboden gleichmachen könnte, wenn sie wollte. Ihre Magie brodelte und funkelte für Gideons Sinne, passend zu ihrer lebhaften Persönlichkeit. Hinter ihr kam Santos, dessen muskulöser Rahmen die Türöffnung ausfüllte, bevor er mit einer Anmut ausstieg, die seiner Größe widersprach. Die feenhaft-telekinetische Magie des FBI-Verbindungsmanns war subtil – nur ein leichtes, summendes Vibrieren in der Luft um ihn herum, wenn er sich bewegte. MacGuire folgte als Nächster, dünn und präzise in seinen Bewegungen, mit seinem spöttischen Lächeln fest an seinem Platz. Gideons Recherche ergab, dass Gargoyles sich in acht Fuß große Steinwesen verwandeln konnten, die buchstäblich eine Tonne wogen, mit unglaublicher Kraft. Die Tatsache, dass Gargoyles fliegen konnten, verblüffte Gideon immer noch – wie war das möglich? Es war schwer, dieses Potenzial mit dem fast zierlichen Mann in Einklang zu bringen, der seine Brille im Morgenlicht zurechtrückte.

Quinn war die Letzte, ihr dunkler Pagenkopf schwang, als sie auf den Gehweg trat. Die Anwesenheit der Wahrheitssucherin machte Gideon immer etwas nervös, obwohl er nichts zu verbergen hatte. Allein die Tatsache, dass sie jede Lüge, egal wie klein, erkennen konnte, war beunruhigend.

»Ich kann es kaum erwarten, bei deiner ersten offiziellen Conclave-Untersuchung mit dir zu arbeiten, Gideon!« Santos umarmte Gideon und Dacey in einer Bärenumarmung, sein lockeres Grinsen ansteckend.

Hex folgte dicht dahinter und drückte sie beide. »Das Team ist wieder vereint! Das wird lustig!«

»Hey! Das ist mein Spruch!« beschwerte sich Dacey grinsend.

»Ist Leonhard gekommen?« fragte Gideon Hex und versuchte, nicht zu eifrig zu klingen. »Ich habe gehofft, den Mann hinter dem Monitor seit unserer letzten Untersuchung zu treffen.«

Hex' Lächeln wurde entschuldigend. »Wenn du den Numerai treffen willst, musst du zum Savannah Conclave-Komplex kommen. Leonhard verlässt seinen von Computern erfüllten Elfenbeinturm nicht.«

Gideon hoffte insgeheim, dass er eines Tages das Conclave besuchen würde. Seine Vorstellung malte ein dramatisches Bild von Gestalten in Roben, die Fackeln in Steinkorridoren hochhielten und ihre Stimmen zu uralten Gesängen erhoben. Aber er wusste, dass die Realität wahrscheinlich eher Neonlicht und Großraumbüros als ein mittelalterliches Kloster sein würde. Dennoch durfte man träumen.

Quinn trat vom SUV weg, ihre Absätze klackten auf dem Gehweg, als sie sich ihnen näherte. Ihre zurückhaltende Art stand im krassen Gegensatz zu Hex' Überschwang; manchmal fragte sich Gideon, wie die Teamdynamik funktionierte, aber irgendwie tat sie es.

»Guten Morgen.« Quinn schenkte ihnen ein zurückhaltendes Lächeln. »Schön, dich wiederzusehen, Gideon.«

MacGuires Lippen verzogen sich zu etwas, das fast wie ein Lächeln aussah. »Ich muss sagen, ich bin überrascht,« sagte er und rückte seine Brille zurecht. »Bei deiner Erfolgsbilanz, Dacey, hätte ich gedacht, dass dieser Fall inzwischen abgeschlossen wäre. Vielleicht helfen frische Augen.«

Gideon bemerkte, dass MacGuire Daceys Namen besonders betonte; seine Besorgnis war offensichtlich nicht ehrlich. Als er die Anspannung spürte, die von der neben ihm stehenden Dacey ausging, veränderte Gideon seine Position und schirmte sie teilweise vor MacGuires Blick ab. Er verstand jetzt besser Daceys Abneigung gegen MacGuire – der Mann war ein Arschloch.

MacGuire drückte absichtlich auf Daceys Knöpfe, wie es ein nerviger Geschwisterteil tun würde. Das war offensichtlich nicht ihr erster Konflikt, und Gideon bezweifelte, dass es ihr letzter sein würde. Die Feindseligkeit schien persönlich zu sein. Berufliche Rivalität? Einfache Eifersucht auf Daceys Erfolg? Oder vielleicht etwas mehr – ein abgewiesener Annäherungsversuch? Ihre Interaktionen hatten einen seltsamen Unterton, wie eine alte Wunde, die nie ganz verheilt war. Gideon machte sich eine mentale Notiz, Dacey danach zu fragen, wenn sie einen Moment allein hätten. Er vermutete, dass es eine Geschichte gab, die erklären könnte, warum MacGuire sich so viel Mühe gab, ihr auf die Nerven zu gehen.

»Habt ihr alle gefrühstückt?« fragte Gideon, um die Aufmerksamkeit von MacGuire abzulenken. »Wir könnten den Fall bei Eiern und Kaffee durchgehen.«

»Perfekt,« sagte Hex, »aber lasst uns zuerst unsere Taschen abgeben.« Sie ging zum Eingang voran.

»Der Check-in ist erst—« begann Gideon.

Hex winkte ab. »Das ist kein Problem.«

Gideon verdrehte die Augen. »Es ist schön, Hex zu sein.«

»Und wie!« Ihr Kichern hallte durch die Lobby, als sie das Team zur Rezeption führte.

Nachdem sie sich eingerichtet hatten, suchte Gideon einen Tisch in einer ruhigen Ecke des Frühstücksraums, abseits der wenigen Frühaufsteher, die sich am Buffet bedienten. Der Raum roch nach Kaffee und warmem Gebäck, und das frühe Morgensonnenlicht strömte durch die Fenster und warf lange Schatten über den gefliesten Boden.

Quinn setzte sich nur mit einer Tasse Kaffee, während Santos und MacGuire ihre Teller mit mehr Essen beluden, als Dacey sonst isst. Sobald alle am Tisch saßen, holte Dacey ihren Laptop hervor und legte gleich los.

»Haben alle die Akten durchgesehen?«

Quinn nickte und rührte ein Zuckerpäckchen in ihren Kaffee. »Gründlich. Die Leerenmagie ist anders als alles in unseren Aufzeichnungen.«

»Gut. Hat jemand etwas bemerkt, das wir übersehen haben könnten?«

Santos schüttelte den Kopf und schluckte einen Bissen Ei.

»Das Muster ist interessant – jedes Opfer hat Kontakt mit etwas oder jemandem, geht dann irgendwann später schlafen und wacht nie wieder auf. Das Problem ist, dass wir nicht wissen, wie lange das Zeitfenster zwischen dem ersten Kontakt und dem Tod ist. Wenn wir diesen Zeitraum wüssten, könnten wir eingrenzen, wohin sie gegangen sind und wen sie gesehen haben. Aber im Moment sind die Gründe, warum das passiert, und die Verbindung der einzelnen Personen noch unklar. Es ist, als würde man versuchen, durch trübes Wasser zu sehen. Wir brauchen nur einen klaren Blick, dann wird es Sinn ergeben.«

»Einverstanden,« sagte Quinn. »Obwohl der Pflegeheim-Ansatz uns einen konkreten Ausgangspunkt gibt.«

Hex zog mit einer schwungvollen Bewegung ein gefaltetes Papier hervor. »Apropos – ich habe euren Durchsuchungsbefehl für das Haus der Gelassenheit erhalten. Das ist unser bester Hinweis – ich möchte Quinn mitnehmen und anfangen, jede Person in diesem Gebäude zu befragen. Personal, Bewohner, alle. Jemand dort muss etwas wissen.«

»Ich möchte Gideon und Dacey mitnehmen, um die Todesorte noch einmal zu besuchen,« bot Santos an. »Frische Augen könnten helfen. Außerdem möchte ich tiefer in die Erbe-Stiftung und den Royal Palmetto-Ansatz eintauchen. Schauen, ob wir dort etwas ausgraben können.«

MacGuire schüttelte gegenüber Santos den Kopf. »Ich denke, das Pflegeheim ist eine bessere Nutzung unserer Zeit, aber da wir zu dritt die Interviews führen, sollten wir alles bewältigen können, was dort auftaucht.«

Gideon war erleichtert, dass er nicht mehr Zeit mit MacGuire verbringen musste. Er wusste, dass Dacey genauso empfand. Die Aussicht, dieses ewige Grinsen und die kaum verhüllte Herablassung ertragen zu müssen, wäre unerträglich gewesen. Ein paar Stunden dieser Einstellung würden jedermanns Geduld erschöpfen.

»Perfekt.« Hex holte ihr Handy heraus. »Ich starte einen

Gruppenchat, um alle über die Interviews auf dem Laufenden zu halten. Schreibt, wenn ihr etwas Interessantes findet.«

Die vertraute Aufregung einer beginnenden Jagd war wie ein Summen in der Luft zu spüren. Gideon fing Daceys Blick über den Tisch hinweg auf und sah seine Entschlossenheit dort gespiegelt. Vielleicht würden sie endlich anfangen, echte Antworten zu bekommen, jetzt, wo das ganze Team an Bord war.

* * *

ALS DACEY von Eleanor Prestons perfekt gepflegtem Rasen wegfuhr, sackte Gideon auf dem Beifahrersitz zusammen. Die späte Morgensonne schien durch die Windschutzscheibe und er ärgerte sich, dass er seine Sonnenbrille im Hotel vergessen hatte. Sie hatten die letzte Stunde damit verbracht, Prestons Hausmädchen Dolores auszufragen, obwohl sie ihnen schon beim ersten Mal alles gesagt hatte, was sie wusste. Davor hatten sie Brandon Chos zunehmend irritierten Mitbewohner ertragen, der klargemacht hatte, dass er eine Beschwerde einreichen würde, wenn sie noch einmal vor seiner Tür auftauchten. Marcus Chauvins Haus war eine weitere Sackgasse gewesen – auch dort nichts Neues. Sie mussten noch den Tätowierladen überprüfen, in dem Chauvin arbeitete, Joes Camp im Wald aufspüren und Willa Wagners sowie Grant Vandermeers Häuser besuchen.

»Nun, das war ja ein voller Reinfall,« sagte Dacey und bog in die Oak Street ein. Ihre Finger trommelten im Stakkato gegen das Lenkrad, was Gideon zeigte, wie frustriert sie war.

Santos lehnte sich vom Rücksitz nach vorne. »Manchmal ist es auch wertvoll zu bestätigen, was wir bereits wissen. Wir können definitiv alle neuen Ansätze von diesen Standorten ausschließen.«

»Das ist eine sehr diplomatische Art zu sagen, dass wir unseren Morgen verschwendet haben,« antwortete Gideon, auch wenn er Santos' Versuch, ihre Stimmung zu heben, schätzte.

Sein Handy piepte und meldete eine Nachricht von Vena, und obwohl es nur Text war, sprang ihre Aufregung förmlich vom Bildschirm:

Diese Leerenmagie ist faszinierend – anders als alles in meinen Nachschlagewerken. Ich werde tiefer in einige der älteren Zauberbücher eintauchen. Es könnte historische Präzedenzfälle geben, die wir noch nicht sehen. Halte euch auf dem Laufenden, sobald ich etwas Konkretes finde!

Gideon musste lächeln. Verlass auf Vena, dass sie Freude daran findet, etwas zu entdecken, das ihr Leben erschwert. Kaum hatte er zu Ende gelesen, kam eine zweite Nachricht von Hex:

Wir sind zur Hälfte mit den Personalbefragungen im Haus der Gelassenheit durch. Niemand scheint bisher etwas über die Todesfälle zu wissen, aber Manager Bob Stibbons bestätigte, dass Brandon Cho sich über die Sterberate beschwert hatte. Er sagte, Cho dachte, Bewohner würden durch Vernachlässigung sterben und hatte Bedenken zur Sicherheit der Einrichtung geäußert – anscheinend ist es ziemlich einfach, dass Leute einfach rein- und rausspazieren. Habe auch einige finanzielle Unregelmäßigkeiten in Stibbons' Buchhaltung entdeckt. Sieht so aus, als hätte er die verstorbenen Bewohner wochenlang nach ihrem Tod weiter in den Büchern geführt, um deren Leistungen zu kassieren. Beginne bald mit Nachtschichtbefragungen. Halte euch auf dem Laufenden.

Gideon leitete die Informationen an Dacey und Santos weiter.

»Also ist Stibbons gerade ganz oben auf unserer Verdächtigenliste gelandet,« sagte Dacey und verkrampfte die Hände am Lenkrad. »Finanzielles Motiv für die Todesfälle, Zugang zur Einrichtung, Kenntnis der Bewohnerpläne ….«

»Und Vena freut sich, ein neues magisches Rätsel lösen zu dürfen,« fügte Gideon hinzu.

»Wenigstens hat jemand Spaß,« murmelte Dacey und bog in die Straße ein, die sie zu dem Gebiet führen würde, wo Joes Camp gewesen war. »Obwohl, wenn jemand Beweise dafür auftreiben kann, dass diese Leerenmagie schon früher existiert hat, dann ist es Vena. Niemand kennt die magische Geschichte so gut wie sie.«

Im Auto wurde es still, während sie fuhren; jeder hing seinen Gedanken nach. Gideon schloss die Augen und rieb sich die Schläfen, um die Kopfschmerzen zu vertreiben, die ihn seit dem Morgen plagten.

KAPITEL 22

»Verdammt!« Daceys Fluch riss Gideon aus dem Schlaf. Er blinzelte, desorientiert, und wurde sich bewusst, dass er wohl nur für ein paar Minuten eingenickt sein musste. Als er um sich blickte, klappte ihm der Mund vor Überraschung auf.

Ein Unabhängigkeitstag-Festzug füllte die Straße vor ihnen, ein Meer aus Rot, Weiß und Blau blockierte ihren Weg. Die Blechbläsersektion einer Highschool-Marschkapelle schmetterte »Stars and Stripes Forever«, während Majoretten Stäbe wirbelten, die im Morgensonnenlicht blitzten. Hinter der Kapelle kroch eine Prozession von Festwagen die Straße entlang, darunter einer, der mit Blumen bedeckt war und mehrere Mitglieder der Erbe-Stiftung trug, die alle Blumensträuße hielten und der Menge zuwinkten.

»Mist, ich hatte die Unabhängigkeitsfeier heute völlig vergessen,« murmelte Dacey vor sich hin, dann fügte sie hinzu: »Wir kommen durch dieses Chaos nicht durch. Lass mich umdrehen und einen Parkplatz finden. Wir gehen zu Fuß zu Joes Lager.«

Sie machte eine enge Kehrtwende und zwängte den Wagen nach mehreren frustrierenden Minuten in eine Lücke in einer

Seitenstraße, mehrere Blocks entfernt. Sie machten sich auf den Weg zurück zur First Street, wo sich die Metro-Speisehalle befand, mit dem Plan, den Platz hinter dem Restaurant zu nutzen, um zu Joes Lager zu gelangen.

Als sie sich der Festzugroute näherten, brandete der Lärm der Feier über sie hinweg – Kinder kreischten vor Vergnügen, die dröhnende Musik der Marschkapelle und die Miniatur-Clown-autos, die herumflitzten und dabei dröhnten. Die Menge drängte sich gegen die Straßensperren, beobachtete den Festzug und fing die von den Wagen geworfenen Süßigkeiten auf.

Sie kamen auf Höhe des Festzugs und hielten an der Ecke an, warteten auf eine Lücke in der Prozession, um die Straße zu überqueren.

»Es ist Zeit!« Eine vertraute Stimme schrie.

Astrid stand an der Ecke und sah noch zerzauster aus als beim letzten Mal, als er sie gesehen hatte. Ihr blondes Haar hing in verfilzten Knoten um ihr Gesicht, als hätte sie sich mitten in einem Hurrikan im Schlamm gewälzt. Trotz der Sommerhitze trug sie zwei zerfetzte Jacken über ihrer schmutzigen Kleidung. Dunkle Linien bedeckten fast jeden sichtbaren Zentimeter Haut – gezackte Runen und chaotische Markierungen bildeten einen unentzifferbaren Teppich auf ihrer sonnenverwitterten Haut.

Mit hektischen Bewegungen riss sie ihre Jacken herunter und warf sie beiseite, sodass sie nur noch in schmutzigen Jeans und einem Tanktop dastand. Sie zeigte mit dem Finger auf Gideon. »Du musst sehen! Du musst verstehen!« Ihre Stimme erhob sich über den Lärm des Festzugs. »Das muss passieren, damit du sehen kannst – es ist der einzige Weg!«

Bevor jemand reagieren konnte, wirbelte sie auf dem Absatz herum und floh eine Seitenstraße hinunter.

»Astrid, warte!« rief Dacey. »Wir wollen nur mit dir reden!«

»Wer zum Teufel ist das?« fragte Santos, als sie hinter ihr herrannten.

Gideons Füße polterten gegen den Bürgersteig, während sie

rannten. Vor ihnen bog eine Gruppe von Festzugsbesuchern um die Ecke, miniatur-amerikanische Flaggen schwenkend in ihren Händen. Er wich nach links aus und sprang auf jemandes Rasen, um sie zu umgehen. Seine Anzugschuhe rutschten auf dem feuchten Gras, und er ruderte mit den Armen, um das Gleichgewicht zu halten.

»Entschuldigung! Entschuldigen Sie!« rief er, während sie sich durch die Gruppe schlängelten. Eine ältere Frau umklammerte schützend ihre Flagge, als sie an ihr vorbeiflitzten. Das Geräusch des Festzugs wurde mit jedem Block schwächer und wurde durch ihr schweres Atmen und das Klatschen von Schuhen gegen Beton ersetzt.

Gideons Lungen brannten, während sie rannten. »Sie ist eine Völva,« erklärte er Santos zwischen keuchenden Atemzügen. »Sie hat Zukunftsvisionen. Die haben sie verrückt gemacht. Sie war mit Joe befreundet.«

Gideons Zeh verfing sich an der Kante eines Bordsteins, und er stolperte, fing sich gerade noch ab. Hinter ihm fluchte Santos, als er fast in Gideons Rücken hineinlief. Sie bogen um eine weitere Ecke und wichen einem Paar aus, das seinen Hund spazieren führte. Das arme Tier jaulte überrascht auf und zerrte an seiner Leine.

Vorn verschwand Astrids Gestalt um eine weitere Ecke, ihr Tanktop ein Blitz aus schmutzigem Weiß gegen die Backsteingebäude.

»Ist sie halb Gazelle oder was?« keuchte Santos.

Sie bogen um die Ecke und blieben abrupt stehen. Astrid stand auf der gegenüberliegenden Straßenecke von ihnen und wartete, ihre wilden Augen auf sie gerichtet. Die Stille fühlte sich seltsam an nach dem Chaos der Festzugroute. Hier konnten sie Vögel in den Bäumen singen hören, die den Bürgersteig säumten, und irgendwo in der Ferne piepste ein Autoalarm.

Dacey hob die Hände. »Wir wollen nur reden.«

»Es ist Zeit.« Astrids Stimme war unheimlich ruhig geworden.

»Zeit wofür?« fragte Dacey.

»Zeit, dass ihr Zeugnis ablegt.« Astrids Blick fixierte sich auf Gideon. »Mein Geist ist gezeichnet, und meine Abrechnung ist gekommen. Der Berg ruft mich fort, und ihr müsst es bezeugen. Ich weiß, ihr versteht es nicht – aber es ist der einzige Weg.« Ihr Ausdruck wurde für einen Moment weicher. »Das muss passieren, damit du wirklich sehen kannst.«

Bevor Gideon ihre Worte verarbeiten konnte, blickte Astrid ihm in die Augen. Ihr Starren war wild, fast besessen – dunkle Iriden voller wahnsinniger Intensität. Sie sprintete auf die Straße, direkt auf sie zu, ihre Bewegungen ruckartig und verzweifelt, Stiefel hämmerten gegen den sonnengebackenen Asphalt. Ihr Gesicht verzog sich zu etwas zwischen einer Grimasse und einem Lächeln, Tränen strömten ihre Wangen hinab, ihre Haut fast leuchtend im hellen Nachmittagslicht.

Die Zeit schien sich zu verlangsamen. Jeder Herzschlag dehnte sich zu einer Ewigkeit aus. Das Kreischen von Reifen erfüllte die Luft und übertönte die fernen Trompeten und den Schlag der Trommeln. Ein blauer SUV erschien wie aus dem Nichts. Gideon sah alles in brutaler Klarheit: Astrids Haar peitschte über ihr Gesicht, ihre Arme weit ausgebreitet, ein fast seliges Lächeln zierte ihr Gesicht, der Mund des Fahrers offen in einem Schrei.

Der Aufprall hob Astrid von den Füßen, ihr Körper wurde über die Motorhaube geschleudert, bevor sie wie eine Stoffpuppe nach vorn flog. Das dumpfe Geräusch ihres Körpers gegen Metall durchschnitt die Festzugmusik. Astrid schlug hart auf das Pflaster auf, rollte dann zu einem verkrümmten Haufen zum Stillstand, Arme und Beine ausgestreckt wie eine zerbrochene Marionette. Ein einzelner Stiefel, durch die Wucht losgerissen, landete mehrere Meter entfernt. Hinter ihnen spielte die Kapelle weiter, ahnungslos.

Ihre Schreie und Ausrufe des Schocks überlappten sich, als sie zu der Stelle rannten, wo Astrid zusammengekrümmt auf dem Rücken lag, Augen offen, aber flach atmend. Dacey ließ sich neben ihr auf die Knie fallen. »Astrid! Kannst du mich hören? Bleib bei uns, okay? Wir holen sofort Hilfe!«

Ihr Blick fand Gideons Gesicht, und ihre Lippen bewegten sich. »Endlich,« flüsterte sie, dann glitten ihre Augen zu.

»Astrid! Astrid, mach die Augen auf!« Daceys Stimme brach, als sie Astrids Hand ergriff. »Hilfe ist unterwegs, das verspreche ich. Halte einfach durch!«

Hinter ihm telefonierte Santos mit dem Notruf, während der Fahrer schluchzte: »Sie kam aus dem Nichts! Ich wollte nicht – sie ist einfach direkt rausgelaufen!«

Dacey drückte ihre Finger an Astrids Hals, ihre andere Hand hielt noch immer Astrids fest. »Sie hat einen Puls. Sie ist nur bewusstlos.« Ihre Stimme wurde sanfter, als sie sich näher zu Astrids Ohr beugte. »Du wirst in Ordnung sein. Wir haben dich. Bleib einfach bei uns.«

Magie entlud sich aus Astrids regloser Gestalt mit der Wucht eines Donnerschlags. Die Kraft drückte Gideon in die Knie, seine Brust verengte sich vor plötzlichem Druck. Die Wellen trafen ihn erbarmungslos, jede stärker als die letzte, schlugen auf ihn ein wie eine unsichtbare Flut. Seine Ohren knackten, und die Welt schien seitlich zu kippen. Er konnte Daceys besorgte Stimme kaum über das Rauschen in seinen Ohren hören.

»Gideon? Was ist los?«

Das Gefühl war anders als alles, was er je erlebt hatte. Wo normale Magie Textur hatte – Hex' blubbernde Funken, Santos' subtile Vibrationen – war das hier reines Chaos. Astrids Magie schraubte sich nach oben, die Spiral-Tätowierung auf ihrer Brust hob sich buchstäblich von ihrer Haut und schwebte über ihrem Körper wie ein Wirbelsturm, gewann an Geschwindigkeit. Die Sogwirkung des Strudels zog an ihm, magische Energie heulte um sie herum wie ein Hurrikan. Jeder

Atemzug fühlte sich an, als würde er zerbrochenes Glas einatmen, und seine Haut kribbelte, als würden Tausende von Insekten über sie marschieren. Seine magischen Sinne schrien protestierend auf, als sich Kraft aufbaute und aufbaute, weit über das hinaus, was ein einzelner Mensch enthalten können sollte.

Der Mahlstrom der Energie wurde stärker, aus Astrids Körper in sichtbaren Strömen gesogen, die höher und höher spiralten. Die Luft schien zu vibrieren, und Gideons Zähne schmerzten vom Druck. Seine Sicht verschwamm an den Rändern, Dunkelheit kroch herein, aber er konnte den Blick nicht abwenden. Der magische Wirbelwind pulsierte mit einem jenseitigen Licht, Kraftfäden webten sich zu einem Muster zusammen, das er fast erkannte, bevor alles zusammenbrach.

Dann, mit einem Geräusch wie ein hastiger Atemzug, kollabierte der magische Zyklon in sich und verschwand. Das plötzliche Fehlen von Druck ließ Gideons Kopf sich drehen. All Astrids Magie und Lebenskraft wurden aus ihrer regungslosen Gestalt gerissen und hinterließen eine Leere – eine gefräßige Leere, wo ihre Essenz abgesaugt und verschlungen worden war. Die Falschheit traf ihn wie ein körperlicher Schlag. Sein Magen krampfte sich heftig zusammen, als das hungrige Nichts nach ihm griff. Er krümmte sich zusammen, übergab sich, die Dunkelheit zog an etwas tief in ihm und ließ ihn wieder und wieder würgen. Die Luft selbst schien dunkler um ihren Körper herum, obwohl er wusste, dass das nur seine Einbildung war.

»Was zum...« Gideon fiel zurück und fing sich mit den Handflächen ab. Seine Arme zitterten so stark, dass er sich kaum halten konnte. »Was zum Teufel war das?« stieß er heiser vor entsetztem Schock hervor.

Er kroch zu Astrids Körper, jede Bewegung ein Kampf gegen die Übelkeitswellen, die über ihn hinwegspülten. »Sie ist weg. Die Leere ist hier.«

»Was?« Daceys Hand lag noch immer an Astrids Hals. »Was

meinst du? Sie ist nicht—« Ihre Worte brachen ab, als ihr klar wurde, dass Astrid nicht mehr atmete.

Gideon wollte gerade nach Astrid greifen, dann erstarrte er und starrte schockiert auf ihre Brust. »Die Spiral-Tätowierung ist verschwunden.«

»Welche Tätowierung?«

»Die Spiral-Tätowierung, die auf ihrer Brust war.« Gideons Stimme zitterte. »Sie ist weg.«

Er setzte sich auf die Fersen zurück und versuchte zu verarbeiten, was er gerade miterlebt hatte. In der Ferne konnte er noch immer den Festzug hören – die Jubelrufe und Musik ein surrealer Kontrapunkt zu der Stille, die über ihre kleine Gruppe gefallen war. Der Fahrer hatte aufgehört zu schluchzen und sprach leise mit Santos, der noch immer sein Telefon am Ohr hatte. Aber alles, worauf sich Gideon konzentrieren konnte, war die Leere, die nun dort residierte, wo Astrids Magie gewesen war, und die wachsende Gewissheit, dass sie gewusst hatte, dass das passieren würde.

KAPITEL 23

Die roten und weißen Lichter des Krankenwagens blitzten gegen die Gebäude, jeder Blitz jagte einen Schmerz durch Gideons Schädel. Er saß auf dem Bordstein, die Hände zwischen den Knien baumelnd, und beobachtete, wie die Sanitäter Astrid vorsichtig in den Leichensack legten, der auf dem Pflaster ausgebreitet war. Das Geräusch des Reißverschlusses, der sich um ihren Körper schloss, dröhnte unnatürlich laut durch die stille Straße und ließ ihn zusammenzucken. Sie hoben sie mit geübter Effizienz in den Krankenwagen. Ihm wurde erneut übel bei der Erinnerung an diese entsetzliche magische Leere, wo ihre Lebenskraft gewesen war.

Die Türen des Krankenwagens schlossen sich mit einem lauten Knall, der Gideon zusammenzucken ließ.

Dacey und Santos standen ein paar Schritte entfernt und berieten sich mit Polizisten und Sanitätern. Gideon fing Fragmente ihres düsteren Gesprächs auf – »rannte in den Verkehr,« »konnte nicht rechtzeitig bremsen,« »haben bereits den Todeszeitpunkt festgestellt.« Durch die offenen Türen eines zweiten Krankenwagens saß die Fahrerin zusammengekauert, in eine silberne Rettungsdecke gehüllt, den Kopf in den Händen. Ein

Sanitäter schwebte in der Nähe und bot leise tröstende Worte an. Gideon fragte sich, ob die arme Frau jemals wieder diese Straße entlangfahren würde, ohne Astrids letzte Momente vor ihren Augen ablaufen zu sehen.

Er wollte gerade versuchen aufzustehen, als er Schritte näher kommen hörte. Er blickte auf und sah Detective Victor Voss auf sie zukommen. Normalerweise hätte die Anwesenheit des Basiliskenwandlers seine Nackenhaare gesträubt, aber im Moment war er zu erschöpft, um sich darum zu scheren.

»Dacey.« Voss' gemessene Stimme durchschnitt das Hintergrundgeräusch der Polizeifunkgeräte und murmelnden Beamten. »Ich bin gekommen, sobald ich es gehört habe.«

Dacey drehte sich um, um den Detective zu begrüßen, ihr Ausdruck wurde etwas weicher. »Victor. Danke fürs Kommen.« Sie deutete auf Santos. »Das ist Agent Santos, er arbeitet mit uns an dem Fall. Santos, das ist Detective Victor Voss von der Polizei Millhaven.«

Santos streckte seine Hand aus, die Voss fest schüttelte. »Detective. Ich wünschte, wir würden uns unter besseren Umständen treffen.«

»Ebenfalls.« Voss' Blick schweifte über die Szene, verweilte bei den Bremsspuren auf dem Pflaster, bevor er sich auf Gideon richtete. »Was ist hier passiert?«

Gideon hielt seine Stimme sorgfältig neutral, als er beschrieb, wie Astrid sie von der Parade weggelockt und dann plötzlich in den Verkehr gerannt war. Er ließ jede Erwähnung dessen weg, was er magisch gespürt oder gesehen hatte, und beschränkte sich auf die Fakten, die jeder hätte beobachten können.

»Nach dem Aufprall war sie kurzzeitig bei Bewusstsein, aber dann verlor sie das Bewusstsein und wir konnten sie nicht wiederbeleben,« fügte Dacey leise hinzu.

Voss hörte aufmerksam zu, sein Gesicht wurde mit jedem Detail düsterer. »Glauben Sie, dass dieser Unfall irgendwie mit Ihrem Fall zusammenhängt?« Als Dacey nickte, fuhr er sich mit einer Hand durch das dunkle Haar, eine überraschend menschliche Geste für einen Basiliskenwandler. »Ich bin froh, dass das Conclave tiefer in diese Sache eintaucht. Was auch immer hier passiert... es ist jenseits von allem, womit ich jemals zu tun hatte.«

»Wir kriegen das schon raus,« versicherte ihm Dacey, auch wenn ihre Stimme weniger zuversichtlich klang als sonst.

Voss nickte. »Ich muss Bürgermeisterin Dornbusch sofort darüber informieren. Sie wird wissen wollen, warum es einen Zwischenfall bei der Parade gab.« Er sah auf seine Uhr. »Ich sollte das jetzt erledigen.«

»Sehen wir uns später beim Gerichtsmediziner?« fragte Dacey.

»Ja. Ich werde da sein.« Voss' Ausdruck verhärtete sich. »Was auch immer hinter diesen Todesfällen steckt – wir müssen es stoppen, bevor noch jemand stirbt.«

Sie sahen ihm zu, wie er wegging, seine große Gestalt bahnte sich mit geübter Leichtigkeit durch die sich versammelnde Menge der Schaulustigen. Dacey winkte den Beamten zum Abschied und ging auf Gideon zu, das Telefon in der Hand. »Ich habe das Team in einem Gruppenanruf,« sagte sie und hielt das Telefon hoch. »Kannst du ihnen berichten, was passiert ist?«

Gideon schluckte schwer, sein Mund war trocken. »Ja.« Er räusperte sich. »Astrid... sie lockte uns von der Parade weg. Als wir sie einholten, rannte sie einfach... sie rannte in den Verkehr. Sie sagte, dass es Zeit sei und dass wir Zeuge werden müssten. Nachdem das Auto sie getroffen hatte, war sie einen Moment lang wach, aber dann fiel sie ins Bewusstlose.« Seine Stimme brach. »Die Magie, die aus ihr strömte – so etwas habe ich noch nie erlebt. Es war wie ein umgekehrter Tornado aus reiner Energie, der sich von ihrem Körper nach oben drehte und ihre Magie wegsaugte. Die Spiral-Tätowierung auf ihrer Brust... die sich von ihrer Haut löste und in die Luft über ihr erhob. Es war wie ein dunkler Strudel, der ihr Wesen aufsaugte. Und dann brach alles einfach in sich zusammen. Alles, was sie war, ihre ganze Magie, ihre Lebenskraft – es wurde ins Nichts gesogen. Alles, was übrig blieb, war die Leere.«

»Wenn da eine Spiral-Tätowierung auf ihrer Brust war, ist sie jetzt weg,« warf Dacey ein. »Wir haben nachgesehen.«

»Wie sah die Tätowierung genau aus?« kam Hex' Stimme knisternd aus dem Lautsprecher.

Gideon rieb sich die Schläfen. »Wie eine Spirale, irgendwie wie eine Muschel? Aber ich habe nie einen guten Blick darauf bekommen.«

»Könntest du sie zeichnen?« fragte Leonhard. »Schick sie uns allen?«

»Ich kann es versuchen, aber wie gesagt, ich hatte keine gute Sicht. Hat jemand schon einmal so eine Magie erlebt?« fragte Gideon. »Diese Art von... saugender Dunkelheit?«

Santos schüttelte den Kopf. »Viele Tätowierungen sind mit Magie durchdrungen. Aber ich habe noch nie von einer gehört, die jemandes Lebenskraft und Magie auf diese Weise entziehen könnte. Das ist etwas völlig anderes.« Er blickte zu den Beamten hinüber, die den Umkreis sicherten. »Warte mal kurz.«

Er joggte zu einem uniformierten Beamten hinüber, sprach kurz mit ihm und kehrte mit einem kleinen Notizblock und Bleistift zurück. »Hier, zeichne, was du gesehen hast. Vielleicht hilft uns eine Visualisierung.«

Gideon nahm den Notizblock, seine Hand zitterte leicht, als er das Spiralmuster skizzierte. Er runzelte konzentriert die Stirn, radierte ein paar Linien aus und zeichnete sie neu. Er war kein Künstler, aber die Form nahm allmählich Gestalt an.

»Ich bin nicht sehr gut im Zeichnen,« gab er zu, »aber das kommt dem ziemlich nahe, woran ich mich erinnere.« Die grobe Skizze erfasste das Wesen der Spirale. Er holte sein Telefon heraus und machte ein Foto.

»Ich schicke das allen,« sagte Gideon und schickte es schnell an die Gruppe.

»War da noch etwas anderes an ihr, was das Ereignis hätte auslösen können?« MacGuires Stimme war angespannt vor Sorge.

»Ich habe sie schnell untersucht,« antwortete Dacey. »Ich habe nichts Offensichtliches gesehen, aber wir werden nach der Autopsie mehr wissen....« Sie brach ab und blickte dem sich entfernenden Krankenwagen nach.

»Was hat sie getötet?« fragte Hex leise. »Das Auto oder die Magie?«

»Das werden wir herausfinden.« Daceyes Kiefer spannte sich entschlossen an. »Wir werden zuerst diese Szene untersuchen, dann die anderen Tatorte besuchen, bevor wir zum Gerichtsmediziner gehen. Dr. Blackwood braucht Zeit, um die Autopsie zu vervollständigen, also hat es keinen Sinn, sofort dort aufzutauchen.« Sie wandte sich Gideon zu, ihr Ausdruck wurde etwas weicher. »Aber jetzt wirst du hier sitzen und dich ausruhen, während Santos und ich uns umsehen.«

»Mir geht es gut—« begann Gideon zu protestieren und drückte sich hoch.

»Du hast gerade etwas erlebt, das einer magischen Bombe gleichkommt,« unterbrach ihn Dacey. »Setz dich jetzt gefälligst hin und ruh dich aus.«

Santos drückte seine Schulter. »Sie hat recht, Mann. Nimm dir eine Minute zur Erholung. Wir kümmern uns darum.«

Gideon sank wieder hinunter und beobachtete, wie sie begannen, das Gebiet methodisch zu durchsuchen. Er starrte auf den Boden zwischen seinen Knien und spielte die Szene immer und immer wieder ab. Wie Astrid gelächelt hatte, kurz bevor... Die Erinnerung ließ ihn wieder übel werden.

Ein Paar vertrauter Schuhe erschien zwischen seinen Füßen nach dem, was sich wie Stunden anfühlte, aber wahrscheinlich nur Minuten waren. Er blickte auf und fand Dacey über ihm stehend, ihr Gesicht von Erschöpfung gezeichnet trotz des Lächelns, das sie aufgesetzt hatte.

»Wir haben nichts gefunden,« sagte sie leise. »Blackwood wird die Autopsie beschleunigen, aber es wird trotzdem Zeit dauern. Wir sollten mit unserer Untersuchung voranschreiten.« Sie streckte eine Hand aus. »Bereit, Joes Lager zu überprüfen, oder brauchst du noch eine Minute?«

»Nein, mir geht's gut.« Er nahm ihre Hand und zog sich hoch, seine Beine waren stabiler als er erwartet hatte.

Die Parade hatte sich aufgelöst, als sie sich auf den Weg zurück zur Metro-Speisehalle machten, das einzige Zeichen ihres Vorbeiziehens eine Spur aus weggeworfenen Fahnen und Bonbonpapieren. Sie wanderten schweigend hinter das Restaurant zu Joes Lager. Die Leere dort war seit ihrem letzten Besuch verblasst, kaum ein Flüstern im Vergleich zu der rohen Wunde von Astrids Tod. Nachdem er miterlebt hatte, wie eine Leere aus erster Hand entstand, fühlte sich diese frühere Leere fast... friedlich an. Der Gedanke ließ einen bitteren Nachgeschmack zurück.

»Komm schon,« sagte Dacey und zupfte an seinem Ärmel. »Mein Blutzucker ist im Keller und ich brauche dringend Koffein. Lass uns was essen.«

Gideon nickte und folgte ihrer Führung. Sein Magen knurrte und erinnerte ihn daran, dass es Stunden seit dem Frühstück her war. Obwohl Essen das Letzte war, woran er dachte, wusste er, dass Dacey recht hatte – sie brauchten Kraft für das, was als Nächstes kam. Und etwas sagte ihm, dass sie all ihre Kraft brauchen würden, um das Geheimnis zu entschlüsseln, das Astrid hinterlassen hatte.

Als sie zum Eingang der Speisehalle gingen, konnte Gideon das Gefühl nicht abschütteln, dass Astrids letzte Worte – »Das muss passieren, damit ihr wirklich sehen könnt« – mehr waren als nur das Gerede eines beschädigten Geistes. Sie hatte gewollt, dass er ihren Tod miterlebt. Aber warum? Er hatte nichts bemerkt, was half – außer der Tätowierung und dem magischen Tsunami.

Die Glocken über der Tür der Speisehalle klingelten, als sie das Restaurant betraten, der Geruch von Pommes frites und gegrillten Zwiebeln umhüllte sie wie eine warme Decke. Aber selbst als Dacey sie zu einer Sitznische führte, kreisten Gideons Gedanken immer wieder zu dieser Spiral-Tätowierung zurück und wie sie sich von Astrids Haut erhoben und in einen Staubsauger verwandelt hatte.

Santos setzte sich ihnen gegenüber in die Sitznische, während Dacey sich neben Gideon niederließ. Er spürte ihre körperliche Wärme deutlich, die sich an seine Seite schmiegte, ein starker Kontrast zu der kalten Leere, die er zuvor empfunden hatte. Das Vinylkissen quietschte, als sie sich setzte und eine Speisekarte hinter dem Serviettenspender hervorzog.

»Ich glaube, ich weiß, warum sie es getan hat,« sagte Gideon plötzlich, leise. »Warum sie sich umgebracht hat, meine ich.« Er blickte zwischen den Gesichtern seiner Partner hin und her und sah denselben gequälten Blick, den er fühlte, in ihren Augen widergespiegelt. »Sie wollte, dass ich die Tätowierung sehe und was sie tut, wenn die Person entweder bewusstlos wird oder stirbt. Deshalb sorgte sie dafür, dass ich da war, um es mitzuerleben. Wenn sie bereits die Tätowierung hatte und dem Untergang geweiht war – sie lebte bereits auf geliehene Zeit –, war das vielleicht ihre Art, uns etwas Wichtiges zu zeigen.«

»Weil du der Einzige bist, der die Magie der Leere sehen und fühlen kann,« sagte Santos langsam, als die Erkenntnis in seinem Gesicht dämmerte.

Gideon nickte. »Ich denke, wir sollten als Nächstes zu Wilde Hof Tätowierungen gehen. Dieses Spiralmuster scheint der Schlüssel zu dem zu sein, was mit Astrid passiert ist – und vielleicht den anderen.« Er holte das Stück Papier heraus und studierte die Zeichnung wieder. Die einfache Spirale schien ihn zu verspotten. »Ich möchte es Chauvins Kollegen zeigen und sehen, ob sie das Bild erkennen. Marcus war ein Fee-Tätowierer, und jetzt haben wir Beweise für eine seltsame Todes-Tätowierung. Vielleicht haben wir dort etwas übersehen.«

»Glaubst du, der Tätowierer war beteiligt?« fragte Santos.

»Es ist möglich,« sagte Gideon nachdenklich. »Marcus war das erste Opfer nach den Pflegeheimmorden. Vielleicht hat er oder jemand bei Wilde Hof Tätowierungen dieses Design geschaffen. Oder vielleicht sind sie schon einmal auf etwas Ähnliches gestoßen – sie könnten andere Künstler kennen, die sich auf Spiralmuster spezialisiert haben. An diesem Punkt ist jede Spur es wert, verfolgt zu werden.«

Gideons Gedanken wanderten zurück zu Astrids letzten Momenten. Ihre Worte hallten in seiner Erinnerung nach: »Das muss passieren, damit ihr wirklich sehen könnt.« Sie hatte gesagt, dass ihr Geist gezeichnet war. Damals hatte er gedacht, sie spreche metaphorisch – irgendeine kryptische Warnung über die Dunkelheit ihrer Seele. Jetzt war er sich nicht mehr so sicher. Sie hatte gewollt, dass er die Macht der Tätowierung miterlebt, dass er versteht, womit sie es zu tun hatten. Aber zu verstehen, was die Tätowierung tat, war nicht dasselbe wie zu wissen, wie man sie davon abhalten konnte, weitere Opfer zu fordern.

Ein Kellner näherte sich ihrem Tisch, Notizblock in der Hand. Trotz des Durcheinanders in seinem Magen bestellte Gideon ein Schinken-Käse-Toast und Pommes. Er war sich nicht sicher, ob er etwas bei sich behalten konnte, aber er wusste, dass er es versuchen musste.

Santos nahm die Zeichnung und betrachtete das Bild.

»Es sieht wirklich wie eine Spiralmuschel aus,« sinnierte er. »Wie ein Nautilus oder eine Widderhornschnecke.«

»Ich bin mir nicht ganz sicher, wie genau es ist. Es ist ja nicht so, als hätte ich gewusst, dass ich es mir genau ansehen sollte,« gab Gideon zu. »Aber das ist das Beste, was ich aus dem machen konnte, was ich gesehen habe.«

Dacey trommelte nachdenklich mit den Fingern auf den Tisch. »Lass uns schnell essen und zu Wilde Hof Tätowierungen gehen. Ich will dort sein, bevor der Gerichtsmediziner fertig ist.«

KAPITEL 24

*W*ild Court Tattoos war – wie die Hälfte der Läden in der Innenstadt – wegen der Feierlichkeiten zum 4. Juli geschlossen, als sie ankamen. Gideons Frustration wuchs, als sie erneut auf eine Sackgasse stießen. Die anderen Tatorte hatten sich als ebenso fruchtlos erwiesen, was seine Befürchtungen bestätigte.

Gideon blickte aus dem Beifahrerfenster von Daceys Auto und ließ Millhaven in einem Schleier aus Farben und Bewegungen an sich vorbeirauschen. Er hielt sein Handy in die Mitte des Fahrzeugs und schaltete das Gespräch auf Lautsprecher, damit alle es hören konnten. Er schilderte Vena die Spiral-Tätowierung und den heftigen magischen Strudel, der bei Astrids Tod entfesselt wurde.

»Mit nichts, was Du beschreibst, bin ich vertraut,« sagte Vena, ihre Stimme nachdenklich. »Spiralmotive kommen in verschiedenen magischen Traditionen vor, aber keine davon stimmt mit dem überein, was du erlebt hast.«

»Welche Traditionen verwenden Spiralen?« fragte Santos vom Rücksitz aus und lehnte sich zwischen Dacey und Gideon nach vorne.

»Hmm... Lass mich überlegen... Keltische Magie verwendet Spiralen, um spirituelle Reisen und Wiedergeburt darzustellen. Ich habe gelesen, dass manche Praktiker sie verwenden, um Portale zwischen Welten zu schaffen. Die Māori haben Koru-Spiralen, die neues Leben und Wachstum symbolisieren. Ägyptische magische Praktiken verwenden Spiralen, um die Reise der Seele darzustellen...« Vena hielt inne. »Aber keine dieser Traditionen umfasst Todesmagie oder das Entziehen der Lebenskraft, wie du es beschrieben hast.«

Gideon drückte sich den Nasenrücken. »Wieder eine Sackgasse?«

»Nicht unbedingt. Der Muschel-Aspekt ist interessant...« Venas Stimme wurde distanziert, als hätte sie sich vom Telefon abgewandt. »Ich muss magische Praktiken recherchieren, bei denen Muscheln verwendet werden. Da könnte etwas sein...«

»Lass uns wissen, falls Du etwas findest,« sagte Gideon.

»Werde ich. Bleibt sicher.« Das Gespräch endete, als Dacey neben dem Büro des Gerichtsmediziners in eine Parklücke einbog.

Nach Jahren der Arbeit in einem Krematorium bemerkte Gideon den scharfen antiseptischen Geruch des Büros des Gerichtsmediziners kaum noch – es war nur eine weitere Variante der klinischen Gerüche, die ihm so vertraut waren wie die Salzbrise am Meer. Die Empfangsdame, eine andere als bei ihren letzten Besuchen, blickte von ihrem Computer auf und begrüßte sie mit einem Kopfnicken. »Dr. Blackwood erwartet Sie. Gehen Sie einfach nach hinten.«

Sie fanden Tabitha Blackwood im Obduktionsraum, wo sie Notizen auf ein Klemmbrett neben dem Untersuchungstisch schrieb, auf dem Astrid lag. Das grelle Licht der Leuchtstoffröhren warf harte Schatten über Astrids blasse Gestalt und ließ das Silber ihres kurzen Haars schimmern. Als sie eintraten, blickte die Gerichtsmedizinerin auf, ihr vom Leben gezeichnetes Gesicht verzog sich zu einem müden Lächeln.

»Und ich hatte gehofft, Sie so bald nicht wiederzusehen,«
sagte sie und legte ihr Klemmbrett beiseite.

»Geht mir genauso,« erwiderte Dacey mit einer Grimasse. Sie
deutete auf Santos. »Das ist Agent Santos, FBI-Verbindungsoffi-
zier zum Savannah Conclave. Wir hoffen, Sie haben etwas Nützliches gefunden.«

»Das hängt davon ab, was Sie als nützlich betrachten.« Blackwood deutete auf Astrids Körper. »Die Verletzungen durch den
Fahrzeugaufprall sind umfangreich – gebrochene Rippen, durch-
stochene Lunge, mehrfache Brüche. Aber keine dieser Verletzungen hätte sofort tödlich sein sollen.«

Gideons Magen verkrampfte sich, als er sich zwang, das
anzusehen, was von Astrid übrig war. Eine Welle der Trauer
überkam ihn, als er sie so sah – fast abgemagert, als hätte das
Leben an ihrer Essenz selbst genagt. Ihre einst lebendige Gestalt
war nun dünn und gebrochen, ihre Haut bedeckt mit wild und
grob gezeichneten, zusammenhanglosen Tätowierungen. Jede
Markierung schien eine Geschichte vom Absturz in den Wahnsinn zu erzählen, die er sich nicht vorstellen wollte.

»Wir haben ihren Tod miterlebt,« sagte er leise, seine Stimme
stockend. »Da war definitiv etwas anderes am Werk.«

Blackwoods scharfe Augen fixierten ihn. »Beschreiben Sie
mir, was Sie gesehen haben.«

Gideon beschrieb die Spiralmarkierung und den magischen
Strudel, der aus ihr hervorgegangen war, und versuchte, das
Unwirkliche seiner Erfahrung zu schildern. Dann zog er die
Zeichnung hervor, die er gemacht hatte, und reichte sie
Blackwood.

Sie studierte sie sorgfältig. »Interessant. Ich kann mit Sicherheit sagen, dass keines unserer anderen Opfer etwas Ähnliches an
ihren Körpern hatte.« Sie blickte zu Gideon auf. »Wo genau
befand es sich?«

Ohne den Blick von Astrids Gesicht abzuwenden – friedlich
jetzt, so anders als die wilde, unruhige Frau, der er kurz begegnet

war – deutete Gideon auf eine Stelle oben auf ihrer Brust. »Die Tätowierung war genau hier. Aber sie ist jetzt völlig verschwunden.«

Blackwood beugte sich vor, um die Stelle zu untersuchen, dann runzelte sie die Stirn. »Sie sprechen immer wieder von einer Tätowierung. Sind Sie sicher, dass es eine war?«

Die Frage ließ Gideon innehalten. Er zuckte mit den Schultern. »Ich habe keinen so guten Blick darauf bekommen, bevor es... sich von ihrer Brust erhob. Nach dem, was ich sah, sah es wie eine Tätowierung aus. Sie haben jedoch einen guten Punkt – bis wir genau wissen, womit wir es zu tun haben, sollte ich keine Annahmen machen.«

Die Ärztin richtete sich auf, als die Stimme von Detective Voss aus dem Empfangsbereich herüberklang.

»Vorsicht,« murmelte Dacey. »Wir verschweigen, dass Gideon ein Auramant ist.«

Blackwood nickte leicht, gerade als der Detective den Raum betrat. Die Anwesenheit des Basiliskenwandlers schien den Raum zu erfüllen, obwohl seine sonst einschüchternde Ausstrahlung gedämpft war.

»Detective,« begrüßte ihn Blackwood. »Ich habe gerade meine Befunde mit den Agenten durchgegangen.«

Voss näherte sich dem Untersuchungstisch, sein Ausdruck düster, als er auf Astrid hinabblickte. »Sie war eine regelmäßige Unruhestifterin. Öffentliche Störungen, ungebührliches Verhalten... aber das...« Er schüttelte den Kopf. »Es ist eine Schande, sie so zu sehen.«

»Hat die Obduktion etwas Schlüssiges ergeben?« fragte er Blackwood.

Die Gerichtsmedizinerin schüttelte den Kopf. »Dasselbe wie bei den anderen. Viele Traumata durch den Fahrzeugaufprall, aber nichts, was den schnellen Eintritt des Todes vollständig erklärt. Keine offensichtlichen Giftstoffe oder andere unmittelbare Ursachen, die ich identifizieren kann.«

»Könnten Drogen eine Rolle gespielt haben?« fragte Voss, seine Stimme angespannt. »Sie war eine bekannte Konsumentin – Meth, Heroin, was auch immer sie in die Finger bekommen konnte.«

»Ich glaube nicht, aber ich habe eine vollständige toxikologische Untersuchung angeordnet, um sicher zu gehen,« antwortete Blackwood. »Alles deutet darauf hin, dass dies demselben Muster wie unsere anderen Opfer folgt.«

Sein Gesicht verfinsterte sich, als er sich durch die Haare fuhr. »Sieben Todesfälle. Sieben ungeklärte Todesfälle in meinem Gebiet. Das ist Millhaven, um Gottes willen – wir sollen ein sicherer Ort sein, wo die Menschen aufeinander achten. Solche Dinge passieren hier nicht.«

Er blickte Gideon und Dacey mit besorgten Augen an. »Bitte sagen Sie mir, dass Sie kurz davor sind, herauszufinden, was hier passiert.«

Dacey begegnete seinem Blick standhaft. »Wir haben noch nicht alle Antworten, Victor, aber wir verlassen Millhaven nicht, bis wir das gelöst haben. Was auch immer nötig ist.«

»Gut. Welche Ressourcen Sie auch brauchen, sie gehören Ihnen.«

»Danke. Wir lassen Sie wissen, falls wir etwas brauchen.« Dacey wandte sich an Gideon. »Ich denke, wir sind hier vorerst fertig.«

Gideon nickte zustimmend.

Sie dankten Blackwood und gingen zum Ausgang. Als sie die Lobby der Gerichtsmedizin erreichten, wandte sich Gideon an Dacey. »Da wir neben dem Krankenhaus sind, möchte ich nachsehen, ob Emma Kim arbeitet. Sie hat nie angerufen, nachdem ich meine Karte dagelassen hatte.«

»Emma Kim?« fragte Voss.

»Die Krankenschwester im Dienst, als Marcus Chauvin ins Krankenhaus gebracht wurde,« erklärte Gideon. »Ich bezweifle, dass wir etwas Nützliches erfahren werden, aber ich möchte sicherstellen, dass wir nichts übersehen.«

Die Nachmittagssonne blendete sie, als sie nach draußen traten. Der Übergang von der künstlichen Beleuchtung der Leichenhalle war abrupt. Hitze strahlte vom schwarzen Asphalt des Parkplatzes ab, und die Luft war schwer vom charakteristischen Sommergeruch nach schmelzendem Teer.

Gideon konnte das Bild von Astrids Körper auf diesem kalten Metalltisch nicht abschütteln. Die Leere, wo ihre Magie gewesen war, schien in seinem Geist nachzuhallen, ein dunkler Kontrapunkt zu der Helligkeit um ihn herum.

Er hoffte, Emma Kim würde etwas haben – irgendetwas –, um zu ihrem Verständnis dieser Todesfälle beizutragen. Aber tief in seinem Inneren glaubte er nicht, dass die Krankenschwester sich an einen Patienten von vor fast einem Monat erinnern würde.

Santos schaute auf sein Handy, während Dacey sie um das Gebäude herum zum Haupteingang des Krankenhauses führte. »Ich werde das Team über die Obduktionsbefunde informieren,« sagte er. »Oder eben über das Fehlen solcher Befunde.«

Voss ging neben ihnen her. »Darf ich Sie begleiten? Ich muss ohnehin mit einem Patienten über einen Fall sprechen, an dem ich arbeite, während ich schon einmal hier bin.«

»Natürlich,« sagte Dacey warmherzig. »Jede Hilfe ist willkommen.«

Während sie gingen, konnte Gideon nicht umhin zu fragen, wie lange sie seine Fähigkeiten und die neuen Informationen über die Spiralmagie vor Voss verbergen sollten. Vielleicht sollte er eingeweiht werden. Gideon mochte den Mann vielleicht nicht besonders, aber Voss kannte Millhaven und könnte Einblicke haben, die sie dringend brauchten.

Nach dem Miterleben von Astrids Tod spürte Gideon das Gewicht des drohenden Versagens auf sich lasten. Als einzige Person, die die Leere Magie am Werk sehen oder fühlen konnte, wusste er, dass es an ihm lag, den Fall zu lösen – eine Bürde, die durch das Wissen unerträglich wurde, dass, wenn er dieses Rätsel nicht lösen konnte, mehr Menschen sterben könnten.

Gideons Gedanken wanderten zurück zu ihrer ersten Ankunft in Millhaven, als sie naiv geglaubt hatten, sie würden lediglich eine Reihe ungewöhnlicher Todesfälle untersuchen. Er konnte nicht glauben, dass es erst ein paar Tage her war. Aber nach dem Miterleben, wie Astrid ausgelaugt wurde, glaubte er nun, dass jemand oder etwas aktiv in Millhaven jagte und diese Spiral-Tätowierungen verwendete, um Menschen ihre Lebenskraft und Magie zu entziehen und nur leere Hüllen und Fragen zurückzulassen.

Die automatischen Türen der Notaufnahme öffneten sich mit einem Zischen und ließen einen Schwall kühler Luft heraus. Das Wartezimmer war halb voll, die übliche Mischung aus besorgten Gesichtern und verschiedenen Leiden.

Gideon näherte sich dem Empfangstresen, mit dem Ausweis bereits in der Hand. »Guten Tag, ich bin Agent Nash. Arbeitet Emma Kim heute?«

Die Empfangsdame tippte auf ihrer Tastatur und nickte dann. »Ja, Emma Kim ist hier. Sie ist im dritten Stock, Ostflügel.«

Auf dem Weg zum Aufzug bemerkte Gideon, dass Voss sie immer noch begleitete. Als sich die Türen schlossen, fragte er sich, ob die anhaltende Anwesenheit des Detectives weniger mit der Person zu tun hatte, die er zu befragen erwähnt hatte, und mehr mit Dacey. Der Gedanke stimmte ihn nachdenklich.

Als sie den dritten Stock erreichten, näherte sich Gideon der Pflegestation mit Dacey zu seiner Linken und Santos zu seiner Rechten. Für einen Moment gab ihm die einfache Formation ein ungewohntes Gefühl der Zugehörigkeit – Teil eines echten Teams zu sein. Sogar Voss' anhaltende Anwesenheit hinter ihm störte ihn kaum noch.

Drei Krankenschwestern in Kitteln blickten auf, als er seinen Ausweis zeigte. »Ich suche Emma Kim.«

Eine junge asiatische Frau mit dunklem Haar, das zu einem straffen Pferdeschwanz zurückgebunden war, trat vor. »Das bin ich.«

»Haben Sie einen Moment? Ich habe einige Fragen über einen ehemaligen Patienten.«

»Natürlich.« Emma winkte sie zu einem leeren Raum. »Womit kann ich Ihnen helfen?«

»Erinnern Sie sich an einen Patienten namens Marcus Chauvin von vor ein paar Wochen? Er wurde nach einer Kneipenschlägerei eingeliefert und starb während Ihrer Schicht.«

Emmas Stirn runzelte sich unsicher. Dacey öffnete ihre Mappe und zog ein Foto heraus, das sie der Krankenschwester reichte.

»Oh ja,« sagte Emma, als die Erkennung dämmerte. »Ich erinnere mich an ihn. Ich war im Dienst, als er einen Herzstillstand hatte. Es passierte so plötzlich – keine Warnung. Er war stabilisiert worden, und wir bereiteten ihn für einige Scans vor, wollten ihn gerade aus der Intensivstation verlegen. Dann, ganz plötzlich, Herzstillstand.«

»Ist Ihnen etwas Seltsames aufgefallen, als es passierte?« fragte Gideon. »Geräte, die verrückt spielten? Haben Sie etwas Ungewöhnliches gespürt?«

Emma sah ihn seltsam an. »Nein, alles schien normal.«

»Gab es sonst noch etwas, an das Sie sich von dieser Nacht erinnern? Irgendetwas? Ich weiß, es ist schon einige Wochen her...«

Emma biss sich auf die Lippe und blickte zur Decke, als ob sie dort oben nach Erinnerungen suchte. »Nicht wirklich. Ich bin überrascht, dass ich mich überhaupt an sein Gesicht erinnere. Ich denke, es ist mir nur im Gedächtnis geblieben, weil es so plötzlich und unerwartet war. Es war besonders traurig, weil sein Vater gerade zu Besuch gewesen war, und ich ihm gesagt hatte, dass es seinem Sohn gut gehe.«

»Vater?« Dacey lehnte sich vor. »Marcus' Vater hat in dieser Nacht besucht. Sind Sie sicher?«

»Ja, er stellte sich vor. Ich erinnere mich an ihn, weil er Poliosis hatte. Das fällt mir immer auf.«

»Was ist das?« fragte Gideon.

»Es ist eine Stelle mit weißen oder unpigmentierten Haaren.«

»Warten Sie... was?«

»$\mathcal{M}$arcus' Vater hatte eine weiße Haarsträhne? Bist du sicher?«, wiederholte Dacey und sah aus wie ein Spürhund, der eine Fährte aufgenommen hatte.

»Ja... ich glaube schon«, sagte Emma, ihr Gesicht zeigte eine Mischung aus Zögern und Neugier. Sie blickte zwischen Dacey und Gideon hin und her, offensichtlich verunsichert von ihrer plötzlichen Intensität wegen eines scheinbar so unwichtigen Details. »Ich meine, ich bin ziemlich sicher, dass ich mich daran erinnere, es gesehen zu haben.«

Gideon trat näher zu Emma. »Kannst du mir sagen, wo die Strähne bei dem Mann war?«

Emma zeigte auf ihre Schläfe.

Dacey und Gideon tauschten bedeutungsvolle Blicke aus. Dacey wandte sich wieder Emma zu. »Sah Marcus' Vater hispanisch aus?«

Emma zuckte mit den Schultern. »Vielleicht?«

»Wenn ich dir ein Foto zeigen würde, glaubst du, du könntest den Mann wiedererkennen?«, fragte Dacey.

»Ich bin mir nicht sicher, aber wahrscheinlich.«

»Das wäre perfekt. Danke, Emma. Du hast uns sehr geholfen«, sagte Gideon und schenkte der Krankenschwester ein warmes Lächeln. »Wir schauen, ob wir das Foto besorgen können und kommen dann zurück. Wie lange arbeitest du heute?«

»Ich bin bis neun hier.«

Nachdem Emma gegangen war, wandte sich Gideon an Dacey. »Emmas Beschreibung klingt nach dem Assistenten der Bürgermeisterin. Ich kann mich nicht an seinen Namen erinnern.«

Voss unterbrach. »Michael Torres. Ich kenne ihn flüchtig, da ich gelegentlich mit der Bürgermeisterin zusammenarbeite. Er ist die einzige Person, die ich mit einer weißen Haarsträhne kenne.«

»Verdammt! Das ist verrückt. Wir müssen die Gruppe anrufen«, sagte Dacey und zog ihr Handy heraus. Das Team antwortete nach kaum einem Klingeln, und Dacey informierte das Team schnell. »Marcus Chauvins Vater ist vor Jahren gestorben, also konnte er es nicht gewesen sein, der ihn besucht hat. Wir vermuten, es könnte der Assistent der Bürgermeisterin gewesen sein, Michael—«

»Torres«, ergänzte Voss. »Michael Torres.«

»Hex, kannst du ein Foto von Torres besorgen? Wir brauchen Emma, um zu bestätigen, dass er es war.«

»Ja, ich schreibe Leonhard gerade eine Nachricht.«

»Michael Torres?«, Quinns Stimme wurde schärfer vor Interesse. »Das ist sehr interessant. Ich habe jeden in der Einrichtung befragt und bin nur auf Sackgassen gestoßen – keine Seele weiß etwas über diese Todesfälle. Aber als ich anfing, die Besucherlisten durchzugehen, fiel mir sein Name auf. Er war in den letzten Jahren regelmäßig hier, mindestens zweimal pro Woche, und hat sich immer angemeldet, um eine Bewohnerin namens Maria Torres zu besuchen. Bei dem gemeinsamen Nachnamen nehme ich an, dass sie verwandt sind.«

»Klingt, als müssten wir diesen Michael Torres finden und ein Gespräch mit ihm führen«, sagte Hex.

Voss zog sein Handy heraus. »Ich rufe die Bürgermeisterin an und schaue, ob er im Rathaus ist.« Er schaltete es auf Lautsprecher.

»Detective Voss? Warum rufen Sie mich an?«, kam die Stimme der Bürgermeisterin durch.

Voss begann zu erklären, dass sie Michael ausfindig machen müssten, aber Dacey unterbrach schnell. »Bitte bleiben Sie diskret«, sagte sie, ihre Stimme leise und dringlich. »Wir haben Grund zu der Annahme, dass Michael hinter diesen Todesfällen stecken könnte. Falls unsere Vermutungen richtig sind, ist er extrem gefährlich.« Sie beugte sich vor. »Falls er derzeit im Rathaus ist, rate ich Ihnen dringend, das Gebäude zu verlassen – unauffällig. Erregen Sie keinen Verdacht. Packen Sie Ihre Sachen und verlassen Sie das Gebäude, als wäre es das Ende eines ganz normalen Arbeitstags. Wenn das nicht möglich ist, schließen Sie sofort Ihre Tür ab.«

»Nein, das kann nicht stimmen. Nicht Michael«, keuchte Winnie. »Er war all die Jahre loyal. Sind Sie sicher?«

»Wir sind uns nicht sicher, aber er ist ein Verdächtiger und sollte mit äußerster Vorsicht behandelt werden.«

»Michael ist gerade vor ein paar Minuten gegangen. Er ist zur Millhaven Tafel gefahren, um einige Unterlagen abzugeben.«

Nachdem sie der Bürgermeisterin gedankt und sie angewiesen hatten, still zu sein, fragte Dacey, ob jeder im Gruppenanruf zugehört hatte.

»Wir fahren jetzt zur Tafel«, bestätigte Hex.

»Wir treffen euch dort«, sagte Dacey, ihr Gesichtsausdruck ernst. »Denkt daran – falls Torres unser Täter ist, benutzt er Todesmagie, wie wir sie noch nie gesehen haben. Nichts in unseren Aufzeichnungen dokumentiert diese Art von Macht, und wir wissen nicht, wie sie wirkt oder uns betreffen könnte. Bleibt wachsam und geht vorsichtig vor.«

* * *

SIE RASTEN DURCH MILLHAVENS STRAßEN, Dacey nahm Kurven so schnell, dass die Aufhängung des Autos ächzte, während Voss vom Rücksitz aus Richtungen zurief. Durch den Lautsprecher des Handys konnten sie den Motor des zweiten SUVs heulen hören, während der Rest des Teams raste, um an ihrem Standort zusammenzutreffen.

Die Tafel befand sich am industriellen Stadtrand. Es war ein Lagerhaus mit Metallverkleidung, das trotz seines zweckmäßigen Designs gut gepflegt war. Frische Landschaftsgestaltung säumte den Umkreis, mit neu gepflanzten Sträuchern und Blumen, die den Anlagen Leben verliehen. Ein großes Vinylbanner hing an einer Wand und verkündete in fetten, fröhlichen Buchstaben: »Gemeinsam unsere Gemeinschaft nähren«.

»Kennt jeder Torres' Gesicht?«, fragte Dacey angespannt. Das Foto, das Leonhard beschafft hatte, zeigte einen Mann in den Fünfzigern mit weichen Zügen und einer charakteristischen weißen Strähne an der Schläfe. Denselben Mann, den Emma Kim positiv als Marcus Chauvins mysteriösen »Vater« identifiziert hatte.

»Klar«, bestätigte Santos vom Rücksitz. »Außerdem sagt Leonhard, er konnte keine verwandtschaftliche Verbindung zwischen Torres und Marcus Chauvin finden. Oder überhaupt irgendeine Verbindung.«

»Hex, hast du alles, was du für die Einschließungs- und Auslöschungszauber brauchst?«, fragte Dacey durch den Lautsprecher.

»Ich bin bereit, aber es gibt einen Haken«, kam Hex' Stimme aus dem Lautsprecher zurück. »Entweder müssen wir Torres völlig überraschen, oder ihr müsst mir genug Zeit verschaffen, um meine Zauber zu wirken. Keine Abkürzungen bei diesem hier.«

»Hört alle zu«, Daceys Stimme durchschnitt das Auto. »Wir

gehen unauffällig rein – wie Hex sagte, das Überraschungsmoment ist hier entscheidend. Ich will ihn lebend, wenn möglich, aber beim ersten Zeichen, dass er jemanden verletzen will, habt ihr die Erlaubnis, ihn auszuschalten. Klar?«

Ein Chor von Bestätigungen kam durch das Handy. Gideon überprüfte die Waffe, die Santos ihm geliehen hatte, dankbar für jede Stunde, die er mit Silas auf dem Schießstand geübt hatte. Er konnte das Gefühl der Beschämung nicht ganz abschütteln, überhaupt eine Waffe leihen zu müssen. Nie wieder, schwor er sich still. Es hatte sich angefühlt, als wäre er ein Anfänger. Er würde sich für das Tragen einer Waffe genehmigen lassen und nie wieder unbewaffnet in eine Ermittlung gehen.

Mit geübten Bewegungen warf er das Magazin aus, um sicherzugehen, dass es voll war, und setzte es dann wieder ein. Er zog den Schlitten zurück, um eine Patrone in die Kammer zu laden, das metallische Geräusch seltsam laut im angespannten Auto. Das Gewicht der Waffe in seiner Hand hätte beruhigend sein sollen, aber stattdessen erinnerte es ihn an seine Unerfahrenheit.

Sie parkten drei Gebäude von der Tafel entfernt. Der schwarze SUV des Teams hielt hinter ihnen, und MacGuire stieg mit einer Handvoll Ohrhörer aus und verteilte sie effizient. Nach einem schnellen Mikrofontest wies Dacey das Team an, sich aufzuteilen.

»Gideon, Voss und Santos, ihr kommt mit mir zum Hintereingang. MacGuire, Hex und Quinn nehmen die Vorderseite«, befahl sie.

Sie schlichen am Umfang des Gebäudes entlang, bis die Laderampe in Sicht kam. Die Rückseite des Lagerhauses war zweckmäßig und kahl – verwitterter Beton und Wellblech, das sich zwei Stockwerke hoch erstreckte. Ein großes Rolltor dominierte die Rückwand. Daneben, fast im Schatten versteckt, saß eine schlichte Metalltür in die Wand eingelassen, ihre dunkle Oberfläche zeigte Jahre der Nutzung durch ein- und ausgehende Arbeiter.

Die Hintertür ließ sich leicht öffnen, glücklicherweise war sie unverschlossen. Sie hob eine Hand und sprach leise in ihr Mikrofon. »Hintereingang ungesichert. Bereit zum Zugriff auf euer Zeichen.«

»Frontteam in Position«, kam MacGuires Stimme durch. Ausnahmsweise war keine Spur seiner üblichen Herablassung zu hören – nur der ruhige, professionelle Ton von jemandem, der das unzählige Male gemacht hatte. »Drei... zwei... eins... los.«

Sie traten durch die Seitentür neben der Laderampe und betraten das eigentliche Lagerhaus, einen schwach beleuchteten Raum mit Metallregalen, die sich vom Boden bis zur Decke erstreckten. Kisten mit Konserven, Nudeln und getrockneten Bohnen füllten jede Oberfläche, sorgfältig organisiert und beschriftet. Streifen gelben Klebebands markierten den Boden und schufen Wege zwischen Reihen gespendeter Lebensmittel, die darauf warteten, sortiert zu werden. Ein Schild an der Wand las: »Zuerst rein, zuerst raus – Verfallsdaten prüfen!«

Sie bewegten sich geschmeidig hinein, Dacey führte mit erhobener Waffe. Gideons Herz hämmerte gegen seine Rippen, Adrenalin ließ seinen Atem in seiner Brust keuchen und seine Sicht an den Rändern verschwimmen. Er hielt seine Augen auf Daceys Rücken gerichtet, ahmte verzweifelt ihre fließenden Bewegungen nach, ihre ruhigen Hände, das kontrollierte Selbstvertrauen in jedem Schritt. Er hatte sich nie mehr wie ein Betrüger gefühlt – eine Belastung, die sich als Profi ausgab.

»Bleib nah bei mir«, murmelte Dacey zu Gideon, als sie sich zur Metalltür bewegten, Voss nahm die hintere Position hinter Gideon und Santos ein. »Da du das zum ersten Mal mit dem ganzen Team machst – folge einfach meiner Führung.«

Sie bewegten sich methodisch durch das Gebäude und räumten jeden Raum mit stiller Effizienz ab – Abstellkammern, einen Pausenraum mit Spinden an den Wänden, enge Büros mit

Schreibtischen an schmutzigen Wänden. Durch ihre Ohrhörer kamen die leisen Meldungen vom Rest des Teams, ihre Stimme kaum mehr als ein Flüstern, während sie ihre zugewiesenen Sektoren durchkämmten. Gideon fühlte eine Welle der Erleichterung, dass ihr Bereich bisher leer war, obwohl er die anderen über den Funk hören konnte, ihre Stimmen fest, aber ruhig, während sie Angestellte anwiesen, entweder an Ort und Stelle Schutz zu suchen oder zu evakuieren.

»Bleiben Sie in Ihrem Büro, Hände, wo wir sie sehen können.«

»Verlassen Sie sofort das Gebäude, Hände hoch.« Jeder Befehl wurde mit der Art von Autorität erteilt, die er hoffte, eines Tages zu beherrschen.

Sie bogen um eine Ecke in das, was wie ein Sortierbereich aussah. Klapptische bildeten ein U, ihre Oberflächen mit halbgefüllten Lebensmittelkisten übersät. Transportwagen warteten in der Nähe, bereits mit Lebensmitteln für bedürftige Familien beladen.

Gideon unterdrückte gerade noch ein Keuchen. In der fernen Ecke stand Michael Torres über einer reglos am Boden liegenden Frau. Gideons Gehirn kämpfte darum, die Gestalt vor ihm mit dem polierten Stadtbeamten aus dem Büro der Bürgermeisterin in Einklang zu bringen. Torres' Krawatte hing lose und schief, sein Hemd war dunkel vor Schweiß und halb aus der Hose gezogen. Sein dunkles Haar mit einer weißen Strähne, das bei ihrer ersten Begegnung ordentlich frisiert gewesen war, wirbelte und tanzte nun in einem Wind, der nicht existierte. Seine Augen waren wild, beinahe animalisch, blickten auf und trafen sich mit Gideons. Er schwankte auf den Füßen, seine Bewegungen ruckartig und unberechenbar. Der Mann schien völlig von der Realität abgekoppelt – Gideon fragte sich, ob er unter Drogen stand oder einfach wahnsinnig war. Was auch immer für eine zivilisierte Maske Torres bei ihrer vorherigen Begegnung getragen hatte, war völlig weggerissen. Seine Hände waren über die Frau auf dem Boden erhoben; seine Finger zu Krallen verkrümmt, umhüllt von Bändern kränklich-grünem Licht und wirbelndem Nebel.

Die Magie, die von Torres ausging, traf Gideon wie eine physische Kraft – verdorben und unnatürlich, als hätte jemand Krankheit zu reiner Energie destilliert. Gideons Zähne schmerzten, und ihm lief es kalt über den Rücken, als Wellen kränklichsüßer Verderbnis über ihn hinwegspülten und Eindrücke von Fäulnis und Tod vermittelten. Jeder Instinkt schrie ihn an, von dieser vergifteten Macht zurückzuweichen.

»Keine Bewegung!«, Daceys Stimme knallte wie eine Peitsche. »Hören Sie sofort mit dem Ritual auf!«

Torres richtete sich langsam auf und wandte sich ihnen vollständig zu. Seine Augen fingen das Neonlicht, während vier Waffen auf ihn gerichtet wurden.

»Ihr könnt das nicht aufhalten«, sagte Michael, seine Stimme vor Eifer zitternd. »Ich bin jetzt zu mächtig. Winnie muss leiden. Fragt sie, warum es so sein muss. Sie benutzt jeden – wirft uns weg, wenn wir nicht mehr nützlich sind. Nun, sie wird es nicht ins Gouverneurshaus schaffen. Nicht, wenn ich etwas dazu zu sagen habe.«

Der Rest des Teams strömte durch eine Tür auf der anderen Seite des Raums, und Torres zuckte wie eine Marionette, sein ganzer Körper zitterte. Das grüne Licht pulsierte heller. Gideon riskierte einen Blick auf Hex, die sich gegen die Wand gepresst hatte, ihre Lippen bewegten sich in einer schnellen, stillen Beschwörung. Er konnte spüren, wie sich ihre Magie aufbaute – ein Schutzschild aus Magie, der sich nach außen ausdehnte wie eine Luftblase, die durch Wasser nach oben steigt, und eine unsichtbare Sphäre bildete, die gegen den korrupten Energiefluss drückte, der von Torres pulsierte. Ein Einschließungszauber, nahm er an, einer, der hoffentlich Torres und seine tödliche Macht einfangen würde – falls sie ihn rechtzeitig vollenden konnte.

»Es ist vorbei, Michael«, sagte Dacey fest. »Niemand sonst muss sterben. Aber wir werden schießen, wenn Sie nicht aufgeben.«

»Ihr müsst mich töten!«, kreischte Torres und hob seine leuchtenden Hände. Gideon spürte, wie sich die konkurrierenden Magien verstärkten – Hex' Schutzblase bemühte sich, sich auszudehnen, während Torres' Todeszauber wie ein Tsunami anschwoll und drohte, sie alle zu überwältigen. Sein Finger ruhte am Abzug, zielte auf Torres' Schulter. Ihnen ging die Zeit aus; der Einschließungszauber festigte sich nicht schnell genug, um der mörderischen Macht entgegenzuwirken, die sich um Torres' Hände sammelte.

Der Schuss neben Gideons Ohr war ohrenbetäubend. Detective Voss war neben ihn getreten, seine Dienstwaffe erhoben. Weitere Schüsse folgten – eine Kaskade von Donner, die den Raum füllte. Torres' Körper zuckte und drehte sich, das kränkliche grüne Licht flackerte aus, als er zusammenbrach. Das Letzte, was Gideon sah, bevor die Magie starb, war ein Ausdruck der Überraschung auf Torres' Gesicht, als könnte er nicht glauben, dass sie es wirklich getan hatten.

Ein hoher Pfeifton füllte Gideons Kopf und übertönte alles andere. Er starrte auf Torres' reglose Gestalt hinab, auf die dunklen Flecken, die sich über sein Hemd ausbreiteten. Seine eigene Waffe war immer noch erhoben, der Abzug nicht betätigt. Im entscheidenden Moment hatte Gideon gezögert.

Verdammt, er hatte gezögert.

KAPITEL 26

*I*n der Hotelbar herrschte das übliche abendliche Treiben – müde Geschäftsleute, die nach einem langen Tag entspannten, Touristen, die die Abenteuer von morgen planten, und Einheimische, die Zuflucht vor ihren täglichen Routinen suchten. In einer Ecknische, umgeben von den Überresten geteilter Nachos und verschiedener Vorspeisen, saß Gideon mit Dacey und MacGuire, obwohl seine Gedanken weit entfernt von der Feierlaune waren.

Er zupfte geistesabwesend am Etikett seiner Bierflasche, das Papier löste sich in feuchten Streifen ab, während sich Kondenswasser auf dem braunen Glas bildete. Obwohl er die Flasche anstarrte, sah er durch sie hindurch – seine Gedanken waren noch immer in der Essensbank.

Durch die Fenster hinter ihrer Nische hing ein Vollmond tief und schwer am sich verdunkelnden Himmel und tauchte den von Palmen gesäumten Parkplatz in fahles Licht. Gideon fühlte sich immer wieder von seinem Blick vom Gespräch zu seinem ätherischen Schein hingezogen. Anstatt Trost zu spenden, betonte die Anwesenheit des Mondes nur sein Gefühl der Entfremdung und hob hervor, wie surreal der Abend vor dem Hintergrund der Normalität und Kameradschaft wirkte, die ihn umgab.

Die Szene aus der Essensbank spielte sich in einer endlosen Schleife in seinem Kopf ab – Torres' manischer Blick, sein verzerrtes Gesicht, das kränkliche grüne Licht der Todesmagie, die donnernde Kaskade des Gewehrfeuers. Und sein eigenes verdammendes Zögern.

Das kalte Licht des Mondes schien ihn zu verspotten, so beständig und unerschütterlich wie seine Schuld.

»Hallo Giddy, bist du noch da?« Daceys Stimme durchbrach sein Grübeln. »Was ist los? Du siehst aus, als hätte dir jemand in die Suppe gespuckt.«

Gideon schüttelte den Kopf und versuchte, sowohl die Erinnerungen als auch die unerbittliche Scham zu vertreiben, die sich seit dem Vorfall über ihn gelegt hatte. Der taktische Teil seines Gehirns suchte nach Ausreden: Es hatte genügend andere Agenten gegeben, um Torres auszuschalten; er war nicht der Einzige, der nicht geschossen hatte; er war noch nicht einmal ein vollwertiger Conclave-Agent. War es wirklich ethisch für ihn, tödliche Gewalt ohne ordentlichen Agentenstatus anzuwenden? Doch diese sorgfältig konstruierten Rechtfertigungen klangen hohl und taten nichts, um das nagende Gefühl in seinem Bauch zu lindern. Dacey hatte darauf gezählt, dass er sich beweist – was, wenn sie verletzt worden wäre, weil er versagt hatte?

»Komm schon,« drängte Dacey, »du bist echt ein Jammerlappen, dabei solltest du eigentlich vor Freude an die Decke springen. Wir haben den Tag gerettet, unseren Mörder gefasst, und niemand sonst wurde verletzt. Wir haben es sogar geschafft, die Frau zu retten, die Torres angegriffen hat, und ihr Gedächtnis an das ganze traumatische Ereignis gelöscht. Das ist doch mal ein Erfolg.«

Gideons Finger erstarrten auf der Flasche. Er blickte zwischen Dacey und MacGuire hin und her und hasste die Vorstellung, sein Versagen zuzugeben, besonders vor dem normalerweise selbstgefälligen Gargoyle. Aber das Gewicht saß schwer in seiner Brust und verlangte nach Befreiung.

»Ich habe gezögert,« sagte er schließlich, die Worte bitter auf seiner Zunge. »Torres hätte uns alle töten können, und ich stand da mit dem Daumen im Arsch und konnte den Abzug nicht drücken. Was für einen Conclave-Agenten macht mich das?«

»Die Sorte, die gerade mal einen Einsatz hinter sich hat,« sagte Dacey bestimmt. »Mach dir keinen Kopf.«

Zu Gideons Überraschung nickte MacGuire zustimmend. »Willst du etwas Peinliches hören? Bei meinem ersten Einsatz habe ich direkt vor dem Zielgebäude gekotzt. Mein Team musste darüber hinwegsteigen, um hineinzukommen.« MacGuire nahm einen Schluck von seinem Bier, ein leichtes Lächeln spielte um seine Lippen. »Sie nannten mich jahrelang Agent Kotzbrocken danach. Außerdem ist es schwer, den ersten Tod zu sehen.«

»Ich arbeite in einem Krematorium,« protestierte Gideon. »Ich sehe ständig Leichen. Das macht mir nichts mehr aus.«

Dacey schnaubte darüber. »Das ist etwas ganz anderes, als mitzuerleben, wie ein Mann direkt vor deinen Augen erschossen wird. Vertrau mir bei diesem Punkt.«

»Sie hat recht,« fügte MacGuire hinzu. »Eine friedliche Leiche anzusehen ist nicht dasselbe wie zu beobachten, wie das Licht in jemandes Augen erlischt. Gib dir eine Pause, Neuling.«

Gideon studierte MacGuire, verblüfft von dieser unerwarteten Demonstration des Verständnisses. Vielleicht hatte er den Mann falsch eingeschätzt. Bevor er antworten konnte, vibrierte Daceys Handy auf dem Tisch.

»Oh, das ist Hex,« sagte sie und wischte über das Display, um ranzugehen. »Ich hoffe, sie hat gute Nachrichten.«

Sie schaltete das Handy auf Lautsprecher. »Hey, Hex. Du bist mit mir, Gideon und MacGuire dran. Erzähl uns etwas Gutes.«

»Nun, wir haben eine erste Durchsuchung von Torres' Haus gemacht,« knisterte Hex' Stimme durch den Lautsprecher.

Gideon beugte sich vor und vergaß seine frühere Selbstvorwürfe.

»Es ist, als wäre man mitten in dem Film 'A Beautiful Mind'. Es war klar, dass sich sein geistiger Zustand verschlechterte.«

Gideon kämpfte darum, den Torres, den er in der Essensbank gesehen hatte, mit dem Mann zu verbinden, dem er vor wenigen Tagen begegnet war. Körperlich war die Ähnlichkeit intakt – derselbe Geschäftsanzug, dasselbe glatt rasierte Gesicht. Aber hinter Torres' Augen war etwas Grundlegendes verschoben. Die gemessene Sprache des Unternehmensprofis hatte sich in manische Tiraden aufgelöst, seine einst gefassten Züge verzerrten sich zu Ausdrücken, die kaum menschlich schienen. Es war, als wäre Torres nur noch ein Gefäß geworden, sein Körper von etwas anderem gekapert, das seinen Mund benutzte, um seinen Wahnsinn zu kanalisieren.

»Überall Notizen – an den Wänden, in Notizbüchern, auf losen Blättern. Das meiste davon ist kaum kohärent, aber Geständnisse sind mit seinen Tiraden gegen Bürgermeisterin Dornbusch vermischt. Aus dem, was wir bisher zusammensetzen können, fühlte sich Torres betrogen, als er aus einem Geschäft mit einem Hotel ausgeschlossen wurde.«

»Das ist mit ziemlicher Sicherheit das Royal Palmetto Hotel. Nun, das könnte die Morde an Willa Wagner, Eleanor Preston und vielleicht sogar Grant Vandermeer erklären,« überlegte Dacey, »aber was ist mit den anderen?«

Hex seufzte schwer. »Einige seiner Schriften sprechen davon, 'die Stadt zu säubern' und das 'Gesindel' loszuwerden. Das könnte die beiden obdachlosen Opfer erklären.«

»Manche Leute könnten auch einen Tätowierer als Gesindel betrachten,« fügte Gideon hinzu und dachte an die Kirche seiner Mutter und ihre Haltung zu Tätowierungen. »Habt ihr irgendwelche Bilder des Spiralmusters gefunden?«

»Noch nicht, aber wir sind noch in den frühen Stadien. Das erinnert mich daran ... das grün wirbelnde Leuchten, das wir um

Torres' Hände gesehen haben – sah es aus wie das Spiralmuster, das du bei Astrid bemerkt hast?«

»Nicht wirklich, aber...« Gideon runzelte die Stirn, frustriert über die Unschärfe seiner Erinnerungen. »Ich habe es nie so gut gesehen – oder Torres' Hände, was das angeht. Selbst als das Muster aus Astrids Körper aufstieg und zu wirbeln begann, war das Gefühl so überwältigend, dass ich mich nicht auf die Details konzentrieren konnte.« Stillschweigend versprach er sich, es beim nächsten Mal besser zu machen. Egal wie mächtig oder verstörend die Magie sein mochte, er musste alles beobachten und sich daran erinnern.

»Nun, da wir Torres unterbrochen haben, bevor er seinen Zauber beenden konnte, werden wir vielleicht nie genau erfahren, wie er ihn auf die Körper der Opfer gelegt hat,« sagte Hex. »Aber hoffentlich finden wir einige Notizen oder Dokumentationen in seinem Haus, die uns dabei helfen, es herauszufinden. Wir werden jeden Aspekt von Torres' Leben mit einem feinen Kamm durchgehen.« Es raschelte Papier auf Hex' Seite. »Wir müssen noch herausfinden, warum er die Bewohner des Pflegeheims ins Visier genommen hat.«

»Vielleicht hat er sie für Macht geopfert?« schlug Dacey vor. »Oder sie hatten irgendeine Verbindung zu seiner Mutter? Zur Hölle, vielleicht haben sie ihr Müsli gegessen oder etwas genauso Bescheuertes.«

»Könnte sein, könnte etwas völlig anderes sein. Wir werden es herausfinden.« Hex pausierte. »Gideon, ich möchte, dass du morgen früh zu Torres' Haus kommst, um nach Leere-Magie-Signaturen zu suchen. Mach dir wegen heute Abend keine Sorgen. Du hast dir heute Abend frei verdient. Gute Arbeit heute, Agent. Willkommen im Conclave.«

Zu hören, wie Hex ihn »Agent« nannte, schnürte Gideon die Kehle zu. Er sah Dacey ihn angrinsen, ihr Lächeln breit und triumphierend.

Nachdem sie das Gespräch beendet hatten, hob Dacey ihre

Hand, um ihre Bedienung heranzuwinken. »Das schreit nach einer weiteren Runde Bier. MacGuire, du bleibst doch noch, oder?«

MacGuire schob seinen Stuhl zurück und schnappte sich seine Jacke. »Normalerweise würde ich es lieben, aber ich sollte gehen. Einige von uns sind seit dem Morgengrauen wach.« Er stand auf, dann hielt er inne und blickte Gideon an. »Du hast dich heute gut geschlagen, Neuling. Lass dieses Zögern nicht an dir nagen – lern daraus und mach weiter. Das macht einen guten Agenten aus.«

Als MacGuires Schritte in dem allgemeinen Lärm der Bar verschwanden, wandte sich Gideon an Dacey. »Hat MacGuire mich gerade aufgebaut?«

»Hat er,« bestätigte Dacey und sah amüsiert aus. »Und er meinte jedes Wort davon. Weißt du, unter all dieser Selbstgefälligkeit kann er manchmal ein anständiger Kerl sein. Aber meistens ist er immer noch eine Nervensäge.«

Dacey ließ sich in ihren Sitz zurückfallen und fuhr sich mit einer Hand durch die Haare. »Mann, bin ich erschöpft. Aber wenigstens ist diese Untersuchung endlich vorbei.« Sie hob ihre Flasche mit einem müden Lächeln. »Auf den abgeschlossenen Fall und darauf, dass wir den Mörder gefasst haben. Und darauf, dass du deinen ersten Einsatz als Agent überlebt hast, Agent Giddy!«

Gideon stieß seine Flasche gegen ihre und musste unwillkürlich lächeln. Das Gewicht der Ereignisse des Tages lastete noch immer auf seiner Brust, aber es fühlte sich jetzt etwas leichter an. Sein Blick wanderte zu dem Fernseher über der Bar, wo ein örtlicher Nachrichtensprecher fröhlich über Stadtratssitzungen und Wochenendwetter berichtete. Von einer Schießerei in Millhaven war keine Rede. Logischerweise wusste er, dass das Conclave jeden Hinweis auf Magie aus den Nachrichten heraushalten würde – niemand außerhalb ihrer Organisation würde jemals von den heutigen Ereignissen erfahren. Es war seltsam zu denken, dass etwas so Bedeutsames einfach ... verschwinden konnte wie Wellen, die auf einem Teich verlaufen.

Morgen würde er zu Torres' Haus gehen und sich welcher Dunkelheit auch immer stellen, die dort wartete. Heute Nacht jedoch – heute Nacht würde er versuchen, den Sieg zu feiern, auch wenn er sich nicht ganz perfekt anfühlte.

Das geschäftige Treiben der Bar umgab sie – Gelächter, klirrende Gläser, das Flackern von Sporthighlights auf den über der Bar angebrachten Fernsehern. Musik zog sich durch alles hindurch, irgendein Country-Song, von dem Gideon wusste, dass seine Mutter ihn mochte. Es fühlte sich surreal an, wie normal alles nach den Ereignissen des Tages war. Gideon beobachtete, wie Dacey eine weitere Runde signalisierte, ihre Bewegungen entspannt und selbstsicher. Er beneidete diese Gelassenheit, die Art, wie sie vom Kampf zur Feier wechseln konnte, ohne dass es so wirkte, als würde sie das Gewicht des Geschehenen mit sich herumtragen.

Aber dann bemerkte er das leichte Zittern in ihrer Hand, als sie ihr Bier hob, die Art, wie ihre Augen gelegentlich zur Tür wanderten – Gewohnheiten von jemandem, der auf die harte Tour gelernt hatte, auch in Momenten des Friedens wachsam zu bleiben. Vielleicht trug auch sie das Gewicht, nur auf ihre Weise.

Die Erkenntnis war seltsam tröstlich. Sie waren alle menschlich – nun ja, nicht ganz alle – alle beschäftigten sich auf unterschiedliche Weise mit der Dunkelheit. Vielleicht war das, was sie gut in ihren Jobs machte – nicht Furchtlosigkeit oder perfekte Ausführung, sondern die Bereitschaft, sich der Dunkelheit immer wieder zu stellen, aus jeder Begegnung zu lernen und mit jeder Herausforderung stärker zu werden.

Gideon hob sein frisches Bier und stieß einen eigenen Trinkspruch aus. »Auf ein verdammt gutes Team,« sagte er und meinte es auch so.

KAPITEL 27

*D*er Hotelkorridor schwankte leicht, während Dacey Gideon hinter sich herzog, ihre warme Hand in seiner verschränkt. Ihr Lachen hallte von den Wänden wider, ein wenig zu laut für die späte Stunde. Der angenehme Schwips vom Bier ließ alles weicher an den Rändern erscheinen, traumhafter.

Dacey blickte zu ihm zurück, während sie sich bewegten, ihr glänzend schwarzes Haar schwang wie Seide über ihren Rücken. Das gedämpfte Licht des Flurs fing die bernsteinfarbenen Funken in ihren Augen ein und ließ sie wie eine ruhende Feuerstelle glimmen. Ein strahlendes Grinsen erhellte ihr ganzes Gesicht und zauberte winzige Fältchen in ihre Augenwinkel. Etwas Wildes und Wunderbares lag in diesem Lächeln, das Gideon tief im Innersten traf. Die Schwärmerei, die er seit Monaten für sie empfand, brandete wie eine Welle in ihm auf und drohte, ihm Worte zu entlocken, für die er bei weitem nicht betrunken genug war – Worte darüber, wie ihr Lächeln ihn gleichzeitig fallen und fliegen ließ, wie die Wärme ihrer Hand sich wie Heimkommen anfühlte, wie er noch nie jemanden getroffen hatte, der ihn so lebendig fühlen ließ.

Daceys Fuß verfing sich an der Ecke des Teppichläufers und ließ sie stolpern. Gideon fing ihren Ellbogen auf, als sie taumelte, und zog sie nah zu sich, bis sie ihr Gleichgewicht wiederfand. Ihre Körper berührten sich kurz, und er spürte die Hitze, die selbst durch ihre Kleidung von ihrer Haut ausging.

»Mein Held«, neckte sie, ihre Hände verweilten auf seinen Armen, Finger zeichneten kleine Muster, die Elektrizität durch seine Adern jagten. »Immer so schnell zur Rettung bereit.«

Das kalte Licht der Leuchtstoffröhren warf einen unheimlichen Schein über alles und ließ den gemusterten Hotelteppich vor seinen Augen zu wogen scheinen. Oder vielleicht lag es nur an Daceys berauschender Nähe. Oder vielleicht am Bier. Aus einem Drink waren mehrere geworden, während sie stundenlang Geschichten austauschten und sich die Anspannung des Tages allmählich löste. Er war nicht betrunken – nur angenehm warm und entspannt, das Grauen des Zwischenfalls bei der Tafel wich endlich dem Zauber, den Dacey um ihn wob.

Sie erreichten zuerst Gideons Tür, und er wandte sich um, um Dacey gute Nacht zu wünschen, er erwartete, dass sie zu ihrem Zimmer nebenan gehen würde. Stattdessen fand er sie unmöglich nah vor sich stehend, den Kopf zurückgeneigt, um zu ihm aufzublicken. Sie biss sich auf die Unterlippe, und die Geste schickte eine heiße Welle durch seinen Körper. Etwas Ungeschütztes in ihrem Ausdruck ließ sein Herz in seiner Brust stolpern.

»Dacey?« brachte er hervor, aber was immer er noch sagen wollte, verdampfte, als sie sich nah an ihn presste, ihr Körper warm gegen seinen. Ein Blitz aus bernsteinfarbenem Feuer zuckte durch ihre Augen, wild und lebendig.

Sie stellte sich auf die Zehenspitzen, eine Hand glitt zu seiner Schulter, während sie ihn zu sich hinunterzog. Der geisterhafte Duft verbrannter Gewürze stieg ihm in den Kopf und ließ ihn an nichts anderes mehr denken als daran, wie ihr Körper sich an seinen schmiegte und wie ihre Finger auf seiner Haut feurige Spuren hinterließen.

»Warte«, sagte er und fasste sanft ihre Schultern. »Du hast getrunken. Wir sollten nicht—«

»Du vergisst meinen Gestaltwandler-Stoffwechsel?«, entgegnete Dacey, ihre Stimme tief und amüsiert. »Es braucht viel mehr als ein paar Bier, um mein Urteilsvermögen zu trüben. Ich weiß genau, was ich will.« Sie fuhr mit einem Finger über seinen Kiefer, und er hätte schwören können, dass Funken in dessen Spur folgten. »Ich weiß es schon eine Weile, Gideon.«

Die Art, wie sie seinen Namen sagte – nicht das sonst so verspielte 'Giddy' – jagte ihm einen Schauer über den Rücken. Die Erkenntnis, dass sie ihn wollte, ließ alle möglichen Einwände, die er hätte vorbringen können, kurzschließen.

Bevor sein Verstand wieder zu sehr zu analysieren begann, legte Gideon seine Hand an ihre Wange und küsste sie. Ihre Lippen waren unglaublich warm auf seinen, und als sie sie mit einem leisen Laut öffnete, konnte er etwas wie Zimt und Holzrauch schmecken. »Du schmeckst nach Feuer«, flüsterte er gegen ihren Mund.

Dacey lächelte gegen seine Lippen, dann zog sie sich gerade weit genug zurück, um ihm sanft die Schlüsselkarte aus der Hand zu nehmen. Die Tür klickte auf, und dann stolperten sie hinein, angezogen wie zwei Magnete. Wo immer sich ihre Haut berührte, ging eine intensive Wärme von ihr aus, die jedoch nicht unangenehm war, sondern sich wohltuend in Gideons Knochen senkte und die letzten Schatten des Tages vertrieb.

Ihre Hände glitten unter sein Hemd, fuhren über seine Haut und ließen ihn trotz der Wärme erschaudern. Sein Hemd landete auf dem Boden, und Daceys Hände erkundeten die Konturen seiner Brust mit offensichtlicher Wertschätzung, ihre Berührung war zugleich ehrfürchtig und hungrig. Sie zog ihn zu einem weiteren sengenden Kuss hinunter.

Als sie sich schließlich löste, leuchteten ihre Augen gluthell im dämmrigen Raum. Sie ging ein paar Schritte rückwärts, hielt seinen Blick fest, während ihre Finger mit quälender Langsamkeit an den Knöpfen ihrer Bluse arbeiteten. Als der Stoff von ihren Schultern glitt, tauchten Phantomflügel aus Feuer hinter ihr auf, eine Manifestation ihrer wilden Gefühle. Wie magisch angezogen trat er vor, die Hand ausgestreckt, gebannt von ihrer Schönheit. Seine Finger strichen die Länge eines durchscheinenden Flügels entlang, und er war überrascht zu entdecken, dass es sich anfühlte, als würde er seine Hand durch sonnengewärmtes Wasser bewegen, als würde er flüssiges Licht selbst berühren.

Dacey schauderte bei seiner Berührung, ihre Augen weit. »Du kannst sie spüren?« flüsterte sie. »Sie sind nicht einmal ganz entfaltet – die meisten Menschen können sie so gar nicht sehen, geschweige denn...« Sie warf ihm einen besorgten Blick zu. »Es verbrennt dich nicht, oder?«

Gideon grinste, noch immer fasziniert vom Spiel des ätherischen Feuers unter seinen Fingern. »Nein«, versicherte er ihr und beobachtete, wie das Feuer spielerisch um seine Finger tanzte. »Es fühlt sich warm an. Sogar beruhigend.« Er fuhr eine weitere Linie am Flügelrand entlang und beobachtete, wie er sich bei seiner Berührung kräuselte. »Muss meine Auramant-Fähigkeit sein – dämpft wahrscheinlich etwas von deiner Feuermagie, macht sie weniger intensiv, als sie es für andere wäre.«

Etwas flackerte in Daceys Augen – Erleichterung und Aufregung vermischt mit etwas Tieferem, Tiefgreifenderem. Gideon erinnerte sich daran, wie sie ihm vom Leben als Bennu-Gestaltwandlerin erzählt hatte, wie sie ihre Kraft ständig um Menschen herum kontrollieren musste, dabei stets im Bewusstsein der rohen, zerstörerischen Kraft, die unter ihrer Haut schlummerte. Er hatte das Gewicht dieser Verantwortung in ihren Augen gesehen, als sie bei der unhöflichen Dame auf der Versammlung der Erbe-Stiftung ihre Beherrschung hatte bewahren müssen. Aber bei ihm musste sie sich nicht zurückhalten.

Endlich seinem Drang aus der Essenshalle nachgebend, nahm Gideon ihre Hand in seine und führte sie langsam zu seinen Lippen. Er drückte sanfte Küsse auf ihre Fingerknöchel, ohne den Blick von ihr abzuwenden. Als sie nicht wegzog, drehte er ihre Hand um und drückte einen weiteren Kuss auf ihre Handfläche, bevor er mit seinen Lippen langsam ihren Arm entlangküsste. Langsam, ehrfürchtig folgte er einem Pfad von langsamen, bewussten Küssen über ihre Haut, jeder Kuss verweilte länger als der letzte.

Gideons Hände glitten über ihren nackten Rücken und zogen sie an seine Brust. Ihre Haut war fieberheiß unter seinen Handflächen, als er sich beugte, um seine Lippen auf ihre Schulter zu drücken. Er küsste langsam ihre Schulter entlang, bis hinauf zu ihrem Hals. Daceys Atem stockte, als er weiter nach oben ging, sein Mund kartierte die Säule ihrer Kehle. Als er ihre Lippen erreichte, atmeten beide schwer, Herzen rasten im Kontrapunkt, die Luft um sie herum geladen mit Elektrizität und Verlangen. Ihre Flügel flammten weiter auf und umhüllten sie, als sie ihn zu ihren Lippen in einem verzweifelten, verzehrenden Kuss zurückzog, der sich anfühlte wie ein Sprung in flüssiges Feuer.

Sie löste sich plötzlich, brach den Kuss mit einem spielerischen Lächeln, das sein Herz zum Überschlagen brachte. Ihre Augen funkelten vor Schelmerei, als sie einen weiteren Schritt von ihm weg machte und ihm einen scheuen Blick unter ihren Wimpern zuwarf. Die Flügel schimmerten und kräuselten sich bei ihrer Bewegung, als sie sich umdrehte und langsam den BH öffnete. Als sie anfing, sich wieder zu ihm umzudrehen, fing das Licht etwas auf ihrer Haut ein, das Gideons Blut zu Eis werden ließ.

Seine Hand griff nach ihrer Schulter und packte sie so fest, dass sie keuchte. Die Zeit schien stillzustehen, der leidenschaftliche Schleier verdampfte in einem Augenblick, als seine Augen sich auf das Mal auf ihrem linken Schulterblatt fixierten.

»Was—?« begann Dacey, aber das Wort starb, als Gideons

raues »Nein« den Raum zwischen ihnen erfüllte. Der Klang seines Entsetzens löschte ihre feurigen Flügel aus wie eine Kerze im Wind.

Die Spirale einer Muscheltätowierung, die er nur zu gut kannte, war auf ihrem Rücken zu sehen, direkt unterhalb ihres linken Schulterblatts.

KAPITEL 28

*D*as Spiralmuster ließ Gideons Herz mitten im Schlag stocken. Das komplizierte Muscheldesign schien im schwachen Licht schwach zu pulsieren, jetzt da er es aus der Nähe sehen konnte. Es war genau wie das, was er bei Astrid gesehen hatte – dasselbe Muster, das aus ihrem Körper aufgestiegen war und ihn beinahe mit seiner jenseitigen Macht überwältigt hätte. Das Muster, das der Völva Leben und Magie entzogen und nichts als eine leere Leere zurückgelassen hatte.

»Gideon? Was ist los?« Dacey drehte sich zu ihm um, Sorge ersetzte die spielerische Hitze in ihren Augen.

Sein Mund öffnete und schloss sich, aber keine Worte kamen heraus.

Das Spiralmuster kräuselte sich leicht, wie eine Hitzespiegelung, und Gideon schwor, er könne ein Echo jener überwältigenden Leere-Magie davon ausstrahlen spüren. Sie brauchten Hilfe.

»Wir müssen Hex anrufen,« brachte er hervor, seine Stimme rau. »Sofort.«

»Was? Warum?«

Gideon holte zitternd Luft, seine Hände ballten sich an seinen

Seiten zu Fäusten. »Weil jemand dich markiert hat. Das Zeichen... das Leere-Zeichen. Es ist—es ist auf deinem Rücken. Genauso wie sie Astrid und wahrscheinlich die anderen markiert haben.« Seine Stimme brach. »Und ich weiß nicht, wie viel Zeit wir haben, um dich zu retten.«

»Nein.« Das Wort schien im plötzlich stillen Raum zu hallen. Dacey griff nach hinten, ihre Finger suchten blind. »Das ist unmöglich. Da ist nichts.«

»Es ist genau hier.« Gideon fuhr die Spirale mit einem zitternden Finger nach und spürte, wie die Magie an seiner Haut biss – jene vertraute sogartige Leere gepaart mit etwas anderem, einer Unterströmung von etwas fast Feenhaftem. »Ich kann es fühlen. Ich kann es sehen.«

»Nein.« Dacey schüttelte heftig den Kopf. »Nein, ich würde wissen, wenn jemand—« Sie brach ab und drehte sich, um im Spiegel auf der gegenüberliegenden Wand ihren Rücken zu betrachten. »Ich würde es wissen. Ich sehe nichts. Bist du sicher?«

Gideon griff bereits nach seinem Handy. »Ja, ich bin sicher, Dace. Ich rufe Hex an.« Seine Finger fummelten mit dem Gerät herum und ließen es beinahe fallen, bevor er es schaffte, den richtigen Kontakt zu drücken. Die Klingeltöne schienen ewig zu dauern, bevor Hex' Stimme durchkam, verschlafen, aber aufmerksam.

»Gideon? Es ist mitten in der—«

»Dacey hat das Zeichen,« unterbrach er, die Worte sprudelten heraus. »Das Leere-Zeichen. Die Spirale. Es ist auf ihrem Rücken. Ich kann spüren, dass es mit ihrem Geist verbunden ist – mit ihrer Lebenskraft.«

Ein scharfes Luftholen. Dann: »Das ist unmöglich. Torres ist tot. Seine Magie müsste mit ihm gestorben sein.«

»Es sei denn, er hatte Hilfe,« sagte Gideon, die schreckliche Möglichkeit kristallisierte sich heraus, während er sie aussprach. »Es sei denn, jemand anderes ist beteiligt.«

Hex murmelte etwas, das unverkennbar ein Fluch in einer fremden Sprache war. »Bewegt euch nicht. Ich rufe alle an. Wir sind in zwanzig Minuten da. Lass Dacey nicht aus den Augen.«

»Werde ich nicht,« versprach Gideon.

Der Anruf endete, und als Gideon sich umdrehte, sah er Dacey blass und schwer auf der Bettkante sitzen. Er bewegte sich zu ihrer Seite, sein Herz brach bei dem verlorenen Blick in ihren Augen. Bevor er sprechen konnte, drehte sie sich und warf sich in seine Arme, vergrub ihr Gesicht an seiner Brust. Ihr Körper zitterte gegen seinen, während er sie hielt, eine Hand bewegte sich beruhigend auf und ab über ihren Rücken. Jedes Mal, wenn seine Finger über das Zeichen glitten, stach diese seltsame Kombination aus Leere- und Feenmagie in seine Finger wie wütende Wespen. Er spürte einen dunklen Strudel, immens und drohend, der an Daceys Essenz zog und sie langsam absaugte. Es ließ ihn fast erbrechen.

Als das Klopfen kam, war es scharf und dringlich. Gideon löste sich widerwillig von Dacey und wartete, bis sie ein Hemd angezogen hatte, bevor er die Tür öffnete. Das Team strömte schnell herein – Hex zuerst, dann Santos, Quinn und MacGuire, alle zerzaust, aber wachsam aussehend.

»Ich fand es, als—« Gideon zögerte, redigierte schnell. »Mir fiel es auf ihrem Rücken auf. Dacey kann es nicht sehen, aber es ist definitiv da.«

Hex reichte Dacey ein Handtuch, um ihre Vorderseite zu bedecken. »Zeig uns, wo,« befahl sie sanft.

Dacey drehte sich um, zog ihr Hemd hoch und bedeckte ihre Vorderseite mit dem Handtuch. Gideon zeigte auf die genaue Stelle. Hex fuhr mit ihrer Hand über den Bereich und murmelte etwas leise, das die Luft knistern ließ. »Hier ist ein Zauberglanz,« sagte sie schließlich. »Aber er ist… schlüpfrig. Komplex. Ich kann ihn nicht durchbrechen. Ehrlich gesagt, wäre er mir nicht einmal aufgefallen, wenn du mir nicht gesagt hättest, dass er da ist.«

MacGuire runzelte die Stirn. »Wie konntest du das vorher

nicht bemerken, Gideon? Du warst doch seit Tagen ständig bei ihr.«

»Es ist sehr subtil,« sagte Gideon defensiv. »Ich dachte, es wären nur anhaltende Magie von ihren Interaktionen mit anderen mythischen Wesen. Nichts Außergewöhnliches.«

»Der Zauberglanz ist darauf ausgelegt, der Entdeckung zu entgehen,« sagte Hex und warf MacGuire einen warnenden Blick zu. »Er ist so gestaltet, dass er praktisch unsichtbar ist. Sogar mir wäre er entgangen, wenn Gideon nicht seinen genauen Standort angegeben hätte.«

MacGuire presste die Lippen zusammen, nickte aber und akzeptierte Hex' Erklärung.

Hex winkte ihn näher. »Gideon, sag mir genau, was du von dem Zeichen spürst.«

Gideon legte seine Hand auf Daceys Schulter und bemerkte, wie sie sich an ihn schmiegte. »Es ist wie ein Strudel oder eine Strömung,« sagte er. »Die Leere-Magie darunter, die alles nach unten und hineinzieht. Aber da ist etwas anderes darüber geschichtet. Feenmagie, aber nichts, das mir sofort vertraut vorkommt. Und das Zeichen… es fühlt sich an, als wäre es mit ihrer Lebenskraft verbunden, wie ein Blutegel oder ein Neun-auge, die sich von ihrer Essenz nähren.«

»Gideon.« Santos' Stimme war vorsichtig neutral. »Ist dir in letzter Zeit etwas Seltsames aufgefallen? Um Dacey herum oder einfach im Allgemeinen? Irgendwelche seltsamen Gefühle, uner-klärliche Empfindungen?«

»Nein, nichts.«

»Überprüf dich selbst,« sagte Santos. »Gründlich. Für den Fall—«

Die Andeutung traf Gideon wie ein Schlag in den Magen. Er nickte schnell und schlüpfte ins Badezimmer, zog sich aus, um jeden Zentimeter Haut im Spiegel zu untersuchen. Nichts. Keine Spirale, kein Zeichen und keine Spur jener heimtückischen Magie. Er zog sich an und kehrte zurück, um Dacey dabei zu finden, wie sie das beendete, was sich wie eine Schilderung der jüngsten Ereignisse anhörte.

»Nichts,« berichtete er und sah mehrere Schultern vor Erleichterung sinken.

»Meine Bennu-Natur,« sagte Dacey plötzlich. »Wenn es... wenn das Zeichen mich tötet, werde ich einfach wiedergeboren, richtig?«

Die Hoffnung in ihrer Stimme versetzte Gideon einen Stich. Hex' Gesichtsausdruck half nicht. »Verlass dich nicht darauf,« sagte sie grimmig. »Wenn das Zeichen deine Magie entzieht, wie wir denken, hast du vielleicht nicht genug übrig, um dich zu regenerieren. Es könnte... ein endgültiger Tod sein. Wir können es nicht riskieren.«

Gideons Hand verstärkte unwillkürlich ihren Griff auf Daceys Schulter. Der Gedanke, sie zu verlieren, ihr helles Feuer für immer erlöschen zu sehen...

»Wart ihr zwei jemals getrennt?« fragte Santos, seine Augen verengten sich vor Konzentration. »Irgendwann, als Dacey allein war?«

»Nicht wirklich. Wir haben uns seit unserer Ankunft in der Stadt kaum voneinander getrennt. Dacey wartete auf dem Parkplatz, als ich mich ins Haus der Gelassenheit schlich. Aber das waren nur 15 oder 20 Minuten.« Plötzlich wurde Gideon etwas klar. »Warte. Detective Voss. Dacey war über eine Stunde allein mit ihm, während ich in Vandermeers Büro war. Er hätte—«

»Wir werden Voss aufspüren und verhören,« sagte Hex sofort und zog ihr Handy heraus. »Ich rufe eine vollständige Festnahmeeinheit an.«

»Ich glaube nicht, dass es Voss ist,« sagte Dacey. Als Gideon sie ansah, zuckte sie mit den Schultern. »Ich glaube einfach nicht, dass Voss mir das Zeichen gemacht hat.«

»Trotzdem wird es nicht schaden, ihn zu verhören,« versicherte Hex ihr.

»Marcus,« sagte Dacey plötzlich. »Marcus Chauvin. Er war ein Feenwesen und ein Sigiltätowierer.«

»Ja, aber es ist keine normale Tätowierung,« sagte Gideon. »Die dauern Stunden, um gemacht zu werden, und außer nachts waren wir fast die ganze Zeit zusammen. Außerdem sind wir erst seit ein paar Tagen in der Stadt, und deine Haut ist völlig glatt – keine Rötung, keine Schorfbildung. Eine richtige Tätowierung braucht Zeit zum Verheilen. Wir waren fast die ganze Zeit zusammen – ich weiß nicht, wie jemand dir das hätte antun können, ohne dass ich es bemerkt hätte.«

»Hätte jemand in ihr Zimmer eindringen können, während sie schlief?« fragte Santos.

»Auf keinen Fall,« sagte Dacey bestimmt. »Ich hätte reagiert, Krach gemacht. Gideon hätte etwas gehört – sein Zimmer ist neben meinem.«

»Nicht, wenn sie zuerst einen Zauber benutzt hätten, um dich auszuschalten,« wies Hex hin.

Dacey schüttelte den Kopf. »Gideon hätte gespürt, wenn jemand so nah an seinem Zimmer Magie gewirkt hätte. Nicht wahr?«

Gideon fühlte sich von Daceys Vertrauen in ihn gerührt. Den Kopf schüttelnd fuhr er sich mit einer Hand durch die Haare. »Wir dürfen noch nichts ausschließen. Wir haben es mit Magie zu tun, die wir nicht vollständig verstehen.«

»Wir lassen Leonhard die Videoüberwachung des Hotels auswerten,« sagte Hex.

»Auch wenn es keine normale Tätowierung ist. Es sieht wie eine aus, richtig? Und es fühlt sich nach Feenmagie an. Könnte es Chauvins Magie sein, die du spürst?« fragte Dacey.

»Ich würde gern Chauvins Haus untersuchen,« sagte Gideon. »Die Magie fühlt sich wie Feenmagie an. Jetzt, da ich das Zeichen berührt habe, würde ich gern noch einmal den Ort anschauen.« Er konnte die Dringlichkeit in seiner Brust aufkommen spüren, das Bedürfnis zu handeln, etwas zu tun.

»Ich komme mit dir,« begann Dacey aufzustehen, aber Hex drückte sie sanft zurück.

»Nein. Du musst dich ausruhen. Ich rufe das medizinische Team des Conclaves an. Du musst hierbleiben, damit wir herausfinden können, wie wir dieses Zeichen von deiner Magie lösen können, ohne Schaden zu verursachen.« Sie fixierte Dacey mit einem strengen Blick. »Wir wissen nicht, wie lange die Magie braucht, um zu wirken. Wir müssen dich vielleicht in einen Stasiszauber versetzen, um den Fortschritt der Verzauberung zu stoppen. Wir müssen dich genau überwachen.«

»Ich gehe mit Gideon,« bot Santos sich an.

»Zählt mich auch dazu,« fügte MacGuire hinzu und trat vor.

Gideon kniete vor Dacey nieder und hob ihr Kinn mit sanften Fingern, bis sie ihm in die Augen blickte. Die Angst, die er dort sah, so fremd in ihrem normalerweise selbstbewussten Gesicht, ließ sein Herz zusammenziehen. Er dachte an Astrid, an ihr Opfer, an ihre rätselhaften Warnungen. »Ein markierter Geist,« murmelte er, die Worte trafen ihn wie ein körperlicher Schlag, als ihre Bedeutung endlich klar wurde. Astrid hatte gesagt, dass Gideon sehen musste. Sie hatte es irgendwie gewusst – hatte vielleicht sogar ihr Leben gegeben, um ihm diese Chance zu geben, Dacey zu retten.

»Hey,« sagte er sanft. »Ich werde das herausfinden. Bleib einfach wach für mich, okay? Ich werde das schaffen. Ich verspreche es.«

Ihre Finger griffen kurz nach seinen, feuerwarm und zitternd.

Gideon wandte sich Hex zu und befahl: »Lass sie auf keinen Fall einschlafen. Egal, was passiert. Soweit ich das beurteilen kann, wird die Magie erst aktiv, wenn die Person bewusstlos wird. Solange Dacey wach ist, können wir das reparieren.«

Hex nickte zustimmend. Dann war Santos an seiner Schulter und drängte ihn zur Tür, und Gideon musste Dacey loslassen. Er warf einen letzten Blick auf sie, als sie gingen. Sie setzte eine tapfere Miene auf – Rücken gerade, Kinn erhoben, die Augen funkelten vor Trotz – aber er konnte sie sofort durchschauen. Die Anspannung in ihren Schultern und die Art, wie ihr Lächeln ihre Augen nicht erreichte – all das verriet, wie verängstigt sie war.

Er würde ihr Feuer nicht erlöschen lassen. Nicht, solange er noch atmete.

KAPITEL 29

G ideon betrachtete das Chaos, das sich über Chauvins Wohnzimmer verstreut hatte, seine Schultern pochten von der unerbittlichen Suche. Aufgeschlitzte Kissen und Polster hatten ihre Füllung wie frischer Schneefall über den Parkettboden verteilt. Jedes gerahmte Foto war zerlegt worden, die Abzüge und Rahmen akribisch untersucht. Leere Videospielhüllen lagen nach eingehender Untersuchung achtlos herum. Er hatte sogar das Sofa umgedreht und die Unterseite aufgerissen, um jede Federung und jeden Winkel zu überprüfen. Geleerte Schubladen hatten ihren Inhalt der wachsenden Unordnung preisgegeben. Die Wände standen nackt da, selbst die Fußleisten waren im Zuge ihrer verzweifelten Suche entfernt worden. Doch für all diese Zerstörung war ihre einzige Belohnung ein einzelner Zeichenblock voller grober Skizzen von diesem verdammten Spiralzeichen.

Er hatte sofort Fotos der Bilder dem Team geschickt, aber es bestätigte nur, was sie bereits vermuteten – Chauvin war irgendwie verwickelt. Das brachte ihnen herzlich wenig, wo der Feentätowierer tot und jenseits jeder Befragung war. Seine Finger verkrampften sich um sein Handy, die Knöchel weiß vor

Anspannung. Das Team hatte die ganze Nacht über Updates geschickt, aber keines davon war hilfreich. Das Savannah Conclave hatte es geschafft, ein paar Spezialisten zu versammeln – einen Schamanen aus Jacksonville, einen Sigill-Tätowierungs-Experten aus Tampa, sogar einen mythischen Mediziner aus Orlando – aber niemand hatte wirkliche Fortschritte bei Daceys Fall gemacht.

Zu ihrer Frustration hinzu kam, dass niemand Detective Victor Voss bisher hatte ausfindig machen können. Sie mussten ihn zu der Zeit befragen, die er allein mit Dacey verbracht hatte. MacGuire hatte mehrmals das Polizeirevier angerufen, Voss' Wohnung überprüft und sogar seine üblichen Aufenthaltsorte abgeklappert, aber der Detective ging nicht ans Telefon und war nicht zu Hause gewesen. Seine Abwesenheit jetzt, wo sie verzweifelt Informationen brauchten, ließ mehr als nur ein paar Augenbrauen hochziehen. Das Timing schien bestenfalls verdächtig.

Gideons Handy summte, Daceys Name leuchtete auf dem Bildschirm auf. Sein Herz machte einen Satz, als er nach draußen trat und plötzlich das blasse Morgenlicht bemerkte, das über Chauvins Vorgarten strömte. Waren sie fast die ganze Nacht dabei gewesen?

»Hey«, antwortete er und versuchte, seine Stimme ruhig zu halten.

»Hey, zurück.« Daceys Stimme war warm, aber mit einem müden Unterton. »Etwas Nützliches gefunden?«

»Nicht wirklich. Nur die Skizzen. Geht's dir gut?«

»Gut, alles in allem betrachtet.« Sie versuchte, unbeschwert zu klingen, aber es gelang ihr nicht ganz. »Der Kaffee hier ist allerdings schrecklich. Ich glaube, die Herberge kauft das billige Zeug.«

»Wie ist die Müdigkeit?« Er konnte die Sorge nicht ganz aus seiner Stimme heraushalten.

»Sie ist da, aber nicht allzu schlimm.« Es raschelte am

anderen Ende, als würde sie ihre Position wechseln. »Hex und die anderen glauben nicht, dass ich in unmittelbarer Gefahr schwebe, solange ich wach bleibe. Aber...« Sie zögerte. »Sie wollen mich bis Mittag in Stasis versetzen, wenn wir bis dahin nichts herausgefunden haben. Hex hat ein ganzes Eindämmungsteam angefordert, um den gesamten Prozess zu überwachen. Es ist eine Menge zu verkraften. Giddy... ich habe Angst.«

Gideon trat gegen einen Terrakotta-Pflanzentopf neben der Tür, Schmerz schoss durch seinen Zeh, als der Topf die Haustreppe hinuntertaumelte und gegen den Betonweg zerschellte. Der verwelkte Farn lag leblos zwischen den Scherben.

Er wandte sich vom zerbrochenen Topf ab und sprach bewusst aufmunternd. »Hey, hör mir zu, Dacey. Du bist die stärkste Person, die ich kenne. Du hast Schlimmeres als das schon durchgestanden. Und du hast es überstanden. Das tust du immer.« Er atmete tief durch und stabilisierte sich. »Ich werde nicht zulassen, dass dir etwas passiert. Keiner von uns wird das. Wir arbeiten alle daran, und wir kriegen das hin. Vertrau mir. Halt nur noch ein bisschen durch.« Dann fügte er hinzu: »Außerdem müssen wir es bis zum Wochenende herausfinden. Wir müssen – meine Mutter hat dich zu ihrer Grillparty zum Unabhängigkeitstag am Samstag eingeladen.«

»Wirklich?« Die Überraschung in ihrer Stimme war deutlich. »Ich dachte, Stella kann mich nicht leiden.«

»Nein.« Gideon lehnte sich gegen das Geländer der Veranda. »Sie war nach allem, was passiert ist, einfach sehr beschützend. Aber sie will einen Neuanfang. Sie weiß, wie wichtig du mir bist.«

»Ja?« Die Wärme war zurück in ihrer Stimme, diesmal echt. »Du bist mir auch wichtig.«

Gideons Herz stockte. Er öffnete den Mund, die Worte, die er so lange zurückgehalten hatte, stiegen ihm auf die Lippen – dass sie ihm mehr als nur wichtig war, dass er irgendwo zwischen Monsterjagden und Nahtoderfahrungen—

»Dacey!« Quinns Stimme drang durch das Hintergrundgespräch. »Der Schamane will etwas versuchen.«

»Entschuldigung«, sagte Dacey schnell. »Ich muss gehen.«

»Natürlich. Sag mir Bescheid, wie es dir geht, ja?«

»Mach ich.«

Die Leitung war tot, und Gideon legte den Kopf zurück und starrte in den Morgenhimmel. Das sanfte Blau schien ihn mit seiner Ruhe zu verhöhnen. Seine Brust fühlte sich an, als würde sie in einem Schraubstock zerquetscht, jeder Atemzug schwerer als der letzte. Er hatte sich Mördern gestellt, Kreaturen aus einem Dämonenreich bekämpft und sogar überlebt, zu denken, er würde verrückt werden von dem, was er für Halluzinationen hielt – aber er hatte sich noch nie so hilflos gefühlt. So völlig hilflos und ohnmächtig.

Das Mal tötete Dacey. Mit jeder vergehenden Sekunde saugte es ihre Essenz, ihre Magie und ihr Leben aus. Alles, was er tun konnte, war hier zu stehen, umgeben von wertlosen Papierfetzen und Sackgassen-Hinweisen, während die Uhr unaufhaltsam auf Mittag zutickte.

Die Tür knarrte hinter ihm, Santos trat hinaus, seine Kleidung war zerknittert und staubig. Er seufzte schwer und fuhr sich mit einer Hand übers Gesicht. »Ich glaube nicht, dass hier noch etwas zu finden ist, Gideon. Wir haben den Ort auseinandergenommen.«

Gideon wandte sich ihm zu, der Kiefer mit grimmiger Entschlossenheit zusammengebissen. »Dann lass uns stattdessen zu seinem Arbeitsplatz gehen und ihn auseinandernehmen.« Seine Stimme klang stahlhart, Entschlossenheit lag in jedem Wort. »Jeden verdammten Zentimeter, wenn wir müssen.«

Santos nickte, kein Zögern in seinem Blick. »Ich sage MacGuire, er soll das Auto holen.«

Während Santos sein Handy herauszog, warf Gideon einen letzten Blick auf den heller werdenden Himmel. Irgendwo in dieser Stadt war die Antwort, die sie brauchten. Der Schlüssel, um Dacey zu retten. Und er würde ihn finden, auch wenn er jedes Gebäude Stein für Stein abtragen müsste.

Er weigerte sich, an die andere Möglichkeit zu denken. Er weigerte sich, sich eine Welt ohne Daceys Feuer, ihr Lachen und ihre unerschütterliche Stärke vorzustellen. Er würde sie nicht verlieren – nicht daran, nicht an irgendetwas.

Doch die Zeit lief ab. Und mit jeder vergehenden Minute pulsierte das Mal der Leere seinen hungrigen Rhythmus gegen Daceys Haut und zählte hinunter zu einer Dunkelheit, aus der es vielleicht keine Wiedergeburt gab. Der Gedanke ließ ihn die Zähne so fest zusammenbeißen, dass es schmerzte.

KAPITEL 30

*G*ideon marschierte auf Wilde Hof Tätowierungen zu und umklammerte die abgenutzten Kanten von Chauvins Skizzenbuch so fest, dass seine Knöchel weiß hervortraten. Santos und MacGuire gingen wie zwei Schatten an seiner Seite, ihre Schritte im Gleichklang mit seinem entschlossenen Schritt. Das kleine Gebäude hatte eine künstlerische Atmosphäre mit industriellem Flair – lebendige Wandmalereien schmückten eine Seite des Gebäudes und Topfpflanzen säumten den Eingang. Der Laden strahlte die Art kreativer Energie aus, die Gideon normalerweise anzog und ihn dazu brachte, jedes Kunstwerk studieren zu wollen. Aber alles fühlte sich hohl an gegen die kalte Panik, die sich heute in seiner Brust zusammenrollte.

Das fröhliche Klingeln der Türglocke war ihm fast eine Beleidigung. Morgenlicht strömte durch die Vorderfenster herein, fing sich in gerahmten Kunstwerken und ließ die polierten Hartholzböden glühen.

Die Augen der Empfangsdame weiteten sich, als sie seinen Gesichtsausdruck sah, und die Begrüßung, die sie hatte aussprechen wollen, starb ihr auf den Lippen. Ihre zahlreichen Piercings glitzerten im Licht, als sie sich in ihrem Stuhl zurücklehnte. Gideon konnte es ihr nicht verübeln – er konnte sich nur vorstellen, wie er nach Stunden der Suche aussah, nur mit Kaffee und verzweifelter Entschlossenheit am Laufen gehalten.

Er zog seinen Ausweis hervor und zwang seine Stimme, ruhig zu bleiben. »Ich muss mit allen sprechen, die mit Marcus Chauvin gearbeitet haben«, sagte er scharf. »Und ich brauche Zugang zu seinem Arbeitsplatz.«

Die Frau nickte langsam, ihr von dunklem Kajal umrandeter Blick huschte zwischen den drei Agenten hin und her. Ihre Finger nestelten an einem ihrer Gesichtspiercings – einem kleinen silbernen Ring durch ihre Unterlippe. »Ich... ich kann anrufen—«

Gideon zog bereits das Skizzenbuch hervor und schlug es auf einer Seite mit einem Spiralmuster auf. »Haben Sie das schon einmal gesehen? Haben Sie Marcus jemals an etwas Ähnlichem arbeiten sehen?«

Sie spähte auf die Skizzen, Anspannung war in der Haltung ihrer Schultern sichtbar. Nach einem Moment schüttelte sie den Kopf. »Nein, es sieht nicht vertraut aus—«

»Gab es ungewöhnliche Besucher oder Kunden?« bohrte Gideon nach, während er zu einer anderen Seite blätterte. »Jemand, der besonders an seiner Arbeit interessiert wirkte, oder—«

»Gibt es hier ein Problem?« Die vertraute Stimme schnitt durch Gideons Befragung wie eine Klinge.

Er drehte sich um und fand Violet DuBonne in der Türöffnung stehen, die zum hinteren Teil des Ladens führte. Während sie bei ihrem Treffen vor Tagen zerrissene Jeans und ein verwaschenes Band-T-Shirt getragen hatte, verkörperte sie heute pure Rockabilly-Glamour – einen hochgeschnittenen Bleistiftrock und eine Bluse mit Kirschenmuster. Ihr rot gespitztes Haar war zu einer eleganten Tolle gestylt, mit den Seiten glatt am Kopf anliegend. Die leuchtenden Koi-Fische schienen immer noch ihre

Arme hinauf und hinunter zu schwimmen, die komplizierten Schuppen fingen das Licht bei jeder ihrer Bewegungen ein.

»Agent Nash«, sagte sie kühl, ihre Stimme trug jedoch einen Hauch von Vorsicht. »Was führt Sie wieder hierher?«

»Wir haben einige Entwicklungen in unseren Ermittlungen, und wir glauben nun, dass Chauvin möglicherweise nicht nur ein unschuldiges Opfer war.«

»Verstehe. Wir sind hier, um zu helfen, obwohl ich es schätzen würde, wenn Sie etwas sanfter mit meiner Empfangs-dame wären. Katie verdient es nicht, gleich morgens früh verhört zu werden.« Sie hob eine Augenbraue, die freundliche Vertraut-heit ihres letzten Treffens fehlte deutlich. »Sie wissen, dass ich immer bereit bin zu helfen, aber wenn das hier kein freundlicher und höflicher Besuch ist, dann kommen Sie besser mit einem Durchsuchungsbefehl wieder.«

Gideons Brust zog sich zusammen, die Dringlichkeit von Daceys Situation kämpfte mit dem Wissen, dass das Verärgern potentieller Zeugen niemandem helfen würde. Er atmete tief durch und entspannte bewusst seinen Kiefer. »Entschuldigung«, sagte er und blickte zuerst Katie und dann Violet an. »Eine unserer Kolleginnen wurde verletzt. Wir haben Grund zu glau-ben, dass Marcus mit den Verantwortlichen in Verbindung stand.«

Etwas flackerte in Violets Gesichtsausdruck auf, wie jemand, der sich auf schlechte Nachrichten vorbereitet. Sie deutete Gideon an fortzufahren.

Er hielt das Skizzenbuch hoch. »Haben Sie diese schon einmal gesehen? Haben Sie Marcus an diesen Entwürfen arbeiten sehen?«

Violet trat näher und studierte die Spiralmuster mit sorgfäl-tiger Aufmerksamkeit. Nach einem Moment nickte sie. »Ja, ich habe ihn ein paar Mal an ähnlichen Entwürfen arbeiten sehen. Ich glaube, er hat noch ein paar Skizzenbücher im Pausenraum gelassen.«

»Hat er jemals jemanden mit diesem Spiralmuster tätowiert?«
fragte Gideon und bemühte sich, die Verzweiflung aus seiner
Stimme herauszuhalten.

Violet tippte nachdenklich an ihr Kinn, schüttelte aber den
Kopf. »Nicht, dass ich mich erinnern kann. Marcus war schon
seit Jahren bei uns, also fühlte ich nicht die Notwendigkeit, jedes
Stück zu überprüfen, das er machte. Er war einer unserer erfah-
rensten Künstler, und Kunden fragten speziell nach ihm für seine
maßgeschneiderte Sigiltatauierung-Arbeit.«

Santos trat vor. »Soll ich Sie in den Pausenraum begleiten,
wenn das für Sie in Ordnung ist?«

»Ich werde mit den anderen Künstlern sprechen«, fügte
MacGuire hinzu und warf Gideon einen Blick zu. Gideon nahm
an, dass MacGuire die Führung beim Gespräch mit den anderen
Künstlern übernahm, weil er sich Sorgen machte, dass Gideon
nicht in der Lage wäre, seine Fassung zu bewahren. »Gideon,
warum schauen Sie sich nicht Marcus' Station an?«

Gideon blickte auf das Skizzenbuch hinab und wurde sich
plötzlich bewusst, wie fest er es umklammerte. Er zwang seine
Finger, sich zu entspannen, und reichte das Buch mit einem
kurzen Nicken an MacGuire weiter. Die vertraute Last des
Scheiterns drückte ihm auf die Brust – es fühlte sich an wie eine
weitere Sackgasse, während kostbare Minuten verstrichen. Aber
die Beherrschung zu verlieren, würde Dacey nicht helfen.

Er atmete mehrmals tief durch, als er sich zu Marcus' leerem
Arbeitsplatz begab und versuchte, die Vision zurückzudrängen,
die sein Geist von Dacey in diesem Hotelzimmer heraufbe-
schwor, wie sie darum kämpfte wach zu bleiben, während die
Sigiltatauierung langsam ihr Leben aussaugte.

Gideon untersuchte Marcus' Tätowierstation methodisch und
überprüfte sorgfältig jeden Schrank und jede Oberfläche noch
einmal. Die oberen Lagerfächer enthielten die erwarteten
Vorräte – Nadeln, Tinten und Reinigungsmaterialien – alle
ordentlich organisiert, obwohl er mehrere leere Stellen im

Tintenlager bemerkte. Eine Schublade war leer, ihr kahles Inneres warf Fragen in seinem Kopf auf über das, was dort hätte gelagert werden können. Er machte sich eine mentale Notiz, Marcus' Kollegen über den vorherigen Inhalt der Schublade zu fragen, obwohl er vermutete, dass sie es wahrscheinlich nicht wissen würden. Der untere Schrank klemmte leicht, als er ihn aufzog, und offenbarte einen Stapel Unterlagen und ein paar Vorlagenmappen voller Proben von Chauvins Arbeit.

Er legte die Unterlagen beiseite und zog die erste Vorlagenmappe heraus. Der Ledereinband war abgenutzt und seine Seiten waren von häufigem Gebrauch eselsohrig. Seite um Seite offenbarte klassische Entwürfe – Anker umschlungen von Bannern, Rosen, die sich um Dolche wanden, und Adler, die Schädel in ihren Krallen hielten. Keltische Knoten, komplexe Tribal-Tattoos und Pinup-Girls lächelten kokett von jeder Seite. Jeder Entwurf sprach von technischem Können, aber keiner trug irgendeine Ähnlichkeit mit der spiralförmigen Sigiltatauierung, die er suchte.

Das Leder der zweiten Mappe war noch steifer, es fehlten die weichen Kanten und Flecken ihrer Vorgängerin, was darauf hindeutete, dass sie neuer war. Hier hatte sich Chauvins Stil verwandelt – verschwunden waren die kühnen Umrisse und klassischen Bilder, ersetzt durch komplizierte geometrische Muster.

Gideon verlangsamte seine Suche und studierte jeden Entwurf nun sorgfältiger. Einige der spiralförmigen Muster ließen seinen Puls steigen. Dennoch, jedes Mal wenn er genauer hinsah, lösten sie sich in etwas völlig Alltägliches auf – verschachtelte Kreise, die Lotusmuster bildeten, Mandalas oder sechseckige Gitter. Obwohl diese Entwürfe dem Stil der spiralförmigen Sigiltatauierung näher kamen, passte keiner ganz zu dem, wonach er suchte.

Vor Frustration knurrte er und warf die letzte Mappe zurück in die Schublade, seine übliche sorgfältige Behandlung in einem

Moment des Ärgers vergessen. Die schwere Mappe traf die Rückwand des Schranks mit mehr Kraft, als er beabsichtigt hatte. Ein hohles Klopfen ließ ihn aufhorchen, als sich die Rückwand der Schublade leicht verschob.

Mit klopfendem Herzen klopfte Gideon mit den Knöcheln gegen die Rückseite der Schublade und bestätigte seinen Verdacht. Vorsichtig hebelte er die falsche Rückwand ab und offenbarte ein kleines Notizbuch, das in dem schmalen Raum eingeklemmt war. Das Öffnen offenbarte Seiten mit scheinbar zufälligen Buchstaben und Zahlen, die ihm nichts sagten. Es sah aus wie etwas, das ein verrückter Wissenschaftler erschaffen würde.

»Santos! MacGuire! Kommen Sie her!« rief Gideon.

Sie eilten herbei und er zeigte ihnen seine Entdeckung. MacGuire beugte sich vor und studierte den kryptischen Inhalt. »Das sieht wie ein Code aus.«

Santos grinste. »Gut, dass wir einen Numerai kennen. Es gibt keinen Code auf der Erde, den Leonhard nicht knacken kann.«

Während Santos und MacGuire die Logistik des Scannens und Übermittelns des Notizbuchs an Leonhard diskutierten, bemerkte Gideon einen Streit auf der anderen Seite des Ladens. Zwei Angestellte, die er beim letzten Besuch im Laden getroffen hatte, schienen zu streiten. Der stark tätowierte Mann mit kurzem, dunklem Haar konfrontierte die Frau mit lockigem, blondem Haar.

»Jordan, du kannst nicht einfach Sachen von meinem Arbeitsplatz nehmen, ohne zu fragen«, sagte der Mann bestimmt.

»Ich habe nichts genommen, Danny«, protestierte Jordan.

»Meine Handschuhe, Jordan. Ich weiß, dass du sie genommen hast. Ich kann sie buchstäblich an deinem Arbeitsplatz sehen. Du weißt, dass du deine eigenen Vorräte im Auge behalten musst, anstatt dir immer von allen anderen zu leihen.«

Gideon beobachtete, wie Jordan schuldbewusst Dannys Schachtel Handschuhe zurückgab. Danny brummelte vor sich hin, schien aber eher genervt als wütend zu sein. Etwas kitzelte in Gideeons Hinterkopf.

Jordan begann, sich über ihr ADHS zu beklagen, aber Gideon konnte die Worte durch das plötzliche Klingeln in seinen Ohren nicht hören.

»Warten Sie«, rief Gideon Jordan zu. »Haben Sie etwas von Marcus' Station genommen?«

Jordan zögerte und wollte es leugnen, aber Gideon unterbrach sie und trat in ihren Raum. »Lügen Sie mich jetzt bloß nicht an. Das ist eine Frage von Leben und Tod. Haben. Sie. Irgendetwas. Von Marcus' Arbeitsplatz genommen?«

Zerknirscht aussehend gab Jordan zu: »Nur ein paar Fläschchen Tinte und etwas Übertragungspapier.« Sie hielt inne. »Das Papier war sowieso Mist; es nahm die Tinte nicht gleichmäßig an. Es ist keine große Sache; es ist nicht so, als würde Marcus das Zeug jetzt noch brauchen.«

Es war, als würde ein Blitz durch Gideons Adern schießen, sein Kopf brummte. »Haben Sie das Papier noch?«

Jordan gab unter seinem Druck nach. »Ich habe es weggeworfen, aber... es könnte noch in meinem Mülleimer sein.«

»Zeigen Sie es mir.«

Jordan führte ihn zu ihrem Arbeitsplatz und zeigte auf einen Mülleimer in der Ecke. Gideon durchwühlte den Inhalt, bis er einen Stapel Papiere am Boden fand. Als er sie herauszog, starrte er schockiert. Jedes Blatt trug das Spiralmuster in perfekter, kristallklarer Klarheit.

»Sehen diese für Sie leer aus?« fragte er Jordan.

Sie sah ihn an, als würde er den Verstand verlieren. »Ja, sie sind leer.«

Ohne ein Wort nahm Gideon eine Schale und ein Fläschchen schwarze Tinte von Jordans Arbeitsplatz und ignorierte ihre Proteste, während er die Tinte in die Schale goss. Er legte vorsichtig eines der Blätter in die Tinte. Die schwarze Flüssigkeit sickerte in das Papier ein, außer an den Stellen, an denen das

Spiralmuster gezeichnet war, und erzeugte ein deutliches Negativbild.

»Können Sie es jetzt sehen?« fragte Gideon Jordan.

Sie nickte, schockiert und sprachlos. Hinter ihr starrten Santos und MacGuire ungläubig. Gideon hielt das Papier hoch. »*Das* ist das Mal, das Dacey trägt.«

KAPITEL 31

$\mathcal{G}$ ideons Hände zitterten heftig, als er das Transferpapier auf Jordans Arbeitsplatz ablegte und das Blatt fast fallen ließ. Er holte tief Luft, um sich zu beruhigen, dann zog er sein Handy heraus und machte mehrere Fotos von dem krassen Negativbild, auf dem die schwarze Tinte die verborgene Spirale enthüllt hatte. Er schickte die Bilder in den Gruppenchat des Teams, zusammen mit einer kurzen Erklärung dessen, was sie gefunden hatten.

»Ich muss an die frische Luft«, krächzte er, seine Stimme rau wie Schmirgelpapier. Die Wände des Tattoo-Studios schienen sich um ihn zusammenzuziehen, als wollten sie ihn ersticken. Die Erkenntnis, wie nah sie daran waren, Dacey zu retten und doch wie weit entfernt, brachte seine Selbstbeherrschung an den Rand des Zerbrechens.

Santos legte Gideon eine ruhige Hand auf die Schulter. »Nimm dir die Zeit, die du brauchst. MacGuire und ich durchsuchen weiter den Laden. Wir kriegen das hin.«

Gideon nickte knapp, da er fürchtete, beim Sprechen die Fassung zu verlieren, und ging zur Tür hinaus. Die Hitze Floridas traf ihn wie eine Wand und trieb ihm sofort den Schweiß unter die Achseln und auf die Stirn. Zumindest wehte eine Brise, ging es ihm durch den Kopf, während er den Autos zusah, die die Straße entlang glitten. Der Verkehr war nach den Feierlichkeiten zum Unabhängigkeitstag deutlich zurückgegangen, sodass die Straßen in der späten Morgensonne fast leer wirkten.

Das plötzliche Klingeln seines Handys ließ ihn zusammenzucken. Leonhards Name erschien auf dem Display, und Gideons Herzschlag beschleunigte sich erneut. Er drehte sich zum Schaufenster des Studios um und fing Santos' Blick durch das Glas auf. Er sprach lautlos »Leonhard« mit den Lippen und zeigte auf sein Handy. Santos nickte verstehend und wandte sich bereits um, um MacGuire zu signalisieren.

»Leonhard«, meldete sich Gideon und bemühte sich, die Anspannung in seiner Stimme zu verbergen.

»Gideon.« Leonhards sonst so präziser Ton klang zerzaust. »Wie sicher bist du, dass dieses Bild mit dem Mal auf Daceys Rücken übereinstimmt?«

Santos und MacGuire stießen gerade durch die Tür zu ihm, als Gideon antwortete: »Ich bin absolut sicher – es stimmt exakt überein.«

Ein harscher Atemzug knisterte durch das Telefon. »Es ist so schlimm, wie ich befürchtet habe. Das Mal – es ist eine Fibonacci-Spirale. Ich hätte es erkennen müssen, als du sagtest, es sehe aus wie eine Nautilusschale. Das ist eines der berühmtesten Beispiele für eine Fibonacci-Spirale in der Natur.«

»Ich weiß nicht, was das bedeutet«, unterbrach Gideon und fuhr sich mit einer Hand durch das schweißfeuchte Haar. »Was genau ist eine Fibonacci-Spirale?«

»Es ist eine logarithmische Spirale, deren Wachstumsfaktor mit dem Goldenen Schnitt zusammenhängt«, erklärte Leonhard und verfiel in einen professoralen Tonfall. Gideon schnaubte verärgert, da er immer noch nicht verstand, was der Numerai gerade gesagt hatte. »Sie basiert auf der Fibonacci-Folge, bei der jede Zahl die Summe der beiden vorherigen ist. Schau, es ist einfache Mathematik – du beginnst mit zwei Einsen. Addierst du sie, bekommst du 2. Dann nimmst du diese 2 und addierst sie zur 1 davor, das ergibt 3. Dann addierst du 3 und 2, um 5 zu bekommen, dann ergeben 5 und 3 zusammen 8, 8 und 5 ergeben 13. Bei der zwanzigsten Zahl bist du schon bei mehreren Tausend. Wenn man diese Zahlen grafisch darstellt, entsteht eine Spirale. Sie wächst nach außen und bildet eine perfekte, sich stetig ausdehnende Kurve. Solche Spiralen findet man überall in der Natur – in Tannenzapfen, Sonnenblumen, jungen Farnen, Galaxien, Hurrikanen ...«

»Und wie hilft mir das, Dacey zu retten?« unterbrach Gideon, dem der Geduldsfaden riss.

Es entstand eine angespannte Stille, bevor Leonhard fortfuhr, seine Stimme düster. »Die Spirale ist nicht nur mathematisch – sie wird als magischer Wirbel genutzt. Die präzisen mathematischen Eigenschaften der Fibonacci-Folge schaffen einen perfekten Energieabzug, der Lebenskraft und Magie vom Opfer in einer sich immer weiter ausdehnenden Spirale abzieht. Es ist ... elegant, auf entsetzlich grausame Weise.«

»Ein Abfluss wohin?«

»Jemand da draußen hat ein entsprechendes Mal«, erklärte Leonhard. »Eine passende Fibonacci-Spirale, die als Anker fungiert und all diese gestohlene Macht absorbiert. Nach so vielen Opfern ...« – er brach ab. »Nun, sie müssen inzwischen unglaublich mächtig sein ... Und mit Daceys Wiedergeburtsmagie und ihrer Verbindung zum Feuer ist sie wahrscheinlich ihr bisher stärkstes Ziel.«

»Wie finde ich sie?« verlangte Gideon zu wissen. »Wie erkenne ich diese Art von Magie?«

»Das ist das Problem«, sagte Leonhard. »Die magische Signatur würde Spuren sowohl von Feen- als auch von Leere-Energie aufweisen, aber sie ist so gestaltet, dass sie praktisch nicht nachweisbar ist, bis sie aktiviert wird. Wenn Daceys Mal beginnt, Energie zu entziehen, könntest du vielleicht den Energiefluss verfolgen, wenn du weißt, wonach du suchen musst. Der finale Entzug geschieht jedoch schnell – du müsstest also in der Nähe des Ankers sein, um ihn verfolgen zu können. Aber dann ist es vermutlich schon zu spät, und sobald der Transfer abgeschlossen ist ...« Er seufzte. »Es ist wie ein Computervirus, der sich nach dem Ausführen selbst löscht. Die magische Signatur verschwindet. Zurück bleibt nur Leere.«

»Du sagst mir also, dass ich jemanden mit einer passenden Spiral-Tätowierung irgendwo in dieser verdammten Stadt finden muss?« Gideons Stimme brach vor kaum unterdrückter Wut. »Ein Mal, das wahrscheinlich versteckt ist, das ich nicht einmal erkennen kann, bis es zu spät ist? Das ist, als müsste ich die Nadel im Heuhaufen suchen ...«

»Nein, Gideon«, unterbrach Leonhard mit ungewohnter Dringlichkeit in der Stimme. »Du suchst nicht nach dem Mal – du suchst nach jemandem, der diese Mathematik versteht. Das ist keine Grundgeometrie. Die Fibonacci-Folge, der Goldene Schnitt – das sind nicht nur Zahlen. Wer auch immer dieses Mal erschaffen hat, verfügt über fortgeschrittene Kenntnisse sowohl in theoretischer Mathematik als auch in fortgeschrittener magischer Theorie. Das sind keine willkürlichen Kurven.«

Gideon konnte hören, wie auf Leonhards Seite des Anrufs Papiere raschelten. »Die Spirale folgt einer logarithmischen Progression mit einem präzisen Wachstumsfaktor von Phi, dem Goldenen Schnitt. Eine Fehlberechnung in den Koeffizienten, selbst um einen Bruchteil eines Dezimalpunkts, und das Ganze würde zusammenbrechen. Der Entzug nutzt Eigenschaften holomorpher Funktionen aus, um die Energieerhaltung während des Transfers zu gewährleisten. Ist die Spirale nicht mathematisch perfekt, bekommst du katastrophale Ergebnisse – entweder eine Implosion, die den Zaubernden sofort tötet, oder eine Explosion, wenn die Energie außer Kontrolle gerät. Du suchst nicht irgendjemanden mit einer Tätowierung. Du suchst nach jemandem, der das erschaffen könnte. Die mathematische Präzision, die dafür notwendig ist, ist enorm. Die Darstellung des Goldenen Schnitts muss exakt sein, um den Energiewirbel zu erzeugen, und die Berechnungen, die notwendig sind, um den Krafttransfer aufrechtzuerhalten, ohne die—«

Gideon hörte gar nicht mehr zu; sein Geist raste, als plötzlich alle Puzzleteile zusammenfielen. Das Handy glitt ihm aus den tauben Fingern, aber Santos' telekinetische Fähigkeit fing das Gerät auf, bevor es auf dem Bürgersteig prallte.

Gideon drehte sich um, sah seine Kollegen mit weit aufgerissenen Augen an. »Ich weiß, wer es ist.«

KAPITEL 32

Gideon raste die First Street hinunter, der Motor ächzte, als er das Auto weit über das Tempolimit hinaus beschleunigte. Seine Finger umklammerten das Lenkrad so fest, dass die Knöchel weiß hervortraten, als er es hart nach rechts riss, die Reifen quietschten, als er auf die Straße einbog, die zum Rathaus führte. Die imposante Fassade von Millhavens Rathaus ragte vor ihm auf, ihre weißen Verzierungen und hohen Fenster glänzten in der späten Morgensonne.

»Verdammt,« murmelte Santos vom Beifahrersitz, eine Hand gegen das Armaturenbrett gestemmt. Hinten war MacGuire völlig verstummt, sein sonst so hochmütiger Ausdruck war von Anspannung gezeichnet.

Gideon verlangsamte nicht, als er sich dem Gebäude näherte. Das Auto sprang über den Bordstein und kam ruckartig zum Stehen, wobei ein Reifen auf der untersten Stufe des Rathauses zum Stehen kam. Er sprang aus dem Auto, noch bevor der Motor ganz zum Stillstand gekommen war, ließ die Fahrertür offen stehen und nahm die Vortreppen in Zweierschritten.

»Sir! Da können Sie nicht parken!« Ein uniformierter Sicherheitsbeamter trat hinter seinem Schreibtisch in der Lobby hervor und bewegte sich, um sie abzufangen. »Das ist—«

»Ich kümmere mich darum!« rief Santos und griff schon nach seinem Ausweis. »Los!«

Gideon zögerte nicht, drängte sich an dem Wachmann vorbei. MacGuire war dicht hinter ihm. Als er die Haupttreppe hinaufstieg, hörte er Santos' ruhige Stimme, die dem verwirrten Wachmann ihre Anwesenheit erklärte.

»Was, wenn du dich irrst?« hörte er MacGuire einige Stufen hinter sich fragen, leicht außer Atem.

»Tue ich nicht.« Gideons Kiefer war angespannt, als er die Zwischenebene zwischen den Stockwerken umrundete.

Er registrierte kaum die gerahmten Fotografien, die die Wände des Treppenhauses säumten – Jahrzehnte von Millhavens Geschichte zogen in verschwommenen Schwarz-Weiß-Bildern an ihm vorbei. Seine Schulter streifte jemanden, der die Treppe hinunterkam, und schickte Papiere durch die Luft. Er hörte MacGuire eine Entschuldigung zurückrufen, verlangsamte aber sein Tempo nicht.

Das zweite Stockwerk öffnete sich zu einem vertrauten Korridor. Vor ihnen lag poliertes Parkett, teilweise von dunkelroten Läufern bedeckt. Dieselben goldverzierten antiken Stühle säumten die Wände, ihre kunstvollen Holzrahmen glänzten im Licht der hohen Fenster. Michael Torres' vertrautes Gesicht fehlte am Empfang der Bürgermeisterin. Stattdessen blickte eine junge Frau Ende zwanzig bei ihrer Ankunft auf; ihr braunes Haar war elegant hochgesteckt.

»Guten Morgen, wie kann ich Ihnen helfen—« begann sie und erhob sich von ihrem Stuhl.

Gideon stürmte an ihrem Schreibtisch vorbei, MacGuire auf den Fersen. Sie steuerten direkt auf die mattglasierte Tür mit ihrer goldenen Beschriftung zu.

»Warten Sie! Sie können nicht einfach—« Die Proteste der

Empfangsdame brachen ab, als Gideon den Türgriff packte und die Tür aufstieß.

Die Welle wilder Berghexenmagie traf ihn wie ein Schlag – noch kraftvoller als vor wenigen Tagen. Bürgermeisterin Dornbusch saß hinter ihrem massiven Schreibtisch, Detective Voss und ihr Ehemann standen zu beiden Seiten, als sie sich über etwas beugten, das wie Unterlagen aussah. Alle drei Köpfe schnellten bei der Unterbrechung hoch.

»Agent Nash.« Die perfekt geschwungenen Augenbrauen der Bürgermeisterin zogen sich zusammen, sie runzelte die Stirn. »Bitte lassen Sie meine Empfangsdame ihre Arbeit tun. Wenn Sie mit mir sprechen müssen—«

»Ich weiß, dass Sie es sind.« Gideons Stimme war flach und durchschnitt ihren geübten politischen Ton.

»Wovon sprechen Sie?«

»Ich weiß, dass Sie hinter all dem stecken.«

Die Bürgermeisterin lehnte sich in ihrem Ledersessel zurück und studierte ihn scharf, die Finger zu einer Pyramide gefaltet. Nach einem langen Moment wandte sie ihre Aufmerksamkeit zur Tür. »Alles ist in Ordnung, Samantha. Bitte schließen Sie die Tür und kehren Sie zu Ihrem Schreibtisch zurück. Ich brauche Sie noch, um die E-Mails zu bearbeiten.«

»Ja, Frau Bürgermeister.« Die Empfangsdame nickte und zog die Tür mit einem sanften Klick zu.

Bürgermeisterin Dornbusch erhob sich langsam von ihrem Stuhl und glättete ihren dunklen Hosenanzugrock. »Sagen Sie mir, was Sie zu wissen glauben.«

Die Magie rollte jetzt in Wellen von ihr ab – dunkle, verführerische, zwingende Fäden griffen nach seinem Geist. Gideon spürte das Gewicht davon gegen seine Gedanken drücken und drängte ihn, alles zu gestehen. Er entspannte seine Schultern leicht, damit sie glaubte, ihre Magie hätte Wirkung gezeigt.

Obwohl er die charismatische Anziehung der Magie der Bürgermeisterin spüren konnte, war er nicht so betroffen wie die anderen im Raum. Die Magie der Bürgermeisterin konnte seine Abwehrkräfte nicht vollständig durchdringen. Sie wusste nicht, dass er ein Auramant war, und sein natürlicher Widerstand schützte ihn vor dem Schlimmsten ihres Einflusses. Bürgermeisterin Dornbusch war zu überheblich und zu selbstsicher in ihrer Macht, um in Betracht zu ziehen, dass jemand ihr widerstehen könnte. Er hielt seinen Ausdruck sorgfältig neutral, dankbar für den Vorteil und entschlossen, ihn nicht preiszugeben.

»Ihre Schwester Willa hat die Mathematik des Spiral-Tattoos entwickelt,« sagte er ruhig. »Das, das Menschen ihre Lebensenergie entzieht. Marcus Chauvin hat die Entwürfe für Sie auf Transferpapier gebracht.« Er beobachtete ihr Gesicht, während er fortfuhr. »Sie haben Michael Torres benutzt, damit er Zugang zum Pflegeheim bekam und Ihre ersten Opfer – die Bewohner – aussaugen konnte. Dann sind Sie zu größeren Zielen übergegangen – Marcus selbst, Eleanor, Brandon Cho, der im Pflegeheim arbeitete und begann, zu viele Fragen über die Todesfälle zu stellen. Ein paar Obdachlose. Sogar Ihre eigene Schwester.«

Die Bürgermeisterin nickte, ihr brauner Bob wippte, und sie wirkte fast beeindruckt. Gideon riskierte einen Blick auf MacGuire, und sein Herz sank. Die Augen des Gargoyle-Gestaltwandlers waren leicht glasig hinter seiner Brille, die Magie der Bürgermeisterin, die ihn beeinflusste, legte sich wie unsichtbare Fesseln um ihn. Er konnte spüren, wie sie auch versuchte, ihn zu binden, gegen seine Abwehrkräfte drückte.

»Das werden Sie jetzt tun.« Ihre Stimme war sanft, aber unnachgiebig. »Sie werden meine Beteiligung an den Todesfällen vertuschen. Sobald Ihr Kollege stirbt, überzeugen Sie alle davon, dass es Restmagie von Michael Torres war. Sie sorgen dafür, dass niemand mich verdächtigt. Sie tun alles Nötige, um das zu erreichen. Sie müssen mich um jeden Preis schützen – das ist Ihr einziges Ziel.«

»Ja,« antwortete MacGuire sofort. Gideon echote ihn schnell und achtete darauf, seinen Ausdruck gefügig zu halten.

Ein Lächeln umspielte die Lippen der Bürgermeisterin. »Sobald diese letzte Person ausgesaugt ist, sollte ich genug Macht haben, um das Gouverneursamt zu sichern. Ihr Kollege wird für eine Weile das letzte Opfer sein – zumindest, bis ich bereit bin, mich um die Präsidentschaft zu bewerben.« Sie winkte mit einer manikürten Hand zur Tür. »Sie können gehen. Rufen Sie mich an, wenn etwas Relevantes auftaucht.« Ihr Lächeln weitete sich zu einem Grinsen. »Und vergessen Sie nicht, für mich zu stimmen.«

Das Gewicht ihrer Magie war jetzt erdrückend, wie ein Anker, der auf seiner Seele lastete. Aber unter der Oberfläche der Gefügigkeit raste Gideons Geist. Jeder im Raum war gründlich verzaubert, um Winnie zu beschützen. Selbst wenn er sich befreien könnte, müsste er sich durch sie alle hindurchkämpfen, um an sie heranzukommen.

»Halten Sie mich auf dem Laufenden, ob Ihre Kollegen zurückstecken,« fügte die Bürgermeisterin hinzu, als MacGuire sich zur Tür wandte.

Gideon begann zu folgen, aus dem Augenwinkel bemerkte er die Waffe, die im Holster an MacGuires Hüfte steckte – direkt in Reichweite.

Die Zeit schien sich zu verlangsamen.

Ohne sich zu sehr darüber Gedanken zu machen, was er gleich tun würde, bewegte er sich.

Seine Hand schoss vor, seine Finger kämpften einen Sekundenbruchteil lang mit dem steifen Lederhalteband an MacGuires Holster. Der Winkel war unbequem – sein Handgelenk bog sich unangenehm, während er das Band zu lösen versuchte – aber Adrenalin beschleunigte seine Bewegungen. Das Band sprang mit einem kaum hörbaren Schnappen frei. Seine Finger schlossen sich um den Griff von MacGuires Waffe, bevor der Gargoyle die Bewegung registrieren konnte. MacGuire begann gerade, sich zu ihm zu wenden, sein Ausdruck wechselte zu Überraschung. In einer fließenden Bewegung zog Gideon die Waffe frei, entriegelte die Sicherung und brachte sie auf Höhe der Stirn der Bürgermeisterin. Ihre Augen weiteten sich vor echtem Schock – die erste echte Emotion, die er von ihr gesehen hatte – als er den Abzug drückte.

Der Schuss hallte ohrenbetäubend durch den geschlossenen Raum. Für einen Sekundenbruchteil sah Gideon ein kleines, sauberes Loch in der Mitte von Bürgermeisterin Dornbuschs Stirn erscheinen. Dann explodierte ihre angesammelte Magie nach außen in einer explosionsartigen Druckwelle, die ihn von den Füßen hob und gegen die Wand schleuderte. Der Aufprall trieb ihm die Luft aus den Lungen, während sich Dunkelheit an den Rändern seines Blickfeldes ausbreitete.

Das Letzte, was er sah, bevor er das Bewusstsein verlor, war der Körper der Bürgermeisterin, der über ihren Schreibtisch zusammenbrach. Papiere wurden von dem magischen Sturm, der durch das Büro heulte, aufgewirbelt. Als seine Augen sich schlossen, sandte er ein stummes Gebet, dass er schnell genug gewesen war, Dacey zu retten.

Dann wurde alles schwarz.

KAPITEL 33

*G*ideon kam mit einem Stöhnen wieder zu sich, sein Kopf pochte an der Stelle, wo er gegen die Wand geschlagen war. Papiere trieben durch den Raum wie übergroße Schneeflocken, getragen von den nachhallenden Strömungen wilder Magie. Der Körper der Bürgermeisterin lag ausgestreckt über ihrem Schreibtisch, dunkles Blut sammelte sich unter ihrem Kopf und tropfte in stetigem Rhythmus auf den Teppich.

Die Bürotür platzte auf. Santos stürmte mit gezogener Waffe herein, die Empfangsdame, Samantha, dicht hinter ihm. Ihr durchdringender Schrei schmetterte durch die gespenstische Stille und hallte von den holzgetäfelten Wänden wider.

Santos hielt seine Pistole auf die anderen Anwesenden im Raum gerichtet, sein Blick wanderte nie ab, während er seitlich zu Gideon ging. Mit seiner freien Hand griff er nach unten und half Gideon auf die Füße, stützte ihn, als er schwankte. Durch die Spiegelung im Fenster erhaschte Gideon einen Blick auf sich selbst – Blut verklebte sein Haar und seine Kleidung war vom Staub der magischen Explosion bedeckt.

MacGuire regte sich bei dem Lärm, stemmte sich von dort hoch, wo er gegen einen Aktenschrank geschleudert worden war, und drückte seine Finger an die Schläfen. Der Ehemann der Bürgermeisterin war gegen die Wand gekauert und wiegte sich hin und her, während stumme Tränen über sein Gesicht liefen.

Detective Voss zog sich vom Boden hoch und ließ sich schwer in einen aufgerichteten Besucherstuhl fallen, das Leder knarrte unter seinem Gewicht. Schweiß perlte auf seiner Stirn, als er mit zitternden Fingern durch sein Haar fuhr. »Ich kann nicht glauben, dass diese Schlampe...«, murmelte er mit rauer Stimme. »Die ganze Zeit...«

»Niemand rührt sich von der Stelle!«, befahl Santos. Er wandte sich der Empfangsdame zu, die wie erstarrt in der Türöffnung stand, die Hände vor den Mund gepresst, und zeigte seinen Ausweis. »Miss, Sie müssen zu Ihrem Schreibtisch zurückkehren. Lassen Sie niemand anderen hier herein, bis ich es Ihnen sage.«

Sie nickte ruckartig und wich zurück, schloss die Tür mit zitternden Händen.

Santos überblickte das Chaos der umhertreibenden Papiere und die vermischten Gerüche von verbranntem Papier, Blut und verbrauchter Magie.

»Was zum Teufel ist hier passiert?«, fragte er und trat vorsichtig um einen umgestürzten Aktenschrank herum.

Gideon lehnte sich gegen die Wand und massierte sein Knie. »Sie hat sie alle unter ihre Kontrolle gebracht«, erklärte Gideon. »Die Magie der Bürgermeisterin war stark genug, um alle dazu zu bringen, sie zu beschützen und zu vertuschen, was sie getan hatte. Sie wollte, dass wir ihr alle dabei helfen, damit ungeschoren davonzukommen.«

»Es stimmt.« Voss starrte auf seine Hände, seine Stimme kaum über einem Flüstern. »Ich stand einen Monat lang unter ihrer Kontrolle. Alles was ich getan habe... alles was sie mich tun ließ... Ich war derjenige, der den Zauber auf Joe und Astrid gelegt hat. Und ich habe einen auf Chauvin gelegt, nachdem ich ihn zusammengeschlagen hatte. *Ich habe sie getötet.* Oh Gott! Ich habe auch einen auf Dacey gelegt – sie ist in Gefahr!«

»Beruhigen Sie sich«, sagte MacGuire, sein Ton unerwartet sanft. »Mit dem Tod der Bürgermeisterin sollte der Zauber vollständig gebrochen sein. Dacey ist jetzt in Sicherheit.«

Voss sackte in seinem Stuhl zusammen, die Anspannung wich sichtbar aus seinem Körper, als Erleichterung über ihn hinwegspülte.

Santos überblickte die Szene mit geübter Ruhe. »Ich brauche jemanden, der mir alles von Anfang an schildert.«

Gregory Thorne wischte sich Tränen aus dem Gesicht und sammelte sich einen Moment. »Sie fing mit den Bewohnern des Haus der Gelassenheit an«, sagte er, seine Stimme hohl und distanziert. »Tat es während eines Besuchs im Rahmen eines Gemeindeprojekts. Alles, was Winnie tun musste, war, ein Stück Papier mit dem unsichtbaren Zauber gegen jemandes Haut zu drücken und die Aktivierungsformel zu sagen – *Potentiam rapio* – 'Ich ergreife die Macht.' Mehr war nicht nötig.«

Santos' Miene versteinerte sich, als Gregory fortfuhr.

»Sie nutzte die Lebenskraft dieser ersten Opfer, um ihre natürlichen Fähigkeiten zu verstärken – genug, um mich und Michael zu verzaubern. Sobald sie Michael unter Kontrolle hatte, setzte sie ihn ein, um mindestens ein halbes Dutzend weiterer Senioren im Heim zu markieren. Als deren Lebenskraft schwand, gewann sie genug Macht, um Detective Voss zu kontrollieren.«

»Und dann ließ sie Voss anfangen, lose Enden zu beseitigen«, sagte Gideon, die Puzzleteile fügten sich zusammen. »Beginnend mit Marcus Chauvin, der das Spiralbild für sie gezeichnet hatte.«

Voss nickte schweigend, Scham war deutlich in der Haltung seiner Schultern zu sehen.

Gregory rieb sich die Schläfen, während er fortfuhr. »Als Brandon Cho misstrauisch wegen der Todesfälle im Altenheim wurde und eine formelle Beschwerde einreichte, fingen sie und Michael ihn nach der Arbeit ab. Sie machte ihn gefügig, während sie gemeinsam das Mal anbrachten.« Seine Stimme brach. »Dann nutzte sie ihre Position als Bürgermeisterin, um jede Untersuchung gegen das Haus der Gelassenheit zu verhindern.«

»Was ist mit Eleanor Preston?«, fragte Gideon.

»Winnie nahm sie nach einer Erbe-Stiftung-Versammlung ins Visier«, erklärte Gregory. »Preston war lautstark dagegen, dass die Meridian Hotelgruppe bei der Restaurierung des Royal Palmetto beteiligt wird. Winnie konnte nicht zulassen, dass sie dieses Projekt blockierte – Meridian hatte versprochen, ihre Kampagne für das Amt des Gouverneurs zu unterstützen, wenn sie den Deal lieferte.«

»Und Grant Vandermeer?«, drängte Gideon und erinnerte sich an den Tod des Geschäftsmannes.

Voss meldete sich zu Wort, seine Stimme bleischwer vor Schuld. »Torres hat das übernommen. Er drückte das Übertragungspapier nach einer Zonierungsversammlung gegen Vandermeers Handrücken.«

»Und die Schwester der Bürgermeisterin, Willa?«, fragte Santos leise.

Gregory Thorne stieß einen erstickten Schluchzer aus und rutschte die Wand hinunter, um auf dem Boden zu sitzen. »Winnie… meine Frau… sie ließ ihre eigene Schwester markieren.« Er blickte auf, seine Augen rot umrandet. »Willa und Winnie entwickelten zusammen das mathematische Rahmenwerk für das Spiralmal. Aber Willa beabsichtigte nur, magische Energie aus verzauberten Artefakten zu extrahieren, niemals aus lebenden Wesen. Als sie herausfand, dass… als sie erkannte, dass Winnie ihre Arbeit pervertiert hatte, um Leben von Menschen statt von Objekten zu entziehen… war sie wütend. Winnie entschied sich dafür, ihre eigene Schwester zu eliminieren, anstatt einer möglichen Enthüllung zu begegnen.«

Sein Gesicht verzerrte sich vor Qual. »Sie benutzte mich. Sie nutzte meine Freundschaft mit Willa aus. Sie brachte mich dazu, das Mal auf sie zu legen, während unseres gemeinsamen Studiums.«

»Aber was ist mit Torres?«, fragte Gideon. »Wie kam es dazu, dass er als Sündenbock herhalten musste?«

Voss rutschte unbehaglich in seinem Stuhl. »Nach der Erbe-Stiftung-Versammlung, als Dacey der Bürgermeisterin mitteilte, dass ihr Verstärkung mitbringt, geriet Winnie in Panik. Sie beschloss, Torres als Sündenbock zu benutzen. Sie befahl ihm, diese belastenden Notizen zu schreiben, die wir überall in seinem Haus verstreut fanden, dann befahl sie ihm, zur Tafel zu gehen, wo er 'auf frischer Tat' ertappt werden würde.«

Er hielt inne und schluckte schwer. »Sie gab mir auch spezifische Anweisungen, euch beiden nahe zu bleiben und... und sicherzustellen, dass Torres die Begegnung nicht überlebt.«

»Verdammt«, murmelte Santos und fuhr sich mit der Hand übers Gesicht. »Das wird ein Albtraum, das zu vertuschen.«

»Es ist mir egal«, sagte Gideon kühl. »Solange es Dacey gut geht.«

Santos betrachtete ihn einen langen Moment, dann zog er sein Handy heraus und schaltete es auf Lautsprecher. »Hex? Wir haben eine Situation.«

»Santos!« Hex' Stimme platzte heraus, Worte purzelten in ihrem üblichen Schnellfeuerstil hervor. »Du wirst nie glauben, was gerade passiert ist! Da war dieser seltsame magische Blitz um Dacey, und plötzlich sagte sie, sie fühlte sich besser – überhaupt nicht mehr müde. Wir wollten sie gerade in Stasis versetzen, als—«

»Die Bürgermeisterin ist tot«, unterbrach Santos. »Sie steckte hinter all dem. Gideon hat sie erschossen.«

Nach einem Moment der Stille stieß Hex einen Jubelschrei aus, der Santos dazu brachte, das Handy vom Ohr wegzuziehen. »Das erklärt es! Die magische Rückwirkung ihres Todes muss alle ihre Zauber gebrochen haben. Ich schicke Quinn und den Rest des Eindämmungsteams, um beim Aufräumen zu helfen, aber ich bleibe bei Dacey. Wir müssen Dacey noch wegen möglicher Nachwirkungen überwachen.«

Erleichterung durchströmte Gideon. Es war es wert. Es war alles wert gewesen.

»Gideon?« Daceys Stimme kam durch, etwas entfernt, aber klar. »Bist du da?«

Er nahm Santos' Handy und schaltete den Lautsprecher aus. »Ich bin hier. Geht es dir gut?«

»Ich sollte dich das fragen.« Ihr Lächeln war hörbar, wenn auch besorgt. »Ich kann nicht glauben, dass du Winnie erschossen hast. Für mich. Was, wenn du dich geirrt hättest?«

»Habe ich nicht.« Die Gewissheit in seiner Stimme überraschte sogar ihn selbst. »Ich wusste, dass sie es war. Aber selbst wenn ich mir nicht völlig sicher gewesen wäre...« Er schluckte schwer. »Du bist das Risiko wert.«

»Ich möchte dich sehen«, sagte Dacey sanft. »Aber Hex hat gedroht, sich auf mich zu setzen, wenn ich versuche zu gehen. Sie sagt, sie müsse mich mindestens noch ein paar Stunden überwachen.«

»Dann komme ich zu dir.« Gideon warf Santos einen Blick zu, der nickte.

»Geh schon«, sagte Santos und nahm sein Handy zurück. »Ich kümmere mich darum. Das Aufräumteam wird bald hier sein. Mach dir keine Sorgen wegen der Bürgermeisterin – das ist nicht mein erstes Mal. Ich werde mir eine Vertuschungsgeschichte einfallen lassen. Wir müssen nur das Gebäude sichern, das kriegen wir hin.«

MacGuire hatte sich genug erholt, um sich zu stabilisieren, obwohl seine Hände noch zitterten. »Ich sammle die Zeugen zusammen und sichere sie. Dann sperre ich diese Etage ab.«

Gideon zögerte an der Tür. »Santos...«

»Ich weiß.« Santos winkte ihn ab. »Geh einfach. Kümmere dich um deine Partnerin. Wir regeln die Details später.«

Vor der Tür der Bürgermeisterin sah Gideon Samantha mit

dem Sicherheitsbeamten streiten, sie tat ihre Arbeit, Leute fern-
zuhalten. Gideons Schritte beschleunigten sich, als er zu den
Treppen ging.

Sein Kopf schmerzte, und er würde überall blaue Flecken
haben, aber zu wissen, dass Dacey in Sicherheit war, ließ Gideon
schweben. Er suchte in sich nach Schuld oder Reue darüber, dass
er die Bürgermeisterin getötet hatte, fand aber keine. Vielleicht
würden diese Gefühle später auftauchen, aber er bezweifelte es.

Die politischen Folgen würden die Conclave-Agenten noch
eine ganze Weile auf Trab halten. Er stellte sich vor, dass es
Untersuchungen, Deckgeschichten und Berge von Papierkram
geben würde. Aber im Moment war nichts davon wichtig.

Die Morgensonne traf ihn, als er das Rathaus verließ. Sein
Auto stand noch immer schief mit einem Reifen auf der
untersten Stufe und der Fahrertür offen hängend. In der Ferne
näherten sich die ersten Sirenen.

Als er vom Bordstein abfuhr, sah er Quinn aus dem
vordersten schwarzen SUV der Kolonne aussteigen und ziel-
strebig auf das Gebäude zugehen, gefolgt von einigen Agenten.
Sie bellte einen Befehl, den Bereich abzusichern, während zwei
Polizeiwagen mit Blaulicht an jeder Straßenecke vor dem
Gebäude Position bezogen. Sollen sie das übernehmen, dachte er.
Er hatte einen wichtigeren Ort, an dem er sein musste.

Das Hotel war nicht weit – zehn Minuten, wenn er sich an die
Verkehrsregeln hielt, weniger, wenn nicht. Gideons Hände
verkrampften sich am Lenkrad, als er durch eine gelbe Ampel
beschleunigte. Er hatte heute schon genug Regeln gebrochen. Ein
paar Verkehrsverstöße waren da das geringste Problem.

Dacey wartete.

EPILOG

*G*ideon wischte sich erneut die verschwitzten Handflächen an seiner Jeans ab und starrte auf das Seitentor des Gartens. Die Sommerluft war erfüllt vom Duft brutzelnden Fleisches und dem stetigen Murmeln der Gespräche. Das helle, glückliche Lachen seiner Mutter schallte, während sie sich unter die Nachbarn mischte, die zu ihrer Unabhängigkeitstags-Grillparty gekommen waren.

Jede Minute konnte Dacey eintreffen. Der Gedanke jagte Gideon eine frische Welle nervöser Energie durch den Körper. Zum Glück hatte sie keine Nachwirkungen von der Spiral-Tätowierung – Hex' Team hatte sie in den ersten 24 Stunden nach dem Tod der Bürgermeisterin sorgfältig überwacht, doch die Magie war restlos verschwunden und hatte sie gesund und unversehrt zurückgelassen. Trotzdem ließ die Erinnerung daran, wie knapp er sie beinahe verloren hätte, sein Herz zusammenziehen.

Er lenkte seine Gedanken von diesen dunklen Erinnerungen ab und blickte über die Versammlung. Er konnte nicht anders, als zu lächeln, während er seine Mutter beobachtete, die lebhaft gestikulierte, während Pastor Simon und einige Mitglieder ihrer

Kirche beim Servieren für die Gäste halfen. Ihr unbeschwertes Lachen mischte sich mit dem der anderen, als sie sich mit Frau Henderson von nebenan unterhielt. Nach Jahren in beengten Wohnungen mit dünnen Wänden erfüllte es ihn mit Glück, seine Mutter in einem eigenen Haus zu sehen – mit weißem Lattenzaun und dem Beginn eines Gartens, von dem sie immer geträumt hatte. Seine Mutter verdiente das – all das.

Sein Handy vibrierte in der Tasche, und beinahe hätte er es in der Eile fallen lassen, als er auf das Display blickte. Aber es war nur Santos.

Habe Willa Wagners Notizbücher im Arbeitszimmer der Bürgermeisterin gefunden. Mathematische Beweise für das Geistermal. Leonhard ist völlig aus dem Häuschen wegen der Berechnungen. Er hat auch schon den Code in Chauvins Notizbuch geknackt – darin stand die Formel zur Herstellung einer unsichtbaren Siegeltinte, die für Aufregung im gesamten Conclave im Hinblick auf die zukünftigen Möglichkeiten gesorgt hat. Du schuldest mir einen Drink dafür, dass ich Leonhards endloses Theoretisieren ertragen habe.

Gideon tippte eine schnelle Bestätigung zurück und dachte an die Enthüllungen der letzten Tage. Die Schwestern hatten einen Durchbruch erzielt, indem sie Willas mathematische Formeln mit den wenig bekannten magischen Prinzipien aus der Arbeit von Franz Mesmer über den »animalischen Magnetismus« und Hypnose kombinierten. Gideon war schockiert gewesen, als er entdeckte, dass Mesmer, der den meisten als exzentrischer deutscher Arzt des 18. Jahrhunderts galt, in Wirklichkeit ein mächtiger Hexenmeister gewesen war, dessen Theorien über unsichtbare Lebenskräfte und hypnotische Beeinflussung auf echter magischer Praxis beruhten.

Das Ausmaß von Winnie Thornes Lügen und Manipulationen war atemberaubend. Nun, da ihre Opfer aus ihrer magischen Kontrolle befreit waren, wurde das ganze erschreckende Ausmaß sichtbar.

Laut Gregory und Voss benötigte das Geistermal zwischen

einem halben Tag und zwei Tagen, um seinen Opfern die Kraft vollständig zu entziehen, abhängig von deren Gesundheit, magischer Stärke und natürlicher Widerstandskraft. Als sie fragten, warum ausgerechnet Dacey ins Visier geraten war, glaubte Voss, es lag an ihrer magischen Stärke – mit Dacey als letztem Opfer hätte die Bürgermeisterin genug Kraft gewonnen, um vorerst keine weiteren Opfer zu brauchen – zumindest bis sie beschließen würde, für das Oval Office zu kandidieren. Dacey war passend, mächtig und zur falschen Zeit am falschen Ort gewesen.

Gideons Handy vibrierte erneut, und sein Herz setzte kurz aus, als er Daceys Namen sah. Eine Nachricht von ihr lautete schlicht: *Gerade angekommen.*

»Ma!«, rief er, schon auf dem Weg zum Tor. »Sie ist da!«

Er bog um die Hausecke, seine Stiefel knirschten auf dem Kiesweg, und da war sie. Dacey stand auf der anderen Seite des Tores in einem gelben Sommerkleid, das ihre Haut zum Leuchten brachte, eine Auflaufform in den Händen. Ihr Anblick raubte ihm den Atem – besonders als sie aufsah und er die vertraute Wärme in ihren braunen Augen bemerkte, wie das Sonnenlicht die ungewöhnlichen bernsteinfarbenen Sprenkel darin aufleuchten ließ.

»Hey«, sagte sie leise und wechselte die Schüssel in eine Hand.

»Hey, ebenfalls.« Er griff nach dem Torriegel, plötzlich überaus bewusst in seinen Bewegungen. Sie hatten noch keine Gelegenheit gehabt, über das zu reden, was in seinem Hotelzimmer passiert war. Die Erinnerung an ihre Haut unter seinen Händen, an verzweifelte Küsse und halb ausgezogene Kleidung, bevor er die Spiraltätowierung entdeckt hatte, ließ seinen Puls immer noch rasen.

»Ich bin so froh, dass du kommen konntest«, sagte er und nahm ihr die Auflaufform ab – eine Art Obstauflauf, dem Geruch nach zu urteilen.

Dacey schob sich eine Haarsträhne hinters Ohr. »Bist du sicher, dass deine Mutter einverstanden ist, dass ich hier bin? Ich meine, nach dem letzten Mal, als ich sie gesehen habe...«

»Machst du Witze? Sie ist begeistert.« Er deutete mit der freien Hand zum Garten. »Ich habe mit ihr gesprochen, und sie weiß, wie wichtig du mir bist.«

Das leichte Lächeln, das Dacey Gideon schenkte, ließ sein Herz schneller schlagen.

»Bereit?« fragte Gideon und bot Dacey seinen Arm an.

Dacey warf ihm einen Blick zu, der zugleich amüsiert und leicht panisch war. Etwas Warmes breitete sich in seiner Brust aus und vertrieb die letzten Schatten der vergangenen Woche.

Sie drehte sich ganz zu ihm, und plötzlich wurde ihm bewusst, wie nah sie beieinanderstanden – nah genug, um zu sehen, wie ihre Augen das schwindende Sonnenlicht einfingen und die bernsteinfarbenen Sprenkel zu Feuer wurden.

»Gideon...« Sie zögerte, dann straffte sie die Schultern, als würde sie in eine Schlacht ziehen. »Wegen dem, was im Hotelzimmer passiert ist, bevor... alles. Ich wollte nur—«

Da rief seine Mutter: »Die Burger sind fertig! Alle, nehmt euch einen Teller!«

Dacey zuckte leicht zusammen, dann lachte sie und schüttelte den Kopf.

Gideon begann, sie zum Garten zu ziehen. »Wir sollten wohl...«

»Bist du sicher, dass ich hier willkommen bin?«

»Absolut. Komm schon, Dacey. Das wird bestimmt lustig.«

Dacey lachte, stöhnte dann aber. »Ich glaube, wir brauchen einen neuen Spruch. Ich schwöre, der ist verflucht.«

»Ach was. Er hat sich jedes Mal bewahrheitet. Mit dir macht einfach alles Spaß.«

Zu Gideons Erstaunen errötete Dacey.

Die Sonne ging unter und färbte den Himmel in Rosa- und Goldtöne. Bald würden im Park in der Innenstadt Feuerwerke gezündet werden. Seine Mutter hatte schon Stühle in diese Richtung aufgestellt.

Morgen würde es mehr Papierkram geben. Weitere Ermittlungen über das Ausmaß von Winnie Thornes Machenschaften. Mehr Fragen zu Magie, Macht und Korruption. Aber jetzt, in diesem Moment, gab es nur das: das Lachen seiner Mutter, die spielenden Kinder der Nachbarn, Daceys warme Hand in seiner und das Versprechen eines Neuanfangs.

Es war nicht nur Spaß.

Es war verdammt nah an der Perfektion dran.

DANKSAGUNG

Einen Roman zu schreiben ist niemals eine einsame Unternehmung; auch dieses Buch bildet da keine Ausnahme. Ich danke den vielen Menschen, die geholfen haben, diese Geschichte lebendig werden zu lassen.

Zuerst mein herzlicher Dank an meine Testleser, die ihre Zeit, ihre Einsicht und ihr ehrliches Feedback gegeben haben. Eure Vorschläge und eure Ermutigung haben dieses Buch besser gemacht, als ich es allein je hätte schaffen können.

An meine Familie: Danke für eure Geduld, eure Liebe und eure stets unerschütterliche Unterstützung. Dieses Buch existiert, weil ihr an mich geglaubt habt.

Und an euch, meine Leser: Danke, dass ihr euch entschieden habt, eure kostbare Zeit in der Welt von Mythical zu verbringen. Eure Begeisterung für Geschichten macht mein Schreiben lohnenswert.

* * *

Eine Anmerkung zu Millhaven: Diejenigen, die mit Zentral-Florida vertraut sind, könnten erkennen, dass Millhaven stark von der charmanten Stadt Sanford inspiriert ist. Ich habe mich entschieden, Sanfords tatsächlichen Namen nicht zu verwenden, weil ich mir erhebliche kreative Freiheiten mit dem Schauplatz genommen habe, und zum Beispiel den Bürgermeister in einen richtigen Bösewicht verwandelt habe! Ich möchte an dieser Stelle betonen, dass der echte Bürgermeister von Sanford sicher eine sehr nette Person ist, die keine Morde plant oder in dunkle

Immobiliengeschäfte verwickelt ist. Zumindest wüsste ich davon nichts!

Wahrzeichen aus dem echten Sanford inspirierten mehrere Schauplätze im Roman:

Das Millhaven Lebensmitteldepot wurde von Henry's Depot inspiriert, einer großartigen Markthalle in einem historischen Gebäude, das einst als Bahnhof diente.

Das Royal Palmetto Hotel basiert auf dem Mayfair Hotel. Das echte Mayfair wurde 1925 während Floridas Immobilienboom erbaut und war einst ein luxuriöses Hotel im mediterranen Stil, das Berühmtheiten und wohlhabende Gäste aus dem Norden beherbergte, die dem Winter entfliehen wollten. Nachdem es während des Zweiten Weltkriegs als Marineausbildungszentrum diente, hat es über die Jahrzehnte verschiedene Wandlungen erlebt.

Der Edelweißsaal basiert auf Hollerbachs, meinem deutschen Lieblingsrestaurant in Zentral-Florida.

First Street Social ist inspiriert von Tuffy's Music Box & Lounge, das eine großartige Livebühne und sogar eine versteckte Tiki-Bar hat.

Das Metro Diner in meinem Roman ist eine Hommage an Sanfords Colonial Room, wo die Hausmannskost und die Kleinstadtatmosphäre sowohl meinen Körper als auch meine Vorstellungskraft genährt haben.

Die Marina im Buch basiert auf Sanfords tatsächlicher Marina, wo mein Segelboot liegt. Die Segelschule, ihre entschlossene Besitzerin und ihr geretteter Ara sind auch von der echten Segelschule inspiriert, bei der ich Unterricht hatte.

Während die Stadt, die Menschen und die Ereignisse in diesem Roman fiktiv sind, ist der Geist von Sanford – sein Charme, seine Geschichte und sein Zusammenhalt – sehr real. Ich bin diesem besonderen Ort dankbar, dass er mich dazu inspiriert hat, Millhaven zu erschaffen.

ÜBER DEN AUTOR

Gwen DeMarco ist eine begeisterte Leserin, Wein- und Kaffeetrinkerin, Gärtnerin und liebt alles Nerdige. Gwen schreibt gerne paranormale Liebesromane mit Fokus auf das Seltsame und Wunderbare. Sie liebt es, eine schlagfertige Heldin und einen mürrischen männlichen Protagonisten zu schreiben. Sophie Feegle ist ihr erster Ausflug in die Welt der Gestaltwandler, Feen, Oger und Vampire.

Gwen ist glücklich mit ihrer Jugendliebe verheiratet und hat zwei Teenager-Kinder. Man kann sie oft mit der Nase in einem Buch und einem Glas Wein oder einer Tasse Kaffee in der Hand antreffen.

Melden Sie sich für ihren Newsletter an und erhalten Sie eine **kostenlose** Kopie einer Novelle aus Macs Sicht vom ersten Treffen mit Sophie aus "Sophie and The Odd Ones".

Um mehr zu erfahren, besuchen Sie bitte meine Website und melden Sie sich für meinen Newsletter an, um Updates zu erhalten unter www.GwenDeMarco.com

BÜCHER VON GWEN DEMARCO

Sophie Feegle Serie

Sophie und die Sonderlinge

Vorzeichen und Sonderbarkeiten

Sonderbare Zeiten für Sophie Feegle

Sonderbare Widrigkeiten

Sonderheiten und Schluss

Auren & Glut Serie

Gideon Bean

Seelengezeichnet

Königreich Erishum Trilogie

Der Schlammlerche

Der Gosse-Neuntöter

Die Sterbende Wildnis